MORD UM MITTERNACHT

DETEKTIVIN MIT STIL, BUCH 6

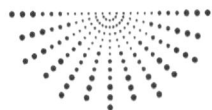

SARA ROSETT

Übersetzt von
ANNA DRAGO

MORD UM MITTERNACHT

Buch 6 der Detektivin mit Stil-Serie

Veröffentlicht von McGuffin Ink

ISBN: 978-1-950054-58-9

Copyright © 2022 by Sara Rosett

Coverdesign von LLewellen Designs

Lektorat: Historical Editorial

Übersetzung: Anna Drago

Deutsches Lektorat: Katrin Dolle

KAPITEL EINS

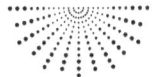

21. DEZEMBER 1923

Trotz der grauen Wolken, die tief über London hingen, strahlte die Stadt vor Weihnachtsstimmung. Tannengrün, glitzerndes Lametta und Stechpalmenzweige schmückten die Ladenfronten, als ich im Gewusel der Weihnachtseinkäufer den Bürgersteig entlangging. Der Duft gerösteter Maronen wehte durch die Luft, als ich auf eine Lücke im Verkehr wartete, bevor ich die Straße überquerte, und mein Atem bildete kleine weiße Wölkchen, die vom scharfen Wind davongeweht wurden.

Meine Stimmung passte nicht ganz zu der ausgelassenen Atmosphäre. Ich war frustriert wegen eines Falls. Ich war tagelang auf der Suche nach Informationen, doch ich hatte absolut nichts gefunden. Das neobarocke Gebäude von Harrods kam in Sicht, und ich bemühte mich, meine gereizte Stimmung abzuschütteln. Ich traf meine Cousine Gwen zum Nachmittagstee und zum Weihnachtseinkauf. Ich hatte sie seit ihrer Verlobung so selten gesehen, dass ich unbedingt vermeiden wollte, dass meine Stimmung den Ton für unsere gemeinsame Zeit trübte.

Vor dem Laden kam ich an einer Reihe von Kindern vorbei, die ihre Nasen an die Glasscheibe drückten. Die aufwändige Schaufensterdekoration zeigte einen modern eingerichteten Salon, komplett mit einem vollständig geschmückten Weihnachtsbaum und dem Weihnachtsmann, der mit einem Sack voller Spielzeug auf dem Rücken aus dem Kamin gekrochen kam.

Ich war früh dran, also schlängelte ich mich durch die Einkäufer zur Lebensmittelabteilung mit den wunderschönen bunten Kachelmosaiken. Pfauen, Obstbäume und mittelalterliche Jagdszenen schmückten Decke und Wände. Die Auswahl an Essen war schwindelerregend, besonders wenn man bedachte, dass ich auf meinem Weg zum Kaufhaus an einer Suppenküche vorbeigekommen war. Türme von Obst und Gemüse waren in bunten Pyramiden angeordnet. Reihen von frischem, mit Mehl bestäubtem Brot verbreiteten ein köstliches warmes Aroma. Fleisch, Käse, Eier und Schokolade hatten alle ihre eigenen Bereiche und verführten mich mit ihrer aufwändigen Präsentation. Vor ein paar Monaten hätte ich mir nicht mehr als ein paar Brötchen leisten können. Heute hatte ich Geld auf meinem Bankkonto, doch ich konnte mich nicht dazu bringen, mehr als das Nötigste zu kaufen, da ich bereits Geld für den Nachmittagstee mit Gwen verprasste. Ich bestellte jeweils eine Dose Earl Grey und Darjeeling an der Teetheke und sagte, dass ich sie später abholen würde.

„Olive!"

Ich sah Gwen, die sich durch die Menge schob. Ihre blonden Locken spähten unter dem Rand ihres hellblauen Glockenhuts hervor. „Wie wunderbar, dich zu sehen", sagte sie, als wir einander auf die Wangen küssten. „Ich habe dich vermisst. Ich habe dir so viel zu erzählen."

„Ich kann es kaum erwarten, alles zu hören."

„Aber ich bin ausgehungert. Zuerst Tee?"

„Absolut."

Wir gingen zum Georgian, und sobald wir Platz genommen und bestellt hatten, sagte ich: „Zuerst möchte ich alles über deinen Besuch bei Inspector Longlys Eltern erfahren."

„Oh bitte, du musst ihn Lucas nennen", sagte Gwen.

„Das wird schwierig, aber ich werde es versuchen." Ich hatte Longly während einer Mordermittlung auf Archly Manor kennengelernt. Es fiel mir schwer, ihn als etwas anderes als einen Inspector zu sehen. Sein Vorname schien mir in der Kehle stecken bleiben zu wollen, doch mit etwas Übung würde es sicher selbstverständlich werden, ihn Lucas zu nennen. „Wie war der Besuch bei *Lucas'* Eltern?"

„Es lief recht gut. Sie sind charmant und sehr gastfreundlich."

„Ich bin so froh, aber ich habe nichts anderes erwartet." Gwen war eine der süßesten Frauen, die ich kannte. Sie hatte ein herzliches Wesen, und ich konnte mir nicht vorstellen, dass jemand etwas anderes als begeistert von ihr als Schwiegertochter sein könnte. „Und Mr. und Mrs. Longly werden über Weihnachten in Parkview sein?"

„Ja, und du musst wirklich vor Heiligabend raufkommen."

„Oh nein. Ich denke nicht. Eure Familien lernen sich immer noch kennen. Der Besuch ist eine Gelegenheit für Mr. und Mrs. Longly, Tante Caroline und Onkel Leo kennenzulernen. Ich will da nicht stören."

„Du störst nicht. Du bist Familie."

„Das ist nett von dir, und ich weiß das zu schätzen, aber ich muss mich hier noch um ein paar Dinge kümmern. Und ich bin sehr glücklich in meiner kleinen Wohnung. Es ist wunderbar, mein eigenes Zuhause zu haben." So sehr ich die Vermieterin meines alten Zimmers gemocht hatte, so schön war es, meine eigene Wohnung zu haben. „Ich werde an Heiligabend nach Parkview kommen, genau wie geplant."

„Hast du von deinem Vater gehört?", fragte Gwen, als unser Tee serviert wurde. „Steht fest, dass er und Sonia nicht vor Weihnachten zurück sein werden?"

„Ich habe einen Brief von Sonia bekommen. Sie sind angekommen und haben sich in ihrer *pensione* eingelebt. Dort ist es kühler als erwartet, aber viel trockener als Nether Woodsmoor, also sind sie mit dem Arrangement recht glücklich."

„Wie lange werden sie voraussichtlich bleiben?"

„Wenigstens bis nach Neujahr. Sonia ist nicht jemand, der mit Vaters Gesundheit ein Risiko eingeht."

„Es ist eine Schande, dass sie kein englisches Weihnachten haben werden, aber ich schätze, das Arrangement ist das Beste."

„Wenn es um Vaters Gesundheit geht, verlasse ich mich voll und ganz auf Sonia, auch wenn ich sie vermissen werde." Mein Vater hatte vor einiger Zeit ziemliche gesundheitliche Probleme gehabt, und Sonia hatte ihn dort hindurchgepflegt. Als er Anfang Dezember an Husten erkrankte, hatte Sonia erklärt, sein rasselndes Atmen gefalle ihr nicht. Sie hatte entschieden, dass sie in ein wärmeres, trockeneres Klima reisen mussten, und sie hatte gepackt und Vorkehrungen getroffen, um sofort aufzubrechen.

„Ich verstehe nicht, warum du nicht früher nach Parkview kommst. Was hält dich hier in London? Du hast keinen Fall, oder?"

Ich zögerte, und Gwen, die zwischen dem Räucherlachs-Sandwich und der Brunnenkresse schwankte, sah auf und studierte mein Gesicht. „Du hast einen Fall."

„Aus eigenem Antrieb."

Gwen entschied sich für den Räucherlachs und neigte den Kopf zur Seite. „Was bedeutet das?"

„Nun … es ist etwas, worauf ich neugierig bin, also sehe ich es mir an."

Gwen hielt inne, das Sandwich auf dem Weg zum Mund. „Du jagst Jasper nicht immer noch hinterher, oder?"

Es hatte keinen Sinn, sich vor jemandem zu verstellen, den man schon kannte, als man noch im Kinderwagen saß. „Ja, das tue ich tatsächlich."

Gwen legte ihr Sandwich mit großer Sorgfalt zurück auf ihren Teller. „Ich denke nicht, dass es eine gute Idee ist, Jasper zu folgen. Ich bin mir sicher, dass er nur das Übliche tut."

„Was meinst du?"

„Oh, du weißt schon." Gwen winkte ab. „Kunstausstellungen besuchen, in seinen Club gehen und bei Dinnerpartys für das Gleichgewicht der Geschlechter sorgen – solche Dinge."

Ich konzentrierte mich darauf, ein weiteres Stück Zucker in meinen Tee zu rühren. Ich konnte nicht antworten, denn genau das hatte Jasper getan. Abgesehen davon, dass er wiederholt die U-Bahnstation Gloucester Road benutzte, konnte ich nichts Ungewöhnliches in seinen Aktivitäten feststellen. Doch ich wollte nicht aufgeben.

Mein Gesicht musste meine Absicht verraten haben, denn Gwen sagte: „Olive, wenn Jasper ‚etwas vorhat', wie du es nennst, wird er es dir erzählen … irgendwann."

„Wird er das?" Der Teelöffel klirrte gegen die Untertasse, als ich ihn ablegte. „Wann hat er je Einzelheiten über seine kleinen Ausflüge aus London heraus preisgegeben?"

„Er hat Essie von der Jagd erzählt, an der er teilgenommen hat. Sie hat darüber in ihrer Kolumne geschrieben."

„Aber das waren nur ein paar pikante Details darüber, was andere Gäste getrieben haben. Jasper sagt nie wirklich, was *er* tut."

„Hast du ihn gefragt, wohin er geht, wenn er verschwindet?"

„Ja. Und er macht immer nur vage Bemerkungen oder wechselt das Thema."

„Er ist ein sehr zurückhaltender Mann."

„Er ist geheimnisvoll."

„Jasper war schon immer jemand, der sich bedeckt hält."

„Ja, aber nach dem Winterball dachte ich ..." Ich hielt inne, weil ich nicht in Worte fassen konnte, was ich gehofft hatte. Jasper und ich hatten einen entzückenden Kuss geteilt. Tatsächlich war er mehr als entzückend gewesen. Er hatte alles zwischen uns verändert. Dachte ich zumindest. Wir waren jetzt ein Paar. Ich dachte, das würde bedeuten, dass er offener mit mir kommunizieren würde, doch meine Fragen blieben unbeantwortet.

„Lucas erzählt mir nicht alles über seine Fälle."

„Ja, aber das ist seine Arbeit. Er kann dir nicht alle Details seiner Ermittlungen erzählen. Und ich bin mir sicher, dass er dich ins Vertrauen zieht, zumindest im Allgemeinen."

„Das schon. Er sagt, ich gebe ihm eine andere Perspektive." Gwens Gesichtsausdruck wurde weicher, wie immer, wenn sie über ihren Verlobten sprach.

Ich sprach einen Gedanken an, der sich schon seit einiger Zeit in meinem Hinterkopf festgesetzt hatte. „Vielleicht ist es bei Jasper genauso."

Gwen runzelte die Stirn. „Was meinst du?"

„Vielleicht ist die Situation bei Jasper so, dass er nicht über das sprechen kann, was er tut."

Gwen lachte. Eine schwarzgekleidete ältere Dame an einem Tisch in der Nähe drehte langsam den Kopf und sah uns finster an. Gwen räusperte sich und setzte sich aufrechter hin. „Was meinst du damit? Jasper *tut* überhaupt nichts."

Der Garçon kam mit einer frischen Kanne Tee, und ich verkniff mir meine Antwort. Jasper ging nicht jeden Tag in ein Büro, doch gewisse Details warfen für mich die Frage auf, ob er eine Art ... ungewöhnliche Beschäftigung hatte. Sein ständiges Verschwinden und der Mangel an Details über seine Reisen aus London waren zwei Faktoren, die diesen Gedanken geweckt hatten. Er war mir in den letzten Monaten sehr behilflich gewesen, als meine Fälle durch Morde verkompliziert worden waren. Er hatte sein Wissen seiner Liebe zu Krimis zugeschrieben, doch ich fragte mich, ob da noch etwas anderes war. Alle schienen zu glauben, dass er den ganzen Tag in seinem Club herumlungerte und Veranstaltungen der High Society besuchte, doch ich wusste, dass er intelligent war – viel intelligenter, als er zugeben wollte.

Der Garçon goss unseren Tee nach und Gwen nahm sich ein Milchbrötchen. „Nun, ich weiß es besser, als zu versuchen, dich davon abzubringen. Du wirst sowieso damit weitermachen, wie du es immer tust. Beschwere dich nur nicht bei mir, wenn er herausfindet, was du getan hast, und er verärgert deinetwegen ist."

KAPITEL ZWEI

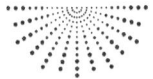

*D*ie Klänge von „When Hearts Were Young"
erfüllten die Luft des Blue Moon Clubs, als ich in
Jaspers Armen über die Tanzfläche schwebte. „Amüsierst
du dich heute Abend, altes Mädchen?", fragte Jasper, als er
uns herumwirbelte.

„Ich genieße den Abend sehr." Jasper war ein ausgezeichneter Tänzer. Wir schwebten dahin und wiegten durch
die Menge.

„War dein Weihnachtseinkauf erfolgreich?"

„Sehr. Gwen und ich haben Stunden bei Harrods
verbracht. Meine Einkäufe sind erledigt. Wie war dein
Tag?"

„Nichts annähernd so Angenehmes wie das. Dasselbe
wie immer." Da ich den Morgen damit verbracht hatte, ihm
zu folgen, wusste ich, dass er die Wahrheit sagte. Bevor ich
Gwen bei Harrods getroffen hatte, hatte ich Jasper beschat-
tet, als er zu seinem Schneider und dann in seinen Club
gegangen war. Ein Gefühl der Schuld überkam mich, doch
ich unterdrückte es. Ich wollte nur wissen, ob Jasper etwas
vor mir verheimlichte. Sicherlich hatte ein Mädchen ein

Recht darauf, das über ihren Schatz zu erfahren? „Was sind deine Pläne für Weihnachten?", fragte ich.

„Wirst du nach Haverhill gehen?"

„Ja, ich werde auf dem Weg zu Vater in Parkview vorbeischauen."

„Und hast du ein Geschenk für ihn gefunden?"

„Nein. Vater bevorzugt es, sich nicht etwas so profanem wie Feierlichkeiten hinzugeben."

„Was meinst du?"

„Wir tauschen keine Geschenke aus."

Ich war so überrascht, dass ich vergaß, mich mit der Musik zu bewegen, und stehenblieb. „Keine Geschenke?"

Jasper schwang uns zurück in den Tanz. „Nein. Und kein Baum oder Weihnachtsessen."

„Warum nicht?"

Er richtete seinen Blick über die Tanzfläche. „Keine Ahnung. Vater war schon immer so. Er sieht keine Notwendigkeit dafür, sagt er."

„Keine Notwendigkeit, einen der wichtigsten christlichen Feiertage des Jahres zu feiern?"

Jasper zuckte mit einer Schulter. „Er ist nicht jemand, der seine Dekrete in Frage stellen lässt." Er lächelte plötzlich. „Du kannst dir vorstellen, wie wunderbar mein erstes Weihnachten in Parkview war. Eine ziemliche Offenbarung für einen kleinen Jungen."

„Das ist wirklich unvorstellbar." Als Tochter eines ehemaligen Pastors war mein Leben geprägt von religiösen Feiertagen und all dem weltlichen Drumherum, von Weihnachtsbäumen bis hin zu Früchtebrot.

„Es war wie ein Märchen – und nicht eines dieser schrecklichen dunklen Märchen. Diese Geschichte war voll von Glühwein, Weihnachtsliedern, Schlittenfahrten und Geschenken."

„So sollen die Feiertage auch sein." In mir flammte ein Funke Wut auf Jaspers Vater auf. Warum einem Jungen die

Weihnachtsfreude verderben? „Ich bin sehr froh, dass Peter dich eingeladen hat, die Schulferien mit ihm in Parkview zu verbringen."

„Ich auch." Sein Blick begegnete meinem, und dieser Funke Wut veränderte sich und erblühte zu einem warmen Gefühl für Jasper. Er zog mich näher und schmiegte sein Kinn in mein Haar. Für den Rest des Tanzes sagten wir nichts mehr.

Die Musik endete, und wir lösten uns widerwillig voneinander. Als ich zwischen den Paaren, die die Tanzfläche verließen, hindurchging, kam eine zierliche Frau mit dunklem Haar auf mich zugeeilt. „Olive!"

„Gigi, ich wusste nicht, dass du in der Stadt bist."

„Weihnachtseinkäufe, Darling. Bin nur für einen Tag hier. Hallo Jasper. Schön, dich zu sehen." Sie hakte sich bei mir unter und ging mit uns zurück zu unserem winzigen, mit weißem Leinen gedeckten Tisch am Rand der Tanzfläche. „Du musst kommen und dir Bascomb Hall ansehen. Ich bin dort schrecklich häuslich – genau genommen überwache ich die Renovierungsarbeiten. Ich reise morgen früh zu einer schrecklich unzivilisierten Stunde ab – mit dem ersten Zug, wenn du es glauben kannst – weil ich dort sein muss, um die neuen Arbeiter zu dirigieren, die ankommen, um sich um die Klempnerarbeiten zu kümmern."

Jasper winkte nach einem weiteren Stuhl. „Und wie läuft die Renovierung?"

„Ganz ausgezeichnet. Ich weiß, ich bin auch geschockt. Wer hätte gedacht, dass mir das Spaß machen könnte? Es ist einfach faszinierend, Altes herauszureißen. Man weiß nie, was man findet."

„Arbeitest du etwa mit?", fragte ich.

„Sei nicht albern. Ich beaufsichtige alles, Darling. Aber die Tapete! Schichten und Schichten davon. Einig sind so grässlich, dass ich es schon wieder faszinierend finde. Wie auch immer, sag' bitte, dass du es dir ansehen wirst, Olive.

11

Ich nehme an, du fährst über Weihnachten nach Park-view?" Sie ließ mir keine Zeit zu antworten. „Komm auf dem Weg dorthin vorbei. Komm vorbei und lass uns Tee trinken. Es liegt auf dem Weg – na ja, fast. Du kannst Mr. Quigleys neues Zuhause sehen. Der Wintergarten ist der einzige Ort im ganzen Haus, der keiner Renovierung bedarf. Er genießt ihn sehr."

„Das würde ich gerne tun."

„Brillant." Sie blickte über meine Schulter. „Ich muss fliegen. Cheerio, meine Lieben."

Der Garçon kam mit dem Stuhl, doch Jasper winkte ab. „Ist nicht mehr nötig. Tut mir leid, alter Junge."

Ich nahm Platz, während Jasper meinen Stuhl hielt. „Gigi ist immer ein Wirbelwind."

„Eher ein Taifun. Na, altes Mädchen, was darf's sein? Noch ein Getränk? Ein anderer Club? Oder möchtest du lieber nach Hause?"

„Es war ein schöner Abend, aber ich habe morgen einiges vor. Ich glaube, ich würde gerne in meine süße kleine Wohnung zurückzukehren."

Im Taxi legte Jasper seinen Arm über die Rückenlehne hinter meinen Schultern. „Vielleicht sollten wir morgen zur Abwechslung Tee im Savoy trinken?"

Ich kuschelte mich an seine Schulter und inhalierte seine Zitrusseife. „Ich freue mich darauf."

An den South Regent Mansions sagte er dem Fahrer, er solle warten, während er mich hinein eskortierte. Unter dem Kristallleuchter der Lobby blieben wir stehen. Er küsste meine Hand und warf mir einen Blick zu, der besagte, dass er gerne mehr tun würde, es jedoch nicht tat, da der Portier an seinem Schreibtisch in der kleinen Nische saß und uns beobachtete.

Ich fuhr mit dem Aufzug zu meiner Wohnung und schloss die Tür auf. Ich zog die Vorhänge vor das große Fenster im Wohnzimmer, zündete das Feuer an und machte mir eine Tasse Tee. Ich zog einen Morgenmantel über, setzte mich dann in den Clubsessel im Wohnzimmer, schlüpfte aus meinen Schuhen und zog meine Füße unter mich.

Ich nahm ein Buch, das ich bei Harrods gekauft hatte, aber ich konnte mich nicht in der Geschichte verlieren. Meine Gedanken wanderten immer wieder zurück zu dem, was Jasper über die Einstellung seines Vaters zu Weihnachten gesagt hatte. Jasper sprach kaum von seiner Familie.

Ich wusste nur, dass sein Vater im diplomatischen Dienst in Indien gewesen war. Jasper war dort zur Welt gekommen, doch seine Mutter war gestorben, als er noch sehr jung gewesen war. Er war zur Schule nach England zurückgeschickt worden und war nie nach Indien zurückgekehrt. Sein Vater war dort bis zu seiner Pensionierung geblieben, dann war er nach England zurückgekehrt und lebte jetzt in Haverhill Hall. Jasper besuchte seinen Vater gelegentlich, doch er war immer sehr zurückhaltend, was das Thema anging. Er hatte mir heute Abend mehr erzählt als je zuvor, so wenig es auch war. Ich konnte praktisch Gwens Stimme in meinem Kopf hören, die mir zur Geduld riet. Vielleicht hatte sie recht. Wenn ich wartete, würde Jasper mir irgendwann mehr erzählen.

Ich trank meinen Tee aus und machte mich bettfertig, entschlossen, weniger neugierig und geduldiger zu sein.

22. DEZEMBER 1923

Gewohnheiten wird man nur schwer los. Am nächsten Morgen wachte ich auf, bereitete mich für den Tag vor, verließ dann meine Wohnung, und meine Füße bewegten sich automatisch zu dem Teeladen, in den ich in letzter Zeit jeden Morgen ging. Er war nicht weit von den South

Regent Mansions entfernt und bot einen hervorragenden Blick auf das Gebäude, in dem Jasper wohnte. An dem ersten kalten Dezembermorgen, an dem ich beschlossen hatte, Jasper zu beobachten, hatte ich vor seinem Gebäude Wache gestanden, doch meine Finger und Zehen waren innerhalb einer Viertelstunde taub geworden. Ich hatte mich in den Teeladen geflüchtet und entdeckt, dass es dort köstliche Rosinenbrötchen gab.

Ich hatte gerade den letzten warmen Bissen des Gebäcks mit Rosinen, Zimt und Zuckerglasur in meinen Mund gesteckt, als Jasper aus seinem Gebäude kam und die Treppe hinuntertrottete. Ich schluckte den Bissen herunter und sah auf meine Uhr. So früh hatte ich ihn noch nie gesehen. Anstatt am Fuß der Treppe nach rechts abzubiegen, was seine übliche Routine war, wandte er sich nach links und kam auf mich zu. Ich senkte den Kopf, als würde ich die Zeitung lesen, die auf dem Tisch lag, zusammengefaltet zu einem Artikel über zwei verlobte Rasentennisstars. Aus dem Augenwinkel sah ich Jasper an dem Teeladen vorbeigehen, sein Tempo ein wenig schneller als sein übliches gemächliches Schlendern. Er verschwand aus meinem Blickfeld, und ich saß einen Moment lang da, während mein Finger auf den Rand meiner Teetasse klopfte. *Geduld*, redete ich mir im Geiste zu. *Warte einfach ab.*

Ich schaffte es noch eine halbe Minute, dann hielt ich es nicht mehr aus. Geduld war noch nie eine meiner Stärken gewesen. Ich legte Münzen auf den Tisch und eilte zur Tür hinaus.

Ein eiskalter Wind peitschte die Straße entlang. Es war ein strahlender Tag, das Sonnenlicht glitzerte auf den Fensterscheiben und betonte jeden kahlen Ast, der sich im Wind wiegte. Ich zog das Revers meines Mantels enger und zog meinen Kopf ein, als ich hinaus in den Wind trat, froh, dass ich heute zwei Hutnadeln benutzt hatte, um meinen Glockenhut festzuhalten. Ich hielt sicheren Abstand. Jaspers hochgewachsene Gestalt mit seinem welligen blonden Haar, das unter seinem Fedora hervor spähte, war leicht im Auge zu behalten.

Als er an einer Straßenecke stehenblieb und sich beim Warten umsah, vertiefte ich mich in das Studium der Waren an einem Lebensmittelstand. Ich hoffte, dass ich wie eine Frau aussah, die überlegte, welche Kartoffeln sie kaufen wollte. Ich trug meinen wärmsten Mantel zusammen mit dem schlichtesten Hut, den ich besaß. Es war ein tristes Braun, und ich hatte überlegt, ihn dem Lumpenmann zu geben, doch die Tage, in denen ich knausern musste, um über die Runden zu kommen, waren noch nicht so lange her. Ich konnte mich nicht dazu durchringen, einen nützlichen Gegenstand zu verschenken, egal wie unmodern er war. Ich hoffte, dass mein unauffälliges Ensemble dazu führte, dass Jaspers Blick über mich hinweg schweifte, ohne hängenzubleiben.

Ich folgte ihm in kurzen Sprints von einem diskreten Versteck zum nächsten um den Hyde Park herum nach South Kensington. Schließlich überquerte Jasper die Straße und verschwand in der U-Bahnstation Gloucester Road. Dies war das dritte Mal, dass er zu dieser speziellen U-Bahn-Station ging. Jedes Mal, wenn ich ihm gefolgt war, hatte er eine andere Route durch Londons Straßen genommen, aber jedes Mal war er zum Bahnhof in der Gloucester Road gegangen.

Zwei Frauen, wahrscheinlich Hausfrauen, die ihre Weihnachtseinkäufe erledigen wollten, gingen auf den Eingang zu. Ich schloss mich ihnen an. Als ich den Bahnsteig erreichte, blieb ich in der Nähe der Frauen und achtete darauf, dass sie zwischen Jasper und mir waren. Wie zuvor wartete Jasper am anderen Ende des Bahnsteigs. Er blickte über die Gleise hinaus, eine Hand auf seinen Spazierstock mit dem silbernen Griff gestützt.

Ein Luftzug bewegte seinen schweren grauen Mantel,

als der Zug in den Bahnhof einfuhr. Ich stellte mich auf Zehenspitzen, um über die Hüte der Frauen hinwegblicken zu können. Die Türen öffneten sich, und Menschen strömten auf den Bahnsteig. Ein Mann, der mir von meinen vorherigen Ausflügen, bei denen ich Jasper verfolgt hatte, vertraut war, verließ den Zug. Er trug einen schwarzen Mantel und einen Trilby und hatte einen fächerförmigen Schnurrbart. Er blieb neben Jasper stehen, scheinbar im Gedränge gefangen, als die beiden Menschenströme, einer aus dem Zug hinaus und der andere hinein, sich trafen und verschmolzen und sich wieder trennten.

Ich war mir nicht sicher, doch es sah nicht so aus, als ob die beiden Männer miteinander sprachen. Genau wie bei den vorherigen Malen bewegte sich Jasper mit der Menge auf dem Bahnsteig und verschmolz mit dem Schwarm, der auf den Ausgang der U-Bahn zusteuerte. Die anderen Male, als ich Jasper gefolgt war, hatte er immer den Bahnhof verlassen und war über Umwege durch London zu seiner Wohnung zurückgekehrt. Diesmal behielt ich den Mann mit dem Schnurrbart im Auge. Er ging den Bahnsteig entlang und stieg wieder in den Zug ein.

Ich traf eine spontane Entscheidung und stieg ein, kurz bevor der Zug abfuhr. Ich entfernte mich von dem Mann und ging zum anderen Ende des Wagens. Er hatte jetzt eine Zeitung in der Hand. Das Bild der schlanken, blonden Schauspielerin Bebe Ravenna lächelte von der Seite. Der Fotograf hatte sie geknipst, als sie der Menge zuwinkte, bevor sie ein Londoner Theater betrat. Ich fragte mich, ob Jasper wusste, dass sie in der Stadt war. In der Vergangenheit war er oft ihr Begleiter gewesen, und ich hatte viele Klatschspaltenfotos der beiden zusammen gesehen.

Der Zug schwankte, und ich streckte die Hand aus, um mich abzustützen, als die U-Bahn an der nächsten Haltestelle langsam zum Stehen kam. Der Mann mit dem Schnurrbart verließ den Zug. Ich hielt mich zurück und ließ mehrere Leute aussteigen, bevor ich ihm folgte. Ich behielt seinen Trilby im Auge, als er hinaus nach South Kensington ging. Ich dachte, er wollte zum Victoria and Albert Museum oder zum Natural History Museum, doch er bog ab und ging die Cromwell Road hinauf.

Ich zog mein Kinn ein und trottete hinter ihm her. Wenn wir weiter in diese Richtung gingen, würden wir wieder zur Gloucester Road Station kommen. Bewegte sich der Mann einfach im Kreis? Wenn er nur spazieren ging – eine unsinnige Idee an einem so kalten, windigen Tag –, dann könnte ich genauso gut aufhören und nach Hause zurückkehren. Doch dann joggte er die Treppe hinauf und betrat ein Gebäude mit einer schwarzen Tür und ohne Namensschild.

Während ich wartete und die kalte Luft um mich herum wehte, näherte sich ein anderer Mann der schwarzen Tür. In einen maßgeschneiderten Wollmantel und eine Melone gekleidet, schien er ein Geschäftsmann zu sein. Er benutzte seinen Spazierstock, als er langsamer die Stufen hinaufstieg, dann ging er ohne Schlüssel hinein. Es musste eine Art Geschäft sein. Ich gab dem Mann ein paar Minuten Vorsprung, dann folgte ich ihm.

Die Tür öffnete sich in ein kleines, leeres Foyer. Gegenüber der Tür war eine Treppe mit abgenutztem Läufer. An der Wand neben der Treppe war eine Metallplatte mit Schlitzen für Unternehmen zum Einstecken von Namensschildern befestigt. Die meisten Plätze waren jedoch leer. Diejenigen, in denen Papier steckte, sahen so uralt aus, dass ich entschied, dass die Tafel wahrscheinlich kein sehr genaues Abbild der derzeitigen Mieter war. Es war ein ziemlich großes Gebäude. Ich konnte nicht an jede Tür klopfen und fragen, ob dort ein Herr mit Schnurrbart und schwarzem Trilby angestellt war. Und was würde ich sagen, wenn ich ihn fand? *Warum waren Sie mehrmals gleich-*

zeitig mit Jasper Rimington auf dem Bahnsteig? Ich seufzte und ging.

Ich kehrte zu den South Regent Mansions zurück, bepackt mit Geschenkpapier und Bändern. Ich hatte beschlossen, meine letzten Weihnachtsbesorgungen auf dem Weg zurück in meine Wohnung zu erledigen. Der Portier nahm mir meine Pakete ab und überreichte mir einen Umschlag. „Das ist vor einer halben Stunde für Sie eingetroffen, Miss Belgrave."

„Danke." Ich erkannte Jaspers ordentliche Handschrift. Oben in meiner Wohnung ließ ich den Portier meine Einkäufe auf dem Sofa deponieren. Sobald er gegangen war, riss ich den Brief auf.

Liebe Olive,

es tut mir sehr leid, aber ich kann dich heute nicht zum Tee ins Savoy begleiten. Eine dringende Angelegenheit hat sich ergeben, und ich muss London sofort verlassen.

Ich hoffe auf eine schnelle Klärung. Ich freue mich darauf, dich an Heiligabend in Parkview zu sehen – wo Gwen hoffentlich die Räume mit zahllosen Mistelzweigen geschmückt haben wird. Bis dann …

Dein Jasper

KAPITEL DREI

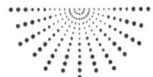

*I*ch zog meine Handschuhe aus, machte mir aber nicht die Mühe, meinen Mantel oder Hut abzulegen, sondern ging direkt zu meinem Schreibtisch und rief Jasper an. „Hallo?"

Ich zögerte, weil eine Frau antwortete. Die Telefonistin musste die Leitungen vertauscht haben. „Es tut mir leid. Ich habe versucht, den Anschluss von Jasper Rimington zu erreichen."

„Das ist Mr. Rimington Anschluss. Darf ich eine Nachricht entgegennehmen?"

„Oh …" Ich war mir nicht sicher, was ich sagen sollte. Wenn ich in der Vergangenheit angerufen hatte, waren immer Jasper oder sein Diener Grigsby in seiner Wohnung ans Telefon gegangen. Die Frau musste meine Verwirrung gespürt haben, denn sie sagte: „Ich putze für ihn. Ich komme zweimal die Woche."

„Ich verstehe. Ich hatte gehofft, Mr. Rimington sprechen zu können, doch es hört sich so an, als wäre er nicht da?"

„So ist es. Sie haben ihn gerade verpasst. Er und Mr. Grigsby sind so schnell von hier verschwunden, dass Mr.

Rimington kaum Zeit hatte, mich zu begrüßen. Und er nimmt sich immer Zeit für mich und fragt nach meiner Familie. Er ist ein richtiger Gentleman."

„Ich nehme an, er ist früher als erwartet nach Haverhill gefahren." Meine wenig freundlichen Gedanken über Jaspers Vater kehrten in meinen Kopf zurück. „Ich hoffe, es waren keine schlechten Nachrichten von seiner Familie, die ihn dazu veranlasst haben, so abrupt abzureisen."

„Oh nein, Miss. Er ist nicht nach Haverhill gefahren. Es war ein anderer Ort – was war es nochmal? Ach ja, Holly Hill Lodge. Ich mochte den Namen. Hört sich musikalisch an."

„Ich verstehe", murmelte ich, obwohl ich weit davon entfernt war zu verstehen, warum Jasper so plötzlich wegmusste. Ich nahm an, dass es sich um einen Landsitz handelte, doch ich hatte noch nie davon gehört.

„Soll ich eine Nachricht aufnehmen, Miss?"

„Nein. Keine Nachricht." Ich bedankte mich, legte auf und griff nach meinen Handschuhen. Ich brauchte eine Karte.

Anderthalb Stunden später fuhr ich aus London hinaus. Ich hatte einen kurzen Ausflug zu einem nahe gelegenen Buchladen gemacht, der eine schöne Auswahl an Nachschlagewerken und Karten führte. Ich hatte herausgefunden, dass die Holly Hill Lodge nur eine Autostunde außerhalb von London war. Noch mehr freute es mich zu sehen, dass sie nur wenige Meilen von Gigis neuem Zuhause, Bascomb Hall, entfernt lag.

Nach meinem Besuch im Buchladen war ich in meine Wohnung zurückgekehrt und hatte zwei Telefonate geführt. Ich hatte bestätigt, dass Gigi an diesem Morgen tatsächlich in ihr neues Zuhause zurückgekehrt war. Sie war begeistert von der Idee, dass ich noch am Nachmittag vorbeischauen wollte, um den Fortschritt der Renovierungsarbeiten zu sehen. „Ich bin gerade aus London angekommen", hatte sie gesagt. „Und ja, komm zum Mittagessen. Das Haus scheint nach der Stadt schrecklich ruhig zu sein, und wir hatten überhaupt keine Gelegenheit, uns zu unterhalten."

Danach hatte ich in der Garage angerufen, in der ich meinen lieben kleinen Morris Cowley parkte, und sie gebeten, ihn zu den South Regent Mansions zu bringen. Ich packte meinen Koffer mit meinen Kleidern für die Feiertage und ließ ihn vom Portier zusammen mit den Geschenken und dem Geschenkpapier im Automobil verstauen. Ich hatte Geschenke für Tante Caroline, Onkel Leo und meine Cousinen sowie für Vater und Sonia gekauft. Ich würde die Geschenke für Vater und Sonia in Tate House lassen, damit sie sie finden würden, wenn sie aus Italien zurückkamen.

Eingepackt in Mantel, Handschuhe, zwei Schals und meine wärmsten Stiefel machte ich mich auf den Weg aus London hinaus. Der Tag war noch klar, doch ich fuhr nach Norden, direkt auf eine Wand dunkler Wolken am Horizont zu, die darauf hindeuteten, dass sich das Wetter ändern könnte. Es blieben nur noch wenige Stunden Tageslicht, doch ich wusste, dass ich es vor ein Uhr nach Bascomb Hall schaffen würde. Mein Plan war, Gigi zu besuchen, bei der Holly Hill Lodge vorbeizuschauen und dann die Nacht in einem Gasthaus in der Gegend zu verbringen, bevor ich am Morgen nach Nether Woodsmoor weiterfuhr. Die Karte im Buchladen hatte eine ziemlich große Stadt in der Nähe von Bascomb Hall gezeigt, Chipping Bascomb. Ich sollte in der Lage sein, dort für diese Nacht eine Unterkunft zu finden. Ich würde einen Abend in Tate House bleiben, um Gwen und ihre neuen Schwiegereltern nicht zu stören, und dann am Heiligabend in Parkview Hall ankommen.

Gigi hatte mir detaillierte Anweisungen gegeben, wie ich ihr neues Zuhause finden konnte, und überraschenderweise fand ich den richtigen Weg und musste nicht einmal zurückfahren. Von außen war Bascomb Hall ein entzückender georgianischer Bau auf einem Bergrücken, mit Blick auf die bewaldeten sanften Hügel. Drinnen war eine andere Geschichte.

„Es sieht nach völligem Wahnsinn aus, ich weiß", sagte Gigi, als sie mich durch einen Raum nach dem anderen mit zerkratzten und verzogenen Böden, großen Wasserflecken an den Wänden und Trümmerhaufen in jeder Ecke eskortierte.

„Es – ähm – hat schöne, große Zimmer mit herrlicher Aussicht."

Gigi lachte. „Ja, das ist im Moment alles, was man dazu sagen kann. Die Architekten versichern mir jedoch, dass es ein Juwel sein wird ... irgendwann. Komm in den Wintergarten. Es ist im Moment der einzige wirklich bewohnbare Raum." Die Räume von Bascomb Hall waren eiskalt gewesen, doch als sie eine Doppeltür aufriss, hüllte uns eine Welle feuchtwarmer Luft ein. Ich hatte meine Arme eng an meine Seiten gepresst, um so warm wie möglich zu bleiben, doch jetzt entspannten sich meine Arme und Schultern. Feuchtigkeit an den Glaswänden und -decken verzerrte den Blick auf den Himmel und die Bäume in eine impressionistische Landschaft.

„Komm rein, und ich werde sehen, ob ich Mr. Quigley von seiner Stange locken kann. Sein Lieblingsplatz ist die hohe Palme da drüben." Gigi pfiff, und der Graupapagei kam herunter geschwebt und landete auf ihrer Schulter. Sie neigte ihr Kinn in seine Richtung. „Da ist ja mein guter Junge." Er rieb seinen Kopf an ihrer Wange und stieß einen trillernden Laut aus.

„Nun, er sieht sehr zufrieden aus", sagte ich. „Und was für eine schöne Umgebung für ihn. Es ist perfekt."

„Ja, ist es, nicht wahr? Hier verbringe ich auch die meiste Zeit. Es ist so schön und warm und angenehm mit all dem Grün. Lass mich dir meinen kleinen Rückzugsort zeigen." Sie machte sich auf den Weg durch die Reihen blühender Pflanzen und ging mit Mr. Quigley auf ihrer Schulter eine Treppe hinunter.

Für das Mittagessen war ein Korbtisch in der Mitte des Raumes eingedeckt. Ein Dienstmädchen brachte Suppe und Sandwiches. „Die Küche wird auch renoviert", sagte Gigi, „weswegen unsere Mahlzeiten einfach sind." Mr. Quigley flog herüber und setzte sich, während wir aßen, auf die Lehne eines der leeren Korbstühle. Als wir mit dem Essen fertig waren, reichte mir Gigi einen Teller mit Lebkuchen. „Du musst einen essen. Die Köchin hat es trotz der Arbeit in der Küche geschafft, die zu machen."

„Und möchtest du Pflaumenpudding?"

„Natürlich. Ohne sie wäre es kein Weihnachten." Sie wartete, bis das Dienstmädchen eine frische Kanne Tee brachte, und sagte dann: „Ich wünschte, ich könnte dir eine Unterkunft anbieten, aber ich fürchte, wir haben kein Zimmer, das für einen Gast angemessen wäre."

„Ich hatte nicht vor zu bleiben. Ich bin auf dem Weg nach Parkview, aber ich bin froh, dass ich vorbeischauen konnte, um dich und Mr. Quigley zu sehen." Ich erklärte nicht mehr und erwähnte auch nicht, dass ich vorhatte, in dem nahegelegenen Dorf Halt zu machen. Wenn sie es wüsste, würde Gigi darauf bestehen, dass ich bleibe. Mr. Quigley neigte den Kopf zur Seite und stieß dann ein Kreischen aus, das bis zu den Palmwedeln über uns hallte. „Hast du ihm irgendwelche neuen Sprüche beigebracht?"

„Ein paar." Gigi beugte sich vor. „Was haben wir, Mr. Quigley?"

Er pfiff und verkündete dann: „Oh, haben wir nicht eine Menge Spaß?"

Wir lachten beide, dann fütterte Gigi ihn mit einem

Stückchen Brot von ihrem Teller. Er flatterte davon und setzte sich auf einen Bananenwedel. „Er hat seine alten Gewohnheiten jedoch nicht verloren", sagte Gigi. „Er erinnert mich ständig daran, ein gutes Mädchen zu sein. Nun sag mir, wie läuft es mit dir und Jasper? Wirst du ihn zu Weihnachten sehen?"

„Ja, er wird in Parkview sein." Ich wollte nicht ins Detail über meine komplizierten Gefühle gegenüber Jasper gehen, also fragte ich: „Wie ist das Leben außerhalb von London? Hast du deine Nachbarn schon kennengelernt?"

„Ein paar. Mehrere Häuser sind für den Winter geschlossen, und eines ist auf dem Markt, daher gibt es nicht viel Geselligkeit. Glücklicherweise halten mich die Renovierungsarbeiten auf Trab."

„Was ist mit der Holly Hill Lodge? Ich habe auf dem Weg hierher einen Wegweiser dafür gesehen."

„Das ist das Zuhause von Frank und Julia Searsby. Mrs. Searsby hat mich neulich zum Abendessen eingeladen. Entzückende Leute. Ein bisschen älter als ich, also weiß ich nicht, ob ich sie so oft sehen werde. Sehr gastfreundlich. Mrs. Searsby gehört zu den Menschen, die ständig lahme Enten sammeln – menschlicher und tierischer Art. Ihr Mann hat sie damit geneckt, als ich dort war. Tatsächlich glaube ich, dass sie gerade das Haus voller Gäste haben. Mrs. Searsby sagte, sie wolle ihnen ein richtiges englisches Weihnachtsfest zeigen."

Ein Arbeiter erschien. „Bitte um Verzeihung, Ma'am, aber es ist die Wand in der Gemäldegalerie, die Sie abreißen wollen, nicht wahr?"

„Du meine Güte, nein. Es ist das Zimmer daneben." Gigi sprang auf. „Ich werde es Ihnen zeigen."

„Und ich sollte mich wieder auf den Weg machen."

Gigi hielt inne, ihr Blick wanderte zur Glasdecke. Während meines Besuchs waren stahlgraue Wolken aufge-

zogen und hatten einen grauen Schleier über den Wintergarten geworfen. „Draußen sieht es düster aus – als könnte
jeden Moment ein Schneesturm losbrechen. Vielleicht *solltest* du über Nacht bleiben. Wir könnten ein provisorisches
Bett –"

„Danke, aber nein. Mach dir keine Sorgen um mich. Die
Vorhersage im Radio heute Morgen war für bewölkten
Himmel, aber keinen Schnee. Ich bin sicher, dass es so
bleiben wird."

⁓

Ich verließ Bascomb Hall, fuhr zurück nach Chipping
Bascomb und bog dann am Schild zur Holly Hill Lodge ab.
Die Luft war frostig, und die grauen Wolken ließen es
früher dunkel werden. Ein paar verirrte Schneeflocken
fielen, doch sie schmolzen bei Kontakt mit der Windschutz-
scheibe oder dem Boden sofort.

Zur Teezeit würde es dunkel sein, also hatte ich ungefähr eine Stunde, um mir die Holly Hill Lodge anzusehen,
dann würde ich nach Chipping Bascomb zurückkehren und
in dem Gasthaus übernachten, das ich auf der Durchfahrt
entdeckt hatte. Ich folgte ungefähr zwanzig Minuten lang
der verlassenen Straße durch die sanften bewaldeten
Hügel, dann fiel die Hecke auf der einen Seite der Straße ab
und wurde durch eine Ziegelmauer ersetzt. Als zwei Tore
in Sicht kamen, bremste ich und fuhr langsamer weiter. Die
schmiedeeisernen Tore mit goldenen Spitzen waren riesig
und fest verschlossen.

Ich fuhr weiter und spähte die düstere, von Bäumen
beschattete Auffahrt hinunter, doch sie machte eine
Biegung nach rechts und verschwand in einer Gruppe von
Kastanien. Das einzige sichtbare Gebäude war ein Torhaus
nicht weit von der Straße. Aus dem Schornstein kam kein

Rauch, und die Fensterläden waren geschlossen und verriegelt. Ich stellte mir vor, dass die Position des Torwächters wahrscheinlich dem Krieg zum Opfer gefallen war. Selbst die herrschaftlichsten Häuser hatten es für notwendig befunden, Personal zu reduzieren.

Ich legte den Gang ein, fuhr ungefähr eine Viertelmeile weiter die Straße hinunter und dann auf die Anliegerstraße. Während mein Atem weiße Wolken um mich herum bildete, stieg ich aus, um die Backsteinmauer zu untersuchen. Sie war mindestens zwei Meter hoch, doch dieser Abschnitt war mit einer Efeuschicht bewachsen. Ich schob die Blätter des Efeus beiseite und lächelte. Die Ranken waren dick, die meisten mindestens so dick wie meine Finger. Ich packte ein paar von ihnen und zog daran. Sie gaben keinen Zentimeter nach. Ich steckte einen gestiefelten Fuß in den Efeu, fand einen Halt und stemmte mich hoch. Die Bäume auf der anderen Seite der Mauer standen dicht, und ich konnte nichts als dicke Äste und Unterholz sehen.

Ich ließ mich wieder hinunter und bewegte mich ein paar Meter an der Mauer entlang, bis ich anstelle von Bäumen auf der anderen Seite der Mauer graue Wolken am Himmel sehen konnte. Ich zog mich wieder hinauf, und diesmal kam durch eine Lücke zwischen den Bäumen ein Herrenhaus im Tudorstil in Sicht.

Der Name „Holly Hill Lodge" klang nicht prätentiös, doch das Gebäude war ein imposantes dreistöckiges Herrenhaus aus Backstein. Rauch stieg aus mehreren Schornsteinen auf, und ein warmer Schein strahlte aus den zweibogigen Fenstern, als das spärliche graue Tageslicht ins Zwielicht überging. Ich beobachtete das Haus ein paar Augenblicke lang, doch ich war zu weit weg, um Details zu erkennen.

Ich sprang herunter, und meine Fersen hämmerten auf den harten Boden. Ich hatte genau was ich brauchte, um es besser sehen zu können. Ich eilte zurück zum Automobil und war froh, dass ich vor meiner Abreise keine Zeit gehabt hatte, meine Weihnachtsgeschenke einzupacken. Ich öffnete die Schachtel mit dem Geschenk für Vater, einem Fernglas.

Ich hatte es bei Harrods gefunden und entschieden, dass es das perfekte Geschenk für jemanden war, der eigentlich überhaupt kein Geschenk haben wollte. Vater verbrachte im Frühling und Sommer Zeit im Freien, während Sonia im Garten arbeitete, und ich dachte, das Fernglas könnte ihn dazu ermutigen, mit der Vogelbeobachtung zu beginnen. Ich war mir sicher, dass Sonia es gutheißen würde, weil es Vater öfter aus seinem Arbeitszimmer ins Sonnenlicht ziehen würde. Ich nahm das Fernglas aus der Ledertasche und hängte mir den Riemen um den Hals.

Ich kehrte zur Wand zurück und kletterte wieder hinauf. Ich beugte mich vor, die Beine an der Wand und die Ellbogen in den Efeublättern abgestützt, die die Mauerkrone bedeckten. Ich stellte das Fernglas ein, bis die hohen, dünnen Schornsteine mit ihrem kreuz und quer verlaufenden Ziegelmuster ins Blickfeld rückten. Ich schwenkte hinunter über das steil abfallende Dach, dann zu den Reihen heller Fenster und dann weiter hinunter zu den spitzen Steinbögen über der Eingangstür.

Ich schwenkte das Fernglas hin und her. Das Anwesen war makellos. Kein einziges totes Blatt verunzierte den breiten Kiesstreifen. Menschen sah ich auch nicht. Es war ein kalter Winternachmittag, und wahrscheinlich blieben alle drinnen. Ich betrachtete erneut die Fenster des Hauses. Ein paar undeutliche Gestalten bewegten sich hin und her, doch wieder konnte ich keine Details erkennen.

Ich beobachtete Holly Hill Lodge einen Moment lang, dann stieß ich einen Seufzer aus. Nun, das hatte wenig bewirkt. Was für eine dumme Idee, zu glauben, ich könnte

Jasper zu einem Landhaus folgen und herausfinden, was er tat. Ich hatte nicht vor, über die Wand zu springen, um genauer hinzusehen. Nur weil es keinen Torwächter gab, hieß das nicht, dass es keinen Wildhüter gab, und ich wollte nicht riskieren, von ihm gejagt zu werden – oder von irgendwelchen Hunden, die er vielleicht hatte.

Es sei denn, ich wollte Ärger mit meinem Automobil vortäuschen ... Nein. Ich zuckte bei dem Gedanken an die Lügen zusammen, die das nach sich ziehen würde. Auf ein solches Verhalten würde ich nicht zurückgreifen. Ein Blick aus der Ferne war alles, was ich an Informationen über die Holly Hill Lodge sammeln konnte. Wände hinaufzuklettern und Ferngläser zu benutzen war skandalös genug. Gott sei Dank war die Straße nicht befahren. Kein einziges Automobil war vorbeigefahren, also hatte niemand mich oder mein sehr unziemliches Verhalten gesehen. Wenigstens war der Tag nicht völlig vergeudet. Ich hatte Gigis neues Zuhause gesehen.

Ich ließ das Fernglas mit einem letzten Schwenk über das Haus schweifen, und das Lachen einer Frau ertönte wie das Läuten einer silbernen Glocke. Ich schwenkte das Fernglas in die Richtung, aus der es kam. Die Bäume und das Gras waren braun, und der Tag war graustichig, und als etwas Weißes die Sicht dominierte, erschrak ich.

Das Klappern von Pferdehufen ertönte, als ich das Fernglas von meinen Augen riss. Nicht mehr als sechs Meter entfernt tauchte ein wunderschönes weißes Pferd zwischen den Bäumen auf. Es war so sehr wie etwas aus einem Märchen, dass ich blinzelte und erstarrte.

Die Frau, die das Pferd ritt, sah so elegant aus wie eine Prinzessin in einem Märchen, nur dass sie moderne schwarze Reitkleidung mit Reithosen und Stiefeln trug. Sie hatte sich abgewandt und sprach über ihre Schulter mit ihrem Begleiter. Ihr Reithelm verbarg den größten Teil ihrer Haare, mit Ausnahme einiger platinblonder Locken, die am

Ansatz ihres Halses sichtbar waren. Als sie sich umdrehte, war sie nahe genug, dass ich sehen konnte, dass es Bebe Ravenna war. Ihr Gefährte, der auf einem Fuchs ritt, trabte aus den Bäumen auf die kleine Lichtung.

„Ich fass' es nicht!", murmelte ich leise, als Jasper die Zügel anzog und sein Pferd neben ihrem anhielt. Sie standen mit dem Rücken zu mir, als sie auf das Haus blickten, und sie waren zu weit weg, als dass ich hören konnte, was sie sagten. Bebe nickte und machte sich im Galopp auf den Weg. Jasper folgte ihr, sein Körper tief über den Hals seines Pferdes gebeugt.

Die Hufe donnerten davon, und ich ließ die Ranken los und kletterte von der Wand hinunter. „Also!" Das war das einzige Damenhafte, was ich sagen konnte. Ich wischte mit meinen Handschuhen über meinen Mantel und marschierte zurück zum Morris, wobei das Fernglas am Riemen über meiner Brust hin und her wippte.

Ich steckte es mit ruckartigen Bewegungen weg, zum Teil, weil meine Finger so kalt waren, aber auch, weil ich vor Wut kochte. Eine wirklich dringende Angelegenheit! Ich ließ meinen Ärger an der Kurbel aus, als ich den Morris anließ, dann warf ich mich auf den Sitz und holperte vom Seitenstreifen zurück auf die Straße.

Als ich mich einer Brücke näherte, bemerkte ich, dass ich mich in einem guten Tempo bewegte, und nahm den Fuß vom Gaspedal, damit das Automobil, das bereits auf der schmalen Brücke auf mich zukam, sie überqueren konnte, bevor ich sie erreichte. Ich steuerte den Morris näher an die Backsteinmauer heran, die am Straßenrand entlanglief. Beide Automobile könnten wahrscheinlich gleichzeitig die Brücke passieren, doch es wäre nur eine Handbreit Platz, und ich wollte es nicht riskieren, den Morris zu zerkratzen, trotz der Wut, die in mir brodelte.

Das andere Automobil, eine dunkle Limousine, erklomm die Anhöhe. Als es auf der anderen Seite herunterkam, schlitterten seine Reifen, und es rutschte direkt auf mich zu. Ich riss am Steuer des Morris und wandte mich von den grellen Scheinwerfern des herannahenden Wagens ab, doch ich konnte nirgendwohin ausweichen.

Ich trat auf die Bremse, als die mit Efeu bewachsene Mauer auf mich zuraste.

KAPITEL VIER

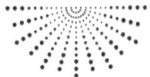

*a*us scheinbar großer Entfernung hörte ich eine Frau sagen: „Nein, warte – ich glaube sie kommt zu sich."

Eine tiefere männliche Stimme antwortete: „Gott sei Dank."

Ich öffnete meine Augen. Ich hing auf dem Sitz des Morris. Ich hob meinen Kopf und bereute es sofort, mich bewegt zu haben, als mich ein mulmiges Gefühl überkam. Eine junge Frau mit einer breiten Nase und geraden Augenbrauen über dunklen Augen lehnte in der offenen Tür meines Automobils, und ihr schwarzer Bob fiel auf beiden Seiten ihres Kinns nach vorn. Sie drehte sich um, um mit dem Mann hinter sich zu sprechen. „Ich habe dir doch gesagt, dass es eisig ist."

„Natürlich. Ich hätte dich fahren lassen sollen", sagte er. „Dann wären wir ohne einen Kratzer davongekommen."

„Wir *sind* ohne einen Kratzer davongekommen. Sie nicht. Gib mir dein Taschentuch."

„Was? Warum?"

„Sie blutet."

„Oh, ich sage …"

„Schnell."

Der Mann knöpfte seinen Wollmantel auf und griff in die Tasche seines Jacketts. Ich berührte meine Stirn, und leuchtend rote Rinnsale rannen meine Finger hinunter auf meine Hand, als ich sie sinken ließ.

Die Frau griff nach dem Stoffquadrat, faltete es und drückte es an meinen Haaransatz. „Da sind Sie ja. Halten Sie das einfach dort. Wir holen Sie sofort hier raus."

„Oh – das ist nicht nötig ..."

Die Frau hatte mich entweder nicht gehört oder ignorierte mich. Sie trat zurück und sagte zu dem Mann: „Du trägst sie. Ich halte die Tür zum Wagen auf. Hinten, wo sie sich hinlegen kann."

„Glaubst du, wir sollten sie bewegen?"

„Wir können sie nicht hierlassen."

Ich packte das Lenkrad und richtete mich auf. „Mir geht es gut", sagte ich. „Oder – wird es gleich."

„Unsinn. Sie haben einen guten Schlag auf den Kopf bekommen. Tommy wird Sie tragen."

Bevor ich erneut protestieren konnte, legte er einen Arm um meine Schultern, den anderen unter meine Beine und hob mich aus dem Morris. Er drehte sich um und steuerte auf die Limousine zu, sein Schritt war sicher und sein Atem unverändert. Sein Wollmantel kratzte an meiner Wange, und bei jedem Schritt, den er machte, fühlte ich mich, als ob ein gewaltiger Hammer auf meinen Kopf einschlug. Ich hielt das Taschentuch immer noch an meinen Haaransatz gedrückt, und wandte ihm meinen Kopf zu, um ihm ins Gesicht zu sehen.

„Nun, hallo", sagte er. „Sie haben uns da eben einen ziemlichen Schrecken eingejagt."

„Sie mir auch, als sie mit Ihrem Wagen auf mich zugeschossen sind."

„Ich entschuldige mich. Obwohl ich auf die Bremse getreten habe, hat sich das verdammte Ding geweigert zu reagieren – wie so ziemlich jedes Pferd, das ich je geritten habe."

Er lächelte mich an, als er das sagte, und ich konnte nicht anders, als zurückzulächeln. Er war einer dieser Menschen, deren Herzlichkeit ansteckend war.

Eine scharfe Stimme neben seiner Schulter sagte: „Eis."

„Ja, ich weiß jetzt auch, dass die Straße vereist ist." Sein unbeschwerter Ton stand im Kontrast zu ihrer Schärfe. „Zum Glück, Miss ...?"

„Belgrave. Olive Belgrave."

„Miss Belgrave sieht aus, als würde es ihr gut gehen. Ich bin Tommy. Freut mich, Ihre Bekanntschaft zu machen, Miss Belgrave."

„Freut mich auch." Es war die richtige Antwort, doch sobald die Worte aus meinem Mund waren, fühlte ich mich ziemlich absurd, wenn man bedachte, dass er mich in seinen Armen trug. Er blieb neben der Limousine stehen, während die Frau die hintere Tür öffnete. „Wir bringen Sie zum Haus. Es ist nicht weit", sagte er, als er mich vorsichtig auf dem Sitz absetzte.

„Aber mein Automobil ..." Ich verstummte, als er zurücktrat und ich den Morris sah. Die Motorhaube war gegen die Backsteinmauer geknautscht und die Vorderreifen waren in einem Winkel gedreht, den sie unter normalen Umständen nie erreichen würden. „Oh."

„Ich fürchte, es ist eine Reparatur erforderlich", sagte die junge Frau, „die Tommy bezahlen wird." Sie richtete ihren Blick auf ihn. „Nicht wahr, Tommy?"

„Natürlich. Natürlich. Das ist das Mindeste, was ich tun kann." Tommy schlug die Tür zu, und das Geräusch hallte in meinem Kopf wider.

Die Frau setzte sich vor mich, drehte sich dann um und reichte mir meine Handtasche. „Die war auf dem Vordersitz Ihres Automobils. Ich dachte, Sie würden sie wollen. Wir bringen Sie zur Holly Hill Lodge. Da sind wir zu

Besuch. Sie können sich dort ausruhen, bis Sie sich erholt haben. Ich bin sicher, Mrs. Searsby hat nichts dagegen. Tatsächlich wird sie sich freuen, einen neuen Hausgast zu haben – und einen verletzten noch dazu. Wir kümmern uns um die Bergung Ihres Automobils. Ich bin übrigens Madge. Madge Lambert."

Sogar in meinem verwirrten Zustand kam mir der Name bekannt vor. „Die Rasentennisspielerin?"

„Das bin ich", sagte sie und war sichtlich erfreut, dass ich ihren Namen erkannt hatte. „Und der fürchterliche Fahrer ist mein Tennispartner und Verlobter, Mr. Tommy Phillips."

Tommy ließ sich auf den Fahrersitz fallen und zog die Tür mit einem Knall zu. Ich schloss für einen Moment die Augen und öffnete sie dann weit, als das Automobil abrupt anfuhr.

Madge blickte über den Sitz zu mir. „Du meine Güte. Sie sehen gar nicht gut aus." Sie schlug Tommy auf die Schulter. „Fahr' langsamer."

Das Automobil wurde langsamer, und ich sagte: „Tut mir leid. Ich bin im Moment ein bisschen zittrig."

„Kein Wunder", sagte Madge.

Ich lehnte meinen Kopf gegen die Lehne des Sitzes und konzentrierte mich darauf, langsam durch meine Nase ein- und auszuatmen, meine Augen geschlossen vor der düsteren Landschaft, die mit immer noch alarmierender Geschwindigkeit am Fenster vorbeipeitschte. Die aufgewühlten Empfindungen in meinem Körper ließen nach ein paar Augenblicken nach. Ich nahm vorsichtig das Taschentuch von meiner Stirn, faltete es ein weiteres Mal und tupfte über die empfindliche Stelle.

Nur eine schwache rosa Linie befleckte den Stoff, doch ich war mir sicher, dass ich erschrocken aussah. Ich konnte spüren, dass das Haar über der Wunde mit getrocknetem Blut verklebt war. Ich hatte die kleine pistolenförmige

Puderdose, die Jasper mir geschenkt hatte, um Leute – vor allem Männer – mit schlechten Absichten abzuschrecken, aber ich würde mehr als Puder und Lippenstift brauchen, um mein Aussehen zu reparieren, doch der Gedanke, meinen Kopf zu heben, schien so viel Aufwand.

Ich blieb, wie ich war, lehnte mich an den Sitz und schloss die Augen wieder. Madge und Tommy sprachen leise miteinander. Ich konnte nicht hören, was sie sagten, doch ich war nicht daran interessiert, zu dem Gespräch beizutragen, und ich ließ das leise Murmeln ihrer Worte über mich hinweg plätschern.

Nach einer Weile schaltete Tommy, und das Tempo des Automobils änderte sich und wurde gleichmäßiger. Madges leise Stimme wurde jetzt hörbar, da der Motor leiser war.

„... lass uns nicht noch einmal davon anfangen. Wir *müssen* ihn aufhalten. Er hat Nerven, seine Himmelfahrtsnase in unser Geschäft zu stecken. Ich will nicht, dass er das noch länger tut." Ihre geflüsterten Worte holten mich aus meiner Benommenheit. Dem entnervten Unterton in Madges Stimme nach zu urteilen, klang es, als wären sie und Tommy zu einem allzu vertrauten Streit zurückgekehrt. Ich regte mich nicht. Ich wollte mich nicht in einen privaten Moment einmischen – das wäre für uns alle peinlich.

Tommy machte sich nicht die Mühe, seine Stimme leise zu halten. „Ich weiß, aber es hat mir nicht gefallen –"

Madge unterbrach seinen lauten Ton. „Es wird alles gut. Da musst du mir vertrauen."

Neugier übertrumpfte Höflichkeit. Ich kniff meine Augen zusammen.

Tommy schüttelte den Kopf. „Ich weiß nicht."

„Das tust du nie. Ich werde mich darum kümmern – wie ich es immer tue."

„Ich hoffe, du hast recht." Tommy lenkte das Automobil

von der Straße und hielt vor den Toren der Holly Hill Lodge. Er stieg aus, öffnete sie, fuhr hindurch und schloss dann die Tore wieder. Er ließ sich wieder in seinen Sitz fallen, doch das Geräusch tat meinem Kopf nicht annähernd so weh wie zuvor. Ich wappnete mich, als wir die Auffahrt hinauf holperten, die sich durch die Düsternis des dichten Waldes schlängelte.

Das Paar vorn war still, doch zwischen ihnen lag eine deutliche Spannung in der Luft. Ich hielt es nicht für den richtigen Zeitpunkt, sie an meine Anwesenheit zu erinnern, also schwieg ich und blieb regungslos. Nach ein paar Augenblicken änderte sich das Umgebungslicht, und wir kamen unter den Bäumen hervor auf den gekiesten Vorplatz des Herrenhauses.

KAPITEL FÜNF

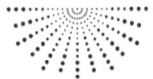

*E*in Diener öffnete die Tür, und ich folgte Madge in ein riesiges Entree mit Holzbalkendecke, eichengetäfelten Wänden und Fliesenboden. Rüstungen und Waffen zierten ein Ende des langen Raums. Sofas und Sessel waren um einen großen Kamin herum angeordnet, der die Wand am anderen Ende dominierte. Die oberste Ebene der Holzvertäfelung, die den Raum umgab, war mit Reihen verblichener Fahnen, Waffen und Tierkopfpräparaten geschmückt. Das Licht war nicht gut, doch ich konnte einen Rothirsch, Wildschweine und Elche ausmachen.

Madge knöpfte ihren Mantel auf und reichte ihn dem Diener, obwohl die eisige Brise um unsere Knöchel wehte, selbst, nachdem die Haustür geschlossen war. Madge sagte zu mir: „Zugiges altes Haus, nicht wahr? Dies ist der Eichensaal und der einzige Raum im Haus, der nicht beheizt ist – Gott sei Dank. Mr. Searsby sagt, dass es astronomisch wäre, ihn zu heizen. Doch überall sonst ist es herrlich warm in Holly Hill Lodge." Sie wandte sich wieder dem Diener zu. „Wo ist Bankston?"

„Er wurde in der Stadt aufgehalten."

„Oh." Madge hielt inne. „Wie ungewöhnlich."

„Ich bin nach ihm der dienstälteste Diener, Ford. Wie kann ich Ihnen behilflich sein, Miss Lambert?"

„Wo ist Mrs. Searsby gerade?"

„Madam serviert gerade Tee im großen Salon."

Madge nickte und drehte sich zu mir um. „Fühlen Sie sich gut?" Sie hatte mich dasselbe gefragt, bevor wir aus dem Wagen gestiegen waren. „Wollen Sie hier Platz nehmen, während ich mit Mrs. Searsby spreche?"

„Ich fühle mich viel besser. Wirklich." Und das war die Wahrheit. Die kurze Phase der Übelkeit war vorbei. „Ich komme mit."

Tommy, der Ford Mantel und Hut übergeben hatte, gesellte sich zu uns. „Ich kann es Ihnen nicht verdenken." Er schenkte mir ein schnelles Grinsen, als er seinen Blick durch das riesige Entree schweifen ließ. „Ich würde hier auch nicht allein sitzen wollen. Ziemlich furchteinflößend, all das räudige alte Fell und die Glasaugen. Ausgesprochen abstoßend."

Wir traten durch eine riesige Tür mit Eisenbeschlägen und Nägeln in einen neueren Teil des Hauses mit weißer Täfelung und Seidendamasttapeten. Eine wohlige Wärme hüllte uns ein, Zeugnis einer modernen Heizungsanlage.

Madge führte uns durch eine Reihe kurzer Korridore, die sich hierhin und dorthin wanden, dann sprach sie über ihre Schulter, während sie uns eine Treppe hinaufführte. „Nicht annähernd so beeindruckend wie die Haupttreppe, aber dieser Weg ist viel kürzer."

Tommy trottete hinter mir die Treppe hinauf. „Madge und ich sind seit einer Woche hier, und finden uns endlich zurecht, ohne dauernd die Diener nach dem Weg fragen zu müssen."

Unsere Umgebung wurde eleganter, je weiter wir gingen, und ich war mir meiner zerzausten Erscheinung sehr bewusst. Ich wünschte, ich hätte darum gebeten, mich frischmachen zu dürfen, bevor ich die Dame des Hauses traf. Als ich über die schmerzende Stelle auf meiner Stirn getupft hatte, bevor ich aus dem Automobil gestiegen war, war das Taschentuch sauber geblieben, also blutete ich zumindest nicht mehr, doch ich musste schrecklich aussehen.

Wir kamen zu einer langen, beeindruckenden Galerie mit einer Reihe von Fenstern an einer Seite. Ein Dienstmädchen ging die Galerie hinunter, schloss die Vorhänge und sperrte den abendlichen Blick auf den Wald aus. Ein paar Schneeflocken tanzten vor den Fenstern. Ölgemälde von düsteren Renaissancedamen und -herren säumten die Wand gegenüber den Fenstern.

„Vorfahren der Searsbys?", fragte ich und versuchte, die Familie einzuordnen. Mir fiel niemand ein, dem ich in der Gesellschaft mit diesem Nachnamen vorgestellt worden war.

„Oh nein", sagte Tommy. „Francie hat Madge erzählt, dass ihr Vater alles vom Vorbesitzer, einem Mr. Quick, gekauft hat – Gemälde, Möbel, Bücher, alles."

„Tommy!" Madges Ton war streng.

Tommy grinste sie an. „Oh, mach dir keine Sorgen, altes Haus. Olive wird es sich nicht anmerken lassen, dass ich es ihr gesagt habe. Oder, Olive?"

Bevor ich antworten konnte, sagte Madge: „Sie heißt Miss Belgrave", und stürmte in einen Raum voller Menschen.

Tommy hielt die Tür auf und blieb stehen, um mich zuerst eintreten zu lassen. „Kümmern Sie sich nicht um sie. Sie ist immer launisch, wenn sie verliert. Ich habe sie heute Morgen fair und ehrlich geschlagen, und sie ärgert sich immer noch darüber."

Ich muss verwirrt ausgesehen haben, denn er fügte hinzu: „Auf dem Indoor-Rasentennisplatz. Sie haben hier einen, wissen Sie? Der kam jedoch nicht mit den Ölgemälden, den Büchern und so weiter. Mr. Searsby ließ einen bauen, als Francie mit dem Tennis angefangen hat, damit sie bei jedem Wetter trainieren konnte. Sie ist jetzt abgehauen – sagt, sie will ein eigenes Geschäft führen –, also ist der Platz die ganze Zeit ungenutzt. Madge und ich konnten viel trainieren."

Mir blieb keine Zeit, ihm zu antworten, bevor wir den geräumigen Salon betraten. Er war in Gold, Creme und Marineblau gehalten und voller Menschen. Mehrere Männer saßen mit ausgebreiteten Zeitungen in Sesseln am Feuer. Eine Partie Bridge war im Gange, und eine Gruppe Damen saß auf einem Sofa, die Köpfe über Stickereien gebeugt. Nach einem schnellen Blick über das Zimmer fiel ein wenig Anspannung von mir ab. Weder Jasper noch Bebe Ravenna waren hier. Wenigstens sah ich Miss Ravenna nicht, und wenn Jasper einer der Männer hinter den Zeitungen war, war ich mir sicher, dass sie nicht weit wäre.

Madge ging durch den Raum und sagte etwas zu einer der handarbeitenden Frauen. Sie steckte ihre Nadel in den Stoff, legte ihre Stickerei weg und kam durchs Zimmer. Sie war rundlich, hatte kurzgeschnittenes, rotbraunes Haar und große, tiefliegende braune Augen. Sie trug ein bernsteinfarbenes Kleid im neuesten Stil mit einem wadenlangen Rock. Als sie vor mir stehenblieb, sagte Madge gerade zu ihr: „... ein kleiner Unfall, und wir haben Miss Belgrave mit hierher gebracht. Ich glaube, sie braucht jemanden, der sich ihren Kopf ansieht. Sie hat im Automobil noch ganz schrecklich geblutet."

Madge stellte mich vor, und Mrs. Searsby griff nach meiner Hand. Die Ärmel ihres eleganten Kleides waren mit winzigen weißen Haaren bedeckt. „Oh, Sie armes Ding", sagte sie mit einem Ausdruck voller Mitgefühl. „Sie sind so weiß wie ein Bettlaken. Und es sieht so aus, als hätten sie eine fiese Platzwunde."

„Ich fühle mich jetzt eigentlich recht gut. Ich bin mir aber sicher, dass ich schrecklich aussehe."

„Nein, das natürlich nicht", sagte Mrs. Searsby, „aber wir müssen uns um die Wunde kümmern." Sie sah sich um, und ich bemerkte, dass ihr Haar nicht zu einem vollen Bob geschnitten war. Nur ihr Pony und die Locken, die ihr Gesicht umrahmten, waren kurz geschnitten. Die Haare an ihrem Hinterkopf waren im Nacken zu einem Knoten zusammengesteckt. „Mr. Eggers", sagte sie zu einem der Kartenspieler, „wenn ich mich richtig entsinne, waren Sie Sanitäter im Krieg. Vielleicht könnten Sie der jungen Dame Hilfe anbieten?" Die anderen Bridge-Spieler legten ihre Karten weg, doch der Mann, mit dem Mrs. Searsby gesprochen hatte, starrte weiter auf seine.

Er riss seinen Blick los, sah mich an und runzelte die Stirn. „Ich glaube kaum, dass sich diese junge Dame mit den Männern in den Schützengräben vergleichen lässt."

„Machen Sie sich keine Mühe", sagte ich schnell, bevor Mrs. Searsby darauf bestehen konnte.

Doch er hatte seine Karten abgelegt, obwohl er sorgfältig darauf achtete, dass der genaue Abstand zwischen den Karten beibehalten wurde. Seine goldene Taschenuhrkette rasselte, als er aufstand und seinen Anzug glattstrich. Eine Reflexion des Feuerscheins blitzte auf den Gläsern seiner Brille, als er den Kopf hob, um durch seine Bifokalgläser die Wunde zu betrachten. Da er kein großer Mann war, war ich auf Augenhöhe mit seinen Schläfen, wo sein hellbraunes Haar zurückgegangen war. „Es sieht nicht schlimm aus. Es muss nur gut gewaschen werden." Er ließ es klingen, als wäre die ganze Aufregung übertrieben.

„Aber sie hat so stark geblutet", sagte Madge. „Sind Sie sicher, dass sie nicht genäht werden muss?"

„Kopfwunden bluten immer stark", sagte er zu Madge. Dann wandte er sich in höflicherem Ton an Mrs. Searsby. „Ich schlage vor, Sie rufen einen Arzt, um eine zweite

Meinung einzuholen." Er setzte sich an den Kartentisch, rückte seine Manschetten zurecht und nahm seine Karten. „Nun, wo waren wir?"

„Das können wir sicher tun", sagte Mrs. Searsby. „Wir rufen Dr. Harris an, damit er es sich auch noch einmal ansieht."

Ich fing an zu protestieren, doch sie legte mir eine Hand auf den Arm.

„Das ist überhaupt kein Problem. Dr. Harris wohnt ein oder zwei Meilen entfernt, und ich bin sicher, es macht ihm nichts aus, für ein paar Minuten vorbeizuschauen. Sie müssen mit nach oben kommen. Es war ein Automobilunfall?"

Madge sagte: „Tommy ist zu schnell gefahren und ist auf einer vereisten Stelle ins Rutschen gekommen. Ich fürchte, Miss Belgraves Automobil ist so nicht fahrbar. Tommy wird sich natürlich um die Reparatur kümmern."

Mrs. Searsby drehte sich wieder zu mir um. „Oh, dann müssen Sie hier bei uns bleiben, bis der Wagen repariert ist."

„Ich will Ihnen doch nicht zur Last fallen."

„Ich bestehe darauf. Es wird einige Tage dauern, bis die Reparatur abgeschlossen ist, da bin ich mir sicher – vor allem so kurz vor Weihnachten. Wie Sie sehen können, haben wir Gäste über die Feiertage. Wir würden uns freuen, wenn Sie bleiben würden, zumindest bis Sie wissen, was Ihrem Automobil fehlt."

„Also –"

„Und Sie *müssen* sich zuerst vom Arzt untersuchen lassen." Sie bedeutete uns, zur Tür zu gehen. „Ich würde es mir nie verzeihen, wenn Sie sich auf den Weg machen würden, bevor Sie sich vollständig erholt haben." Auf dem Flur sprach sie mit einem Diener: „Sagen Sie Bankston – nein, Ford – er möge Dr. Harris für Miss Belgrave rufen.

Und informieren Sie Mrs. Pickering, dass wir noch einen Gast haben. Miss Belgrave wird im gestreiften Zimmer sein. Lass ihre Sachen aus ihrem Automobil holen." Mrs. Searsby drehte sich wieder zu mir um. „Hier ist alles ein wenig durcheinander. Ich habe unseren Butler in letzter Minute losgeschickt, um eine Besorgung zu machen, und er hat sich leider in der Stadt verspätet. Einfach diese Treppe hinauf. Die werden nicht zu viel für Sie sein, oder?" Ein Jack-Russell-Terrier kam angelaufen. Mrs. Searsby kraulte dem Hund die Ohren, dann sauste er vor uns die Treppe hinauf.

„Nein, natürlich nicht", sagte ich, als wir eine Wendeltreppe mit einem runden Fenster und einer Kuppel darüber hinaufstiegen. Es war eine deutlich beeindruckendere Treppe als die, die uns Madge zuvor hinaufgeführt hatte. Sträuße aus Tannenzweigen und Immergrün waren entlang des Handlaufs befestigt und erfüllten die Luft mit Tannenduft.

Wir erreichten die nächste Etage, und der Hund rannte den Korridor zweimal auf und ab in der Zeit, die wir brauchten, um ihn einmal zu gehen. „Danke, dass Sie mir erlauben, mich hier zu erholen."

„Das ist überhaupt kein Problem, das versichere ich Ihnen." Sie öffnete eine Tür zu einem mit weißen Möbeln eingerichteten Raum. Blasszitronengelbe Vorhänge mit einem Efeumuster, das sich durch weiße Streifen wand, passten zur Bettdecke und zum Stoff des Diwans. „Ich hoffe, das ist für Sie akzeptabel. Es ist ein wenig klein im Vergleich zu einigen anderen Zimmern, doch es hat eine schöne Aussicht und ist direkt neben dem Bad."

„Es ist entzückend. Danke."

„Ein Diener wird Ihr Gepäck bringen, sobald es gefunden wurde. Sie reisen ganz allein? Kein Dienstmädchen?" Ich schüttelte den Kopf. „Dann wird Ihnen Laura helfen. Ich schlage vor, Sie ziehen Ihre Reisekleidung aus und ruhen sich aus. Ich schicke Dr. Harris zu Ihnen, sobald er eintrifft."

~

23. DEZEMBER 1923

Am nächsten Morgen spähte ich in den Spiegel im Badezimmer, während ich meine Haare über das Pflaster auf meiner Stirn drapierte. Ich war mit nur leichten Schmerzen an meinem Haaransatz aufgewacht. Dr. Harris hatte Mr. Eggers zugestimmt, dass die Wunde nicht genäht werden musste. Der Arzt hatte ein Antiseptikum aufgetragen, dann das Pflaster darüber geklebt und mir gesagt, ich solle mich ausruhen. Ich sollte ihn kontaktieren, wenn ich „beunruhigende Symptome" hätte.

Ich hatte nicht gefragt, wie die beunruhigenden Symptome aussehen könnten, weil ich nicht vorhatte, welche zu entwickeln. Ich hatte gestern Abend ein Tablett mit Essen in mein Zimmer gebracht bekommen. Als der Arzt gegangen war, wäre es zu spät zum Abendessen gewesen. Mein Anflug von Wut und – ich musste zugeben, wenn auch nur innerlich – Eifersucht, Jasper und Miss Ravenna im Wald zu sehen, war verflogen. Ich hatte einen guten Teil des Abends damit verbracht, darüber nachzudenken, was es bedeuten könnte und was ich ihm sagen würde, wenn ich ihn sähe.

Als ich die Tür vom angrenzenden Bad zu meinem Zimmer öffnete, zog Laura die Vorhänge zurück und flutete den Raum mit weißem Licht. „Meine Güte", sagte ich. „Mir war nicht bewusst, dass es in der Nacht geschneit hat." Ich ging zum Fenster. Der Schnee lag in einer dicken, makellosen Decke über den Hügeln, den Ästen und dem Vorplatz und hatte weiße Sahnetupfer auf den Büschen angehäuft, die das Haus säumten. „Oh du meine Güte." Selbst wenn der Morris schnell repariert werden könnte, würden die Straßen jetzt, gelinde gesagt, schwierig befahrbar sein. Vielleicht musste ich den Morris zurücklassen und einen Zug nach Parkview nehmen.

„Ja, Miss. Der Stiefeljunge sagt, es liegen fast zehn Zentimeter Schnee. Möchten Sie heute Morgen ein Tablett in Ihrem Zimmer?"

„Nein, ich bin ziemlich erholt. Ich gehe zum Frühstück runter."

Ich fand das Frühstück auf der Anrichte im Esszimmer. Jasper war kein Frühaufsteher, also hatte ich nicht erwartet, ihn dort anzutreffen. Der Einzige im Zimmer war ein junger Mann mit strohblondem Haar, das er in die Stirn gekämmt hatte. „Sie müssen Miss Belgrave sein. Ich war gestern im Salon, als Sie angekommen sind. Ich freue mich, dass Sie gesund aussehen." Er sprach mit amerikanischem Akzent, und sein junges, faltenloses Gesicht war freundlich und offen. Er nahm seinen Teller mit Eiern und Toast in die linke Hand und streckte mir die rechte entgegen. „Erlauben Sie mir, mich vorzustellen. Ich bin Theo Culwell."

Ich schüttelte ihm die Hand. „Freut mich, Sie kennenzulernen."

„Mich auch. Ich finde, Jolly Old England ist großartig, wirklich großartig. Ihr Briten seid einfach ganz großartig."

„Ach, finden Sie?"

Bevor er antworten konnte, betrat eine junge Frau den Frühstücksraum und sagte: „Ja, Theo ist überzeugt, dass wir die Größten sind." Sie hatte eine tiefe, volle Stimme mit einem Hauch von Heiserkeit. „Ich bin Francie Searsby. Ich freue mich zu sehen, dass Sie sich von Ihrem Schrecken gestern erholt haben."

Noch bevor sie sich vorgestellt hatte, war ich mir sicher gewesen, dass sie mit Mrs. Searsby verwandt war. Francie hatte dieselben tiefliegenden braunen Augen wie ihre Mutter. Wie Mrs. Searsby hatte auch sie braunes Haar, doch

Francies war heller und hatte einen Hauch von Kastanie. Sie trug einen weißen Kaschmirrollkragenpullover, einen langen Tweedrock und Stiefel. Die Materialien waren teuer, doch der Schnitt ihrer Kleidung war zweckmäßig, nicht schick.

„Ich fühle mich vollkommen erholt, Miss Searsby."

„Oh, bitte nenn' mich Francie", sagte sie. „Wir sind hier sehr locker."

„Dann musst du mich Olive nennen", sagte ich. „Und ich bin deiner Mutter für ihre Gastfreundschaft zu Dank verpflichtet."

„Oh, sie kommt später." Francie bedeutete mir, mich am Frühstücksbuffet zu bedienen. Ich füllte meinen Teller und ging zum Tisch, wo Culwell mir einen Stuhl zurechtrückte. Francie gesellte sich zu uns, ihr Teller voller Essen. Sie ließ sich nieder, bevor Culwell ihr mit ihrem Stuhl helfen konnte. Sie schüttelte ihre Serviette aus und sagte zu mir: „Theo ist hier auf einer Geschäftsreise aus Amerika."

„Den ganzen Weg aus Kansas City, wo Culwell Luggage seinen Hauptsitz hat", bestätigte er mit einem Nicken.

„Er verkauft Gepäck."

Er hörte auf, seinen Toast mit Butter zu bestreichen. „Aber nicht irgendein Gepäck. Besonderes Gepäck."

„Von welcher Sorte?", fragte ich.

„Flugzeugkoffer."

„Davon habe ich noch gar nicht gehört."

Culwell legte sein Messer weg. „Das liegt daran, dass sie neu sind. Es ist ein revolutionäres Design, von dem jeder Reisende profitieren wird." Seine Worte klangen wie eine Werbung, doch er wiederholte nicht nur ein Verkaufs-gespräch. Sein Jungengesicht strahlte vor Begeisterung, und ich hatte das Gefühl, dass er mich als mögliche Konvertitin ansah, da ich mit den Vorzügen von Flugzeugkoffern nicht vertraut war.

Francie nippte an ihrem Kaffee. „Theo ist ein Erfinder."

„Das würde ich nicht sagen", entgegnete er. „Eher ein – ähm – ein Unternehmer."

Francie klopfte mit ihrem Messer auf die Schale ihres gekochten Eies. „Hast du etwas geschaffen, das es vorher nicht gab, oder nicht?"

„Nun, ja, ich nehme an, das stimmt."

„Dann bist du ein Erfinder."

Ich fragte: „Und was macht Ihr Gepäck so innovativ, Mr. Culwell?"

„Theo, bitte. Mr. *Culwell* hört sich so alt an. Wie auch immer, die Koffer sind klein und leicht. Man kann sie ohne Hilfe tragen."

Francie griff nach dem Salz. „Es ist nicht nötig, einen Träger zu finden, wenn man reist. Ich bin sicher, Miss Windway wird von dem Gepäck ziemlich angetan sein. Vielleicht hast du schon von ihr gehört? Miss Beatrix – Blix – Windway, die Reisende?"

„Oh ja. Ich habe kürzlich einen Artikel über sie gelesen."

„Sie kommt heute irgendwann an, um Weihnachten mit uns zu feiern. Ich bin sicher, sie wird sich über deine Flugzeugkoffer freuen, Theo. Sie dürfte ganz begeistert sein. Wenn Sie sie benutzt, wäre das ein ziemlicher Coup."

Culwell schien von der Idee wie vom Donner gerührt. „Das wäre fantastisch!"

„Dann schlage ich vor, dass sie einen Koffer ausprobiert, oder?", sagte Francie und drehte sich dann zu mir um. „Das Gepäck hat alle möglichen ausgeklügelten Innentaschen. Es ist ziemlich clever gemacht."

Culwell fügte hinzu: „Und das Äußere ist das feinste Leder."

Francie nippte an ihrem Kaffee, verzog das Gesicht und gab dann dem Diener, der neben der Anrichte stand, ein Zeichen. „Bringen Sie eine frische Kanne Kaffee, Ford."

„Ja, Miss", sagte er und ging.

Francie seufzte und entschuldigte sich für den Mangel an heißem Kaffee. „Wenn Bankston hier wäre, hätte er sich darum gekümmert. Man kann von Ford nicht erwarten, dass er in die Rolle des Butlers schlüpft und es tadellos durchzieht, aber angemessen heißer Kaffee ist sicherlich etwas, das er nicht übersehen sollte."

„Sollte der Butler nicht gestern zurückkommen?", fragte ich.

„Ja. Ausgesprochen ärgerlich." Eine Falte erschien zwischen ihren Brauen. „Es sieht Bankston nicht ähnlich, unzuverlässig zu sein. Ich hoffe, er ist nicht ohne Kündigung gegangen. Heutzutage ist es so schwierig, Diener zu halten."

Ford kam mit dem Kaffee zurück, und nachdem Francie von ihrer aufgefüllten Tasse getrunken hatte, sagte sie: „Wie ich bereits über Culwell-Gepäck gesagt habe – es ist von höchster Qualität. Ich war ziemlich beeindruckt davon."

Ich griff nach der Marmelade. „Du klingst, als wärst du von der Idee überzeugt."

„Oh, das bin ich." Sie sah Culwell über den Tisch hinweg an, als sie sagte: „Ich beabsichtige, Vater davon zu überzeugen, darin zu investieren."

Er hörte für einen Moment auf zu kauen, dann schluckte er schnell. „Ich – das ist – nun ja, wunderbar. Ich meine, ich weiß jede Hilfe zu schätzen, die du mir geben kannst."

„Es ist eine ausgezeichnete Gelegenheit für ein Geschäft, und ich denke, Vater sollte investieren. Und wenn er kein Interesse hat, habe ich meine eigenen Ressourcen. Es ist wirklich ein großes Glück, Theo, dass du zufällig bei Lady Dunford warst und Mutter getroffen hast."

Culwell griff nach seiner Gabel und konzentrierte sich auf seinen Teller. „Es war ein glücklicher Zufall."

War seine Stimme ein bisschen weniger enthusiastisch? Ich war mir nicht sicher, was passiert war, doch etwas hatte sich verändert und seine eifrige, offene Art gedämpft.

Francie richtete ihre Aufmerksamkeit auf mich. „Mutter liebt es, Leute einzuladen. Es ist ihr Hobby, würde ich sagen. Mutter sagt, Theo muss ein richtiges englisches Weihnachtsfest erleben. Kennst du die anderen Gäste?"

„Nicht alle. Madge und Tommy habe ich natürlich nach dem Unfall getroffen und dann mit Mr. Eggers im Salon gesprochen."

„Er ist Fotograf. Hier sollen die Bedingungen für seine Arbeit besonders gut sein. Ich bezweifle, dass wir ihn heute bei all dem Schnee sehen werden. Tante Pru kommt mit dem Zug um zehn nach elf. Und Blix sollte auch bald eintreffen. Mutter hat sie zu einem wirklich altmodischen Weihnachtsfest eingeladen, weil Blix so lange von England weg war. Apropos Traditionen, sobald wir hier fertig sind, hatte ich vor, mich nach dem Weihnachtsscheit umzusehen. Ich nehme an, du wirst mitkommen wollen, Theo?"

Was auch immer dazu geführt hatte, dass Culwell seinen Enthusiasmus verloren hatte, war eine vorübergehende Sache, denn er sagte: „Das hört sich toll an – solange dein Vater mich nicht sprechen will."

„Vater wird den ganzen Morgen beschäftigt sein. Vor dem Mittagessen ist er immer mit dem Verwalter oder seinen Partnern zusammen."

„Wenn das so ist, hört sich das gut an."

„Wirst du dich uns anschließen, Olive?"

Ich trank meinen Kaffee aus. „Ich muss nach meinem Automobil sehen."

„Es wurde in die Werkstatt in Chipping Bascomb geschleppt. Ich glaube, Mr. Rimington geht heute Morgen in den Ort. Er ist unser Neuzugang – Anwesende natürlich ausgenommen. Ich habe kaum mit ihm gesprochen, also ist er ein bisschen mysteriös."

„Du bist nicht die Einzige, der es so geht", sagte ich leise, aber Francie hörte mich nicht.

„Er hat gestern Abend beim Abendessen erwähnt, dass ihr beide euch seit eurer Kindheit kennt", sagte sie.

„Ja, das stimmt."

„Nun, dann kann ich dir ja kaum etwas Neues über ihn erzählen. Er kann dir den Weg nach Chipping Bascomb zeigen. Es gibt einen Weg durch den Wald, der viel kürzer ist als die Straße, und als er angekommen ist, ist er diesen Weg vom Dorf hier raufgekommen."

„Das wäre ideal."

„Ich habe ihn vorhin im Bücherzimmer gesehen, dem kleinen Raum am Ende dieses Flurs, wo neuere Bücher aufbewahrt werden."

„Das ist nicht überraschend", sagte ich. Wenn irgendetwas Jasper dazu bringen könnte, früh aufzustehen, dann wären es Bücher. Dann wünschte ich ihnen viel Glück bei der Jagd nach dem Weihnachtsscheit und machte mich auf die Suche nach Jasper. Ich hatte einiges, was ich mit ihm besprechen wollte.

KAPITEL SECHS

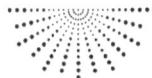

*D*as Bücherzimmer war ein angenehmer Raum, der vom Boden bis zur Decke mit Bücherregalen gefüllt war, mit Ausnahme des Platzes für einen Kamin. Zwei große Tische mit abgeschirmten Leselampen standen in der Mitte des Raums, und ein Feuer, dessen orangefarbene und rote Flammen sich in den Kacheln spiegelten, loderte im Kamin. Ich hatte erwartet, dass Jasper die Bücherregale mit auf dem Rücken verschränkten Händen durchstöberte, doch er war am anderen Ende des langen Raums in der Nähe der Bleiglasfenster. Er stand neben Bebe Ravenna. Sein goldener Schopf war dicht neben ihrem glatten Platin-Bob, als sie etwas auf einem Tisch betrachteten. Ihre Stimmen waren leise, und ich konnte nicht verstehen, was sie sagten, doch Miss Ravenna verstummte fast sofort, als ich den Raum betrat.

Jasper hatte den Blick immer noch gesenkt, doch sie bewegte ihren Arm und stieß ihren Ellbogen gegen seinen. Er blickte auf, folgte ihrem Blick und sah mich.

„Olive, altes Mädchen!" Es war seine übliche Begrüßung, aber er klang nicht so erfreut, mich zu sehen, wie er es normalerweise tat. „Wie geht's dir? Mrs. Searsby hat uns von dem Unfall erzählt."

„Heute Morgen geht es mir gut."

„Freut mich, das zu hören. Lass mich dir Miss Ravenna vorstellen. Ich glaube nicht, dass ihr euch schon kennengelernt habt."

Jasper stellte uns vor, und ich sagte zu ihr: „Ihre Darbietung in ‚Any Two Can Play' hat mir gut gefallen."

Ich hatte Bebe Ravenna auf der Bühne gesehen, und ich hatte sie auch kurz zu Pferd gesehen, also wusste ich, dass sie hübsch war, doch jetzt, wo ich ihr von Angesicht zu Angesicht gegenüberstand, war klar, dass ihre Attraktivität mehr war als eine oberflächliche Schönheit von gut aufgetragenem Make-up, stilvoller Kleidung oder einer hübschen Figur. Ihre Schönheit war auf eine Weise fesselnd, dass man sie anstarren wollte. Sie hatte makellose Haut, eine klassische Knochenstruktur und Augen wie Whiskey – obwohl ihre Augen im Moment glasig, ihre Wangen gerötet und ihre Nase rosa waren.

„Danke." Ihre Stimme war nicht der sanfte Alt, an den ich mich aus dem Stück erinnerte. Sie wirkte deutlich nasal. „Das ist eine meiner Lieblingsrollen ..." Sie hob ihr Taschentuch ruckartig an ihre Nase und nieste. Es war ein zartes Niesen. Wenn ein Niesen charmant sein konnte, dann war ihres das. „Ich entschuldige mich, Miss Belgrave. Ich fürchte, ich bekomme eine Erkältung."

Sie und Jasper tauschten einen kurzen Blick aus. Ich konnte ihn nicht weiter deuten, abgesehen von der Tatsache, dass sie sich gut genug verstanden, um sich nur durch einen Blick zu verständigen. „Es war entzückend, Sie kennenzulernen, Miss Belgrave. Ich hoffe, wir können unsere Bekanntschaft später vertiefen, wenn ich nicht Gefahr laufe, Sie mit meiner Erkältung anzustecken. Entschuldigen Sie mich, ich muss noch einen Brief fertigschreiben, der heute aufgegeben werden muss."

„Natürlich. Das hoffe ich auch." Ihr Lächeln schien aufrichtig zu sein, doch sie war eine Schauspielerin. Würde ich erkennen können, falls ihre Worte unaufrichtig waren? Eine kleine Stimme in meinem Kopf sagte, *das war zickig*.

Sie nahm das Papier, das sie und Jasper gerade untersucht hatten. Ich warf einen flüchtigen Blick darauf, bevor sie es in ein Buch steckte, das sie hielt. Ich konnte erkennen, dass es sich um eine handgezeichnete Karte handelte und dass das Gebäude in der Mitte als *Holly Hill Lodge* bezeichnet war.

Sie kam um den Tisch herum. „Ich lasse Sie beide allein. Ich bin sicher, Sie haben einiges zu besprechen." Als sie gerade bei mir war, hielt sie inne. „Seien Sie nicht zu hart zu ihm, Miss Belgrave. Er wäre lieber bei Ihnen in London geblieben." Bevor sie ging, warf sie ihm ein kleines Nicken zu. Was war das? Ermutigung? Eine Erlaubnis?

Als das Rauschen ihres Rocks nicht mehr zu hören war, sagte ich: „Holly Hill Lodge ist ein ganz netter Ort, aber ich sehe hier nichts Dringendes – es sei denn, es hat etwas mit dem Butler zu tun."

Jasper räumte die Bücher und Zeitungen auf dem Tisch auf. Ich bemerkte ein leichtes Stocken in der Bewegung seiner Hände, als ich das Wort *Butler* sagte. Er schob die Papiere zusammen. „Du siehst Geheimnisse, wo keine sind."

„Tue ich das? Hier scheint es sicherlich nichts sonst zu geben, das auch nur im Entferntesten als Krise eingestuft werden könnte, die eine überstürzte Abreise aus London erfordern würde." Jasper öffnete den Mund und holte Luft, doch ich fuhr fort: „Ich dachte, in Haverhill wäre etwas Schreckliches passiert und du müsstest dorthin zurück. Ich habe mir große Sorgen um dich gemacht."

„Es tut mir leid. Ich wollte dich nicht beunruhigen. Deshalb habe ich dir geschrieben."

„Dein Brief war reichlich vage."

„Olive, ich ..." Er ging zum Fenster und stützte sich mit der Hand auf das Fensterbrett.

„Willst du mir nicht sagen, was dich hierhergeführt hat? Der wahre Grund – nicht irgendein Vorwand, um mich abzuspeisen?"

Jasper blieb regungslos, seine Gestalt eine dunkle Silhouette vor den bleiverglasten Fensterscheiben, durch die blendendes Licht hereindrang, da die Sonne von der weißen Welt draußen reflektiert wurde. Das Feuer flackerte und knisterte. Ich wartete schweigend und angespannt, bis er sich endlich umdrehte. Er verschränkte seine Hände hinter dem Rücken und sah mich an. „Ich erweise dir die Höflichkeit, ehrlich zu dir zu sein, Olive. Es gibt keine Erklärung, die ich dir geben kann."

Ich ging ein paar Schritte zur Seite. Jasper folgte meiner Bewegung und drehte sich ein wenig um. Das grelle Licht des Fensters erhellte sein Gesicht deutlich, und die angespannte Sorge in mir ließ nach. Ich hatte nicht gedacht, dass Jasper mich direkt angelogen hatte. Zuvor hatte ich das Gefühl gehabt, dass sein Verhalten ausweichend war und dass er mir etwas verheimlichte. Doch jetzt konnte ich sehen, dass er absolut ehrlich zu mir war. Sein Gesicht hatte denselben Ausdruck wie vor Jahren, als ich meinen Cousin Peter beschuldigt hatte, meine Anziehpuppen ruiniert zu haben, und Jasper vorgetreten war, um zu sagen, dass er derjenige gewesen war, der Tinte darüber verschüttet hatte.

Ich neigte meinen Kopf. „Du kannst mir keine Erklärung geben. Es ist nicht so, dass du es nicht tun wirst. Du *kannst* nicht."

„Lassen uns das nicht überanalysieren –"

„Ich glaube, es war deine Arbeit, die dich hierhergeführt hat."

„Meine Arbeit?" Ein leises Lachen unterstrich seine Worte und die Anspannung in seinen Schultern ließ nach. „Du weißt, dass ich nicht arbeite, Olive."

„Hast du nicht?", fragte ich, der Antwort schon sicher. Sein Lächeln schien zu erstarren. „Tut mir leid, wie meinen?"

„Ich glaube, du hast sehr wohl eine Arbeit."

„Du weißt, dass ich nicht arbeiten muss. Meine Investitionen und ein schönes Vermächtnis erlauben es mir, das Leben eines Gentleman zu führen."

Ich fuhr fort, als hätte er nichts gesagt. „Und ich muss mich fragen, ob deine Arbeit dich hierher nach Holly Hill Lodge geführt hat." Ich nahm einen gläsernen Briefbeschwerer vom Tisch und spürte seine kühle Schwere in meiner Hand. „Das passt. Du verschwindest für mehrere Tage – oder Wochen – aus London und kehrst dann mit nur einer vagen Erklärung zurück. Du redest nie auch nur im Geringsten über den Grund deiner Abwesenheiten." Ich legte den Briefbeschwerer auf den Tisch zurück. „Ich glaube, du bist ein Spion."

Jasper lachte, und seine Gesichtszüge entspannten sich. Es war ein echter Ausbruch von Heiterkeit. „Ich versichere dir, Olive, ich bin kein Spion."

„Bist du nicht?" Ich hatte Stunden gehabt, um mich nach der anfänglichen Wut zu beruhigen, die ich verspürt hatte, als ich Jasper und Miss Ravenna zusammen gesehen hatte. Ich hatte einen Großteil der Nacht damit verbracht, über die Situation nachzudenken. Je länger ich darüber nachdachte, desto weniger glaubte ich, dass Jasper eine geheime Liaison mit ihr hatte. Warum sollte er? Wenn er bei Miss Ravenna sein wollte, hielt ihn nichts davon ab.

Jasper und ich hatten ein paar schöne Küsse ausgetauscht, und ich betrachtete uns als Paar, doch wir waren nicht verlobt. Wenn Jasper mit Miss Ravenna zusammen sein wollte, konnte er die Beziehung mit mir beenden. Er musste nicht aufs Land schleichen, um sie heimlich zu sehen. Ich kannte Jasper lange genug, um zu wissen, dass er sich nicht so verhalten würde. Wenn er also nicht wegen einer geheimen Affäre nach Holly Hill Lodge gekommen war, warum sonst sollte er dann so eilig aus London verschwinden? Es war keine dringende Familienangelegenheit, die seine Aufmerksamkeit erforderte, und er konnte seine Tage einteilen, wie er wollte. Mir fiel nur ein Grund für seine plötzliche Abreise ein – er war ein Agent der Regierung.

Ich ging um den Tisch herum, sodass ich nur noch ein paar Zentimeter von ihm entfernt war. „Ich kenne dich gut genug, um zu wissen, dass du deine Zeit nicht nur als Lebemann verbringst. Hinter deinen Aktivitäten steckt ein Zweck. Du bist nicht so dumm – oder geckenhaft – wie du die Leute glauben machst." Die Worte waren in Eile herausgekommen, und jetzt sprach ich langsamer und betonte jedes Wort. „Wenn du kein Spion bist, was tust du dann, Jasper?"

Er hielt meinem Blick stand, sein Gesicht war ernst, aber ausdruckslos, dann ließ die Anspannung in seinen Zügen nach. „Meine patriotische Pflicht. Das ist alles, was ich dir sagen kann, ich schwöre es."

Ich spürte, wie sich ein Lächeln auf meinem Gesicht ausbreitete. „Ich *wusste* es."

„Vergiss es, Olive. Ich habe dir nichts gesagt."

„Musst du auch nicht."

Er strich sich mit der Hand über die Augen und rieb sich die Wangen.

„Keine Sorge – dein Geheimnis ist bei mir sicher", sagte ich. „Und ich werde nichts weiter fragen."

„Wirst du nicht?"

„Du sagst das, als würdest du mir nicht glauben."

„Tue ich nicht. Ich weiß, wie neugierig du bist."

„Nun, ja, ich werde die Erste sein, die zugibt, dass ich es nach wie vor wissen will. Aber ich weiß jetzt genug. Zumindest weiß ich genug, um zu wissen, dass du aus einem wichtigen Grund hierhergekommen bist, der mit deinem Leben als nicht arbeitender Gentleman zusammen-hängt, und ich sehe, dass ich nicht eifersüchtig auf Miss Ravenna sein muss." Ich beendete den Satz mit einer leichten Hebung meiner Stimme.

Sein Mundwinkel zuckte, und das gab mir meine Antwort, bevor er sagte: „Natürlich nicht."

„Gut. Das bedeutet also, dass du und Miss Ravenna hier in Holly Hill Lodge zusammen an etwas arbeitet."

„Olive!" Sein Blick wanderte durch den leeren Raum, als ob er sich vergewissern wollte, dass niemand anderes leise hereingeschlichen war.

„Du hast gesagt, du würdest keine Fragen mehr stellen."

„Das war keine Frage. Es war eine Feststellung. Und es muss stimmen, wenn man den ernsten Ausdruck auf deinem Gesicht und den von Miss Ravenna bedenkt, als ich den Raum betreten habe. Und es geht ihr offensichtlich nicht gut, doch sie hat sich die Mühe gemacht, ihr Zimmer zu verlassen, um mit dir zu reden. Ja, es muss wirklich ernst sein."

„Olive –"

„Grigsby wird verärgert deinetwegen sein, wenn du dir weiter so mit den Fingern durch die Haare fährst. Das bringt es ziemlich durcheinander. Mich stört es jedoch kein bisschen."

„Olive …", sagte er mit einer Mischung aus Stöhnen und Lachen.

„Natürlich verstehe ich, dass du nicht über das sprechen kannst, was du tust – nicht direkt. Aber offensichtlich kann Miss Ravenna dir nicht helfen bei … was auch immer du erreichen willst. Ich glaube tatsächlich, dass es etwas mit Bankston zu tun hat."

Jasper seufzte und sah mich dann aus dem Augen-winkel an. „Es *ist* seltsam – ein Butler verschwindet, während das Haus voller Gäste ist."

Etwas, das einer Bestätigung näherkam als das würde ich von ihm nicht bekommen. „Wenn das so ist ... ich habe gehört, dass du heute nach Chipping Bascomb willst."

„Ich habe vor, in Kürze zu gehen." Er sagte seine nächsten Worte langsam, als tastete er sich vor. „Vielleicht möchtest du mich begleiten?"

„Sehr gern. Wir können nach meinem Automobil sehen und uns nach deinem vermissten Butler umhören."

KAPITEL SIEBEN

asper und ich standen Seite an Seite und blickten auf die verbeulte Motorhaube und das geschundene Rad des Morris hinunter.

„Ein ziemlicher Schaden, altes Mädchen", sagte Jasper. „Wenn ich mir schmeicheln wollte, könnte ich glatt annehmen, du hättest einen ‚Unfall' arrangiert, damit du nach Holly Hill Lodge kommen und mich sehen kannst, sicherlich, um mich zurechtzuweisen." Ich versuchte, meinen Gesichtsausdruck völlig unschuldig zu halten, doch er musste eine Spur von Arglist gesehen haben, denn er drehte sich um, um mein Gesicht zu studieren. „Olive? Hast du –?"

„Oh, schon gut. Du hast teilweise recht. Ich habe gestern Gigi zum Mittagessen besucht. Ich wusste, dass Holly Hill Lodge in der Nähe war, also" – ich interessierte mich sehr für die Naht meines Handschuhs – „habe ich einen kleinen Umweg gemacht." Ich steckte die Hände in die Taschen meines Mantels und drehte mich zu ihm um. „Aber der Unfall war genau das – ein Unfall. Es war in der Tat ziemlich furchteinflößend."

„Das sehe ich." Jasper berührte meine Stirn mit seiner

SARA ROSETT

behandschuhten Hand, und seine Stimme wurde weicher. „Ich bin froh, dass es dir gut geht."

Der Besitzer der Werkstatt war weggerufen worden, als wir ankamen, doch er gesellte sich wieder zu uns, und Jasper ließ seine Hand sinken. Der Mechaniker wischte sich die Hände an einem fleckigen Lappen ab. „Wie ich schon sagte, Miss, ich habe die Teile bestellt, doch es wird bis nach Weihnachten dauern, bis sie ankommen, und dann mit den Feiertagen ..."

„Es wird länger dauern. Ich verstehe."

„Aber keine Sorge. Wir bringen alles in Ordnung. Er wird so gut wie neu aussehen."

„Da bin ich mir sicher. Es schmerzt mich jedoch, meinen lieben kleinen Morris in einem so traurigen Zustand zu sehen."

„Das wird nicht lange so bleiben. Ich schicke eine Nachricht nach Holly Hill Lodge, wenn er fertig ist."

Ich dankte ihm, und er hob die Hand an seine Schiebermütze. „Guten Tag, Miss. Sir. Frohe Weihnachten Ihnen beiden."

Wir erwiderten die freundlichen Weihnachtswünsche, dann hielt Jasper mir seinen Arm hin, und ich legte meine Hand in seine Armbeuge. „Für mein Automobil haben wir nichts mehr zu tun. Was jetzt?"

„Ich glaube, ein Besuch am Bahnhof ist angebracht."

Chipping Bascomb war eine alte Marktstadt mit einer breiten Hauptstraße, die von Fachwerkhäusern im Tudorstil mit zweibogigen Fenstern gesäumt war. Trotz der Sonne war die Luft kalt, und wir konnten beim Gehen unseren Atem sehen. Der Schnee lag nur wenige Zentimeter hoch, also war es kein Problem gewesen, durch den Wald zu gehen und durch die Stadt zu schlendern.

„Auf der anderen Seite ist es nicht ganz so grell", sagte Jasper, und wir überquerten die matschige Mitte der Straße, um unter den eiszapfenverkrusteten Vordächern der

Geschäfte hindurchzugehen, die teilweise das Sonnenlicht verdeckten, das auf dem Schnee glitzerte. Das Dorf war voll mit Einkäufern, die mit Paketen bepackt waren. Papierketten und Stechpalmen schmückten die Schaufenster und trugen zur fröhlichen Atmosphäre bei.

„Warum ist Bankston nach London gegangen?", fragte ich.

„Mrs. Searsby hat ihn zu einem Blumenladen geschickt. Sie hatten eine zerbrochene Glasscheibe im Gewächshaus der Lodge. Die kalten Temperaturen haben die Blumen erfrieren lassen, die den Weihnachtstisch schmücken sollten."

„Hast du Bankston getroffen?"

Wir kamen am Kenotaph vorbei, dessen Sockel mit immergrünen Girlanden umwickelt war, als Jasper sagte: „Nein, er war bereits gegangen, bevor ich angekommen bin, doch ich weiß, wie er aussieht. Groß – wie alle Butler."

„Natürlich. Es hat keinen Sinn, einen kleinen Butler zu haben. Kein Gefühl von Präsenz."

„Wohl wahr. Zu seinen charakteristischen Merkmalen gehören neben seiner Statur ein kantiger Körperbau, dicke dunkle Brauen, eine Stupsnase und schwarzes Haar, das langsam grau wird. Der Bahnhofsvorsteher würde ihn natürlich sofort erkennen."

Wir überquerten den Dorfanger und kamen zum Bahnhof, wo gerade ein Zug abgefahren war. Wir warteten, während die Reisenden den Bahnsteig verließen. Aufgrund meiner Unterhaltung an diesem Morgen beim Frühstück mit Culwell und Francie bemerkte ich, dass die meisten Koffer, mit denen die Leute reisten, schwer und ziemlich unhandlich waren und die Träger damit beschäftigt waren, sie zum und vom Bahnsteig zu schleppen.

Eine rundliche ältere Frau in einem langen Zobelmantel kam vom Bahnsteig und bewegte sich in gemessenem Tempo, während sie sich auf einen Stock mit goldenem Griff stützte. Ihr Hut war in einem kecken Winkel nach vorne über ein Auge geneigt, und mehrere hohe ananasgelbe Federn flatterten, als sie sich umdrehte, um die Straße hinauf- und hinunterzusehen. Ein Träger folgte ihr mit einem riesigen Überseekoffer. „Wo ist die Limousine der Lodge?", fragte sie ihn. „Julia hat mir versichert, sie würde sie schicken – oh, hier ist sie", sagte sie, als eine blaue Limousine vor ihr anhielt.

Mrs. Searsby stieg aus und umarmte die ältere Frau. „Tante Pru, wie schön, dich zu sehen. Ich freue mich sehr, dass du dieses Jahr zu Weihnachten bei uns sein kannst. Wie war deine Reise?"

„Schrecklich. Menschenmassen, die drängeln und schieben. Und im Zug gab es das ständige Kläffen von einem dieser dummen kleinen Hunde, die die ganze Zeit zittern."

Mrs. Searsby tätschelte ihre Hand. „Es tut mir leid, das zu hören. Reisen ist so ermüdend. Komm mit. Wir haben dich bald in der Lodge, dann kannst du dich schön ausruhen."

„Kümmere dich nicht um mich. Ich bin eine verschrobene alte Frau. Es ist nichts, was ein Whiz-Bang nicht heilen kann."

„Ein Whiz-Bang?"

„Ein Cocktail, meine Liebe. Du solltest dich wirklich nicht auf dem Land vergraben, Julia, nur mit deinen Hunden und Pferden. Es ist so schwierig, kohärent zu bleiben, wenn man nie in die Stadt geht."

„Kohärent?"

„Ja." Die ältere Frau wedelte mit der Hand und richtete ihren Blick zum Himmel. „Du weißt schon, topaktuell sein. À la Mode."

Mrs. Searsbys Gesicht hellte sich auf. „Oh, du meinst *au courant*."

„Genau das habe ich doch gesagt."

„Natürlich. Dumm von mir, das falsch zu verstehen."

Mrs. Searsby bemerkte Jasper und mich. „Oh, hallo, Mr. Rimington, Miss Belgrave. Darf ich Ihnen meine Großtante vorstellen, Mrs. Prudence Brinkle."

Wir tauschten Grüße aus, dann bot uns Mrs. Searsby an, uns mit zurück zur Lodge zu nehmen, doch wir erklärten, wir hätten noch mehr einzukaufen.

Ein Rolls-Royce Silver Ghost im gleichen Gelbton wie die Hutfedern von Tante Pru rauschte an uns vorbei, schleuderte matschigen Schnee und bremste dann neben der Limousine. Ein Mann mittleren Alters in einem Wollmantel mit Pelzkragen lehnte sich aus dem Fenster des gelben Automobils, hob seine Melone und enthüllte einen Schopf dichten strohblonden Haars. „Mrs. Searsby! Darf ich einen Ihrer Gäste zur Holly Hill Lodge mitnehmen?"

Miss Brinkle sah interessiert aus, doch Mrs. Searsby sagte: „Danke, Mr. Sprigg, das ist nett von Ihnen, aber das ist nicht nötig. Wir haben viel Platz in der Limousine. Darf ich Ihnen meine Großtante, Mrs. Prudence Brinkle, vorstellen?"

„Großtante?", sagte Mr. Sprigg. „Sicher nicht. Schwester vielleicht."

Die ältere Frau lachte. „Ein Schmeichler, wie ich sehe. Sie und ich werden gut miteinander auskommen, Mr. Sprigg."

Ein Automobil hinter Mr. Sprigg hupte. „Mach dir nicht ins Hemd, alter Junge!", rief er über die Schulter, dann rief er: „Muss weiter. Cheerio!"

Als der Rolls beschleunigte, sagte Mrs. Searsby: „Du solltest ihn nicht ermutigen, Tante Pru. Er kann ziemlich – ähm –"

Der Chauffeur öffnete den Damen die Tür, und Mrs. Searsby hielt ihre Großtante am Arm, als sie einstieg. „Du musst dir keine Sorgen machen", sagte die ältere Frau. „Ich weiß, wie man mit Männern seiner Sorte umgeht. Eine gut platzierte Hutnadel wirkt Wunder, um sie sich vom Leib zu halten."

Mrs. Searsby errötete. „Tante Pru, das würdest du nicht tun!"

„Und ob ich das würde – und ich habe es auch schon getan."

Mrs. Searsby warf einen Blick zum Himmel und schien sich dann daran zu erinnern, dass Jasper und ich immer noch bei ihnen standen. „Wir sehen uns zum Mittagessen in der Lodge?"

„Ja, natürlich."

„Ich schicke Ihnen die Limousine in einer Stunde wieder hierher."

Als wir uns abwandten und den Bahnhof betraten, sagte Jasper: „Ziemlich anstrengend, Gastgeberin zu sein."

„In der Tat."

„Ich glaube, sie war der letzte Gast, der noch erwartet wurde", sagte Jasper.

„Abgesehen von der Reisenden Miss Windway."

„Oh ja. Ich hatte sie ganz vergessen. Ich glaube, ich sehe den Bahnhofsvorsteher."

Der Bahnhofsvorsteher kannte Bankston und erinnerte sich, ihn gesehen zu haben. „Er hat den Neun-Uhr-vierzig-Zug genommen. Wir haben uns ein bisschen unterhalten, während er gewartet hat. Er wollte die Lieferung von Blumen arrangieren, doch ich weiß nicht, warum die Frau aus der Lodge den Laden hier in Chipping Bascomb nicht benutzt hat. Die Blumen hier sind genauso schön wie die in London, da bin ich mir sicher."

„Ich bin sicher, Sie haben recht", stimmte Jasper zu. „Vielleicht war es eine Frage der Menge?"

Der Bahnhofsvorsteher kratzte sich an der Wange. „Vielleicht", nickte er. „Trotzdem scheint es dumm zu sein, deswegen nach London zu fahren, aber da sind Sie ja."

Jasper streckte seine Hand mit einer diskret gefalteten

Notiz in seiner Handfläche aus. „Danke, Sie haben mir sehr geholfen."

„Gern geschehen, Sir."

Wir gingen gerade weg, als der Bahnhofsvorsteher rief: „Wollen Sie wissen, wann er zurückgekommen ist?"

Jasper und ich gingen zurück zum Bahnhofsvorsteher. „Bankston ist zurückgekommen?"

„Ja. Kam mit dem Zug um neun Uhr dreiundfünfzig an, doch der hatte über eine Stunde Verspätung. Ein Problem auf den Gleisen in Dillingham, sodass der Zug hier erst um Viertel nach elf eingefahren ist."

„Sie haben mit ihm gesprochen?", fragte Jasper.

„Ja. Ich habe ihn gefragt, ob die Lodge die Limousine für ihn geschickt habe, doch er sagte, er ziehe es vor, zu Fuß zu gehen. Ich habe ihm einen schönen Abend gewünscht und ein frohes Weihnachtsfest."

Jasper griff wieder in seine Tasche.

„Aber der Schnee", sagte ich. „Wäre es bei schlechtem Wetter nicht eine ziemlich lange Wanderung gewesen?"

„Es hatte noch nicht angefangen zu schneien – außer ein paar Flocken hier und da, doch nicht wie später. Als ich den Bahnhof abgeschlossen habe und nach Hause gegangen bin, war es halb eins. Da hat das Schneegestöber angefangen. Dicke Flocken, die ganz schnell alles zugedeckt haben."

„Welchen Weg wäre er gegangen?", fragte Jasper.

Der Bahnhofsvorsteher deutete mit seinem knorrigen Finger. „Den Weg hinter Mr. Spriggs Haus."

„Also nicht der Weg, der an der Kirche rauskommt", sagte ich und nickte in die entgegengesetzte Richtung zu dem Weg, auf dem Jasper und ich ins Dorf gegangen waren.

Der Bahnhofsvorsteher schüttelte den Kopf. „Nein, Miss. Der Weg, den Mr. Bankston genommen hat, ist am anderen Ende des Dorfes."

„Und wenn wir ihn gehen wollten, wie würden wir dort hinkommen?", fragte Jasper.

„Oh, Sie würden ihn an einem Tag wie heute nicht gehen wollen, Sir. Führt Sie direkt durch eine Mulde im Wald. Da unten ist es jetzt nass und matschig."

„Trotzdem, wie kommen wir dorthin?"

„Nun, wenn Sie entschlossen sind ... gehen Sie die Hauptstraße runter. Biegen Sie an dem großen roten Backsteinhaus rechts ab und folgen Sie dieser Gasse, bis sie zu einem Pfad wird. An der Hecke vorbei sehen Sie einen Pfad, der nach Osten führt. Folgen Sie dem, und Sie kommen zur Lodge. Nach der Mulde geht es steil bergauf, und Sie sehen ein Belvedere etwa auf halber Strecke. Daran erkennen Sie, dass Sie auf dem richtigen Weg sind."

„Belvedere?"

„Ein Aussichtsturm mit offenen Fenstern. Die Leute benutzen ihn als Aussichtspunkt. Sie können den größten Teil der Grafschaft von oben sehen. Soweit ich weiß, wurde er im Mittelalter für die Jagdgesellschaften gebaut, als die Lodge noch ein Jagdschloss war."

„Brillant. Danke." Jasper schüttelte dem Mann erneut die Hand. „Und glauben Sie, Bankston hätte den Weg genommen, der am Aussichtsturm vorbeiführt, um zurück nach Holly Hill Lodge zu kommen?"

„'türlich. Ich habe ihn selbst in diese Richtung gehen sehen."

KAPITEL ACHT

*J*asper und ich folgten den Anweisungen des Bahnhofsvorstehers und kamen zu einem großen roten Backsteinhaus, das weit von der Straße zurückversetzt stand. Es war kaum sichtbar hinter der hohen Weißdornhecke, die es umgab.

„Ich nehme an, das ist unser Weg", sagte Jasper. „Ja, da sind wir. Hier ist die Gasse. Obwohl *Haus* eine eher bescheidene Beschreibung für Mr. Spriggs Wohnsitz ist."

„Ja, das würde ich auch sagen. *Herrenhaus* ist eine treffendere Beschreibung."

Wir folgten dem Pfad, der durch den Wald führte, bis wir die Abzweigung erreichten. Der Pfad führte stetig bergab, war aber nicht so matschig, wie der Bahnhofsvorsteher vorausgesagt hatte. Unter den Ästen war die Schneeschicht nicht so dick, doch mindestens drei Zentimeter bedeckten den Weg. Unsere Fußspuren waren die ersten, die die makellose weiße Schicht verunreinigten, abgesehen von ein paar Tierspuren, die gelegentlich den Weg kreuzten.

Wir gingen schweigend entlang der Platanen, Kastanien und Eichen, die uns vor dem Wind schützten. Alles war still abgesehen vom Rauschen des Windes durch die Äste und einem gelegentlichen Rascheln im Unterholz. Wir verließen die Mulde, und der Weg stieg an, was das Gehen etwas beschwerlicher machte. Ich löste meinen Schal, und die kalte Luft strich mir über Hals und Nacken. Jasper suchte die weiße Landschaft ab, während wir gingen, und blinzelte gegen das grelle Licht. „Glaubst du, Bankston hatte einen Unfall?", fragte ich.

„Das scheint die logische Erklärung zu sein. Andernfalls hätte er nach Hause kommen sollen." Er nickte in Richtung einer Lücke zwischen den Bäumen. „Siehst du den Rauch aus den Schornsteinen der Lodge? Wir sind nicht mehr weit davon entfernt. Ich schätze, wir werden in weniger als einer Viertelstunde dort ankommen."

„Ja, zum Glück ein bisschen bevor der Chauffeur abfährt, um uns im Dorf abzuholen. Aber warum sollte Bankston diesen Weg gehen – und das auch noch nachts? Warum hat er nicht telegraphiert und sich vom Chauffeur abholen lassen? Mit der Verzögerung in Dillingham hätte er genügend Zeit gehabt, eine Nachricht zu schicken."

Jasper zuckte die Schultern. „Vielleicht wollen Mr. und Mrs. Searsby die Limousine nicht für den Butler schicken. Und es war spät. Vielleicht wollte er die anderen nicht stören. Die Nacht war klar."

„Scheint aber seltsam."

„Da hast du recht."

Wir gingen weiter, unsere Stiefel knirschten eine Weile durch die frostige obere Schneeschicht, dann sagte ich: „Bankston muss ziemlich wichtig sein, dass du hierher geschickt wirst."

„Olive, du weißt, dass ich dir nichts sagen kann."

„Ich stelle keine Fragen. Ich theoretisiere."

„Ach, so heißt das? Was ist deine Theorie?"

„Es scheint, dass das, was auch immer Bankston betrifft, größer ist als sein Verschwinden."

Jasper konzentrierte sich darauf, über einen abgebrochenen Ast zu steigen. „Warum sagst du das?"

„Wegen der Uhrzeit. Du wurdest gestern Morgen hierher gerufen, zur gleichen Zeit, als Bankston nach London aufgebrochen ist, um Blumen zu besorgen. Du warst bereits auf dem Weg, als Bankston die Nachricht geschickt hat, dass er sich verspäten werde. Du kannst also nicht hier sein, weil er Verspätung hatte oder vermisst wird. Beides war noch nicht passiert. Nein, das Verschwinden von Bankston war nicht das, was dich hierhergeführt hat. Dennoch bist du daran interessiert, Bankston zu finden. Ist es, weil er für das, wofür du hierher geschickt wurdest, von entscheidender Bedeutung ist?"

Jasper antwortete nicht, grinste mich nur an und sagte dann: „Das muss das Belvedere sein."

Ein achteckiger Turm, ein schmaler, turmartiger, mit Efeu bewachsener Bau, stand ein paar Meter vom Weg entfernt auf einer steileren Anhöhe.

„Schauen wir uns die Aussicht an. Ich wette, sie ist spektakulär. Und wir können nach Spuren suchen, die Bankston hinterlassen haben könnte." Ich verließ den Pfad und stieg die Steigung hinauf, während meine Stiefel im tieferen Schnee in dem nicht von Bäumen geschützten Bereich um den Turm herum versanken.

Jasper folgte mir, seine langen Beine machten es leicht, mich einzuholen. „Doch wenn er den Bahnhof verlassen hätte, bevor es zu schneien begonnen hat, hätte Bankston keine Spuren hinterlassen."

„Es sei denn, er hat sich verirrt und ist während des Sturms umhergewandert." Ich stieß einen Seufzer aus, der zu einer weißen Wolke wurde, als ich die Lichtung erreichte. „Puh! Das ist ein ordentlicher Aufstieg. Schau, die Architektur ähnelt der Lodge. Es hat die gleichen spitzen Steinverkleidungen an den Fenstern und Türen – wenn auch nicht so gut gepflegt." Risse zogen sich durch das Mauerwerk und schneebedeckter Efeu wand sich um die zerbrochenen Fensterbänke. Wir gingen durch den spitzen Torbogen ins Erdgeschoss des fensterlosen Gebäudes, wo Mauerreste und Steine auf den Fliesenboden gefallen waren. „Es ist wie eine dieser verfallenen Ruinen, die man in romantischen Gemälden sieht – nur, dass das Alter echt und nicht künstlich ist." Jede Wand hatte ein Fenster, und in der Mitte des Raums stand eine runde Steinbank. „Im Frühling und Sommer muss es hier herrlich sein."

„Keine Spur von Bankston."

„Hast du geglaubt, wir würden ihn hier finden?"

„Er könnte hier vor dem Sturm Zuflucht gesucht haben." Jasper stieß mit dem Finger gegen eine Zigarettenkippe auf einer der Fensterbänke und deutete auf eine zerknüllte Wild-Woodbine-Zigarettenschachtel auf den Steinplatten. Es sah aus, als wäre sie erst kürzlich weggeworfen worden. „Vielleicht hat er beschlossen, zu warten, bis er aufhörte."

Ich ging zu einer Bogentür, die offen stand. „Da ist eine Wendeltreppe." Ich stieg die Stufen hinauf, meine Hand gegen die kalte Steinwand gestützt, weil es kein Geländer gab. Das nächste Stockwerk war genauso wie das darunter. Jaspers Schritte waren hinter mir zu hören, als ich weiterging. Ich kam oben hinaus und hob meine Hand, um meine Augen vor dem grellen Licht zu schützen. Mit der anderen Hand klemmte ich meinen Hut fest, da der Wind um uns herum peitschte. „Oh du meine Güte. Es ist atemberaubend. Ein Winterwunderland."

Strahlendes Weiß bedeckte jeden Baum, jedes Feld, jede Mauer und jede Hecke. Es war eine veränderte Welt. Jasper nickte zu dem fernen Band aus grauen Wolken, das sich vom leuchtendblauen Himmel abhob. „Sieht so aus, als ob ein weiterer Sturm auf dem Weg ist."

„Ich frage mich, ob Mr. Eggers von diesem Ort weiß. Es

wäre ein wunderbares Foto, wenn er es vor dem nächsten Sturm hierher schaffen würde."

„Er macht keine Landschaftsfotos."

„Tut er nicht?"

„Nein. Er fotografiert nur Schneeflocken. Ich hatte gestern Abend eine ziemlich lange Diskussion mit ihm. Er hat uns einige seiner Schneeflockenfotos gezeigt, doch er sieht sich selbst nicht als Fotografen. Vielmehr ist er Wissenschaftler. Die Fotografien sind das, was er benutzt, um seine Beobachtungen festzuhalten."

„Wirklich? Nur Schneeflocken? Ich wusste nicht, dass man Schneeflocken fotografieren kann."

„Er hat einen Apparat. Seine eigene Erfindung. Irgendwie hat er es geschafft, eine Kamera an ein Mikroskop anzuschließen."

„Das ist faszinierend. Und er schien so ein langweiliger kleiner Mann zu sein."

„Wenn er bei seinem Thema ist, ist er ziemlich faszinierend."

Wir gingen von Fenster zu Fenster und blieben bei dem stehen, das die beste Aussicht auf Holly Hill Lodge bot. „Schau, da kommt jemand aus dem Wald und geht zum Haus. Ich kann nicht erkennen, wer es ist, du?"

Jasper beschattete seine Augen. „Nein. Ich sehe nur, dass es jemand ist, der eine Hose trägt – also ein Mann, keine Frau. Aber du weißt, dass meine Fernsicht nicht gut ist. Du hättest eine bessere Chance zu sehen, wer es ist."

„Ich kann es nicht sagen." Es tat mir leid, dass ich das Thema angesprochen hatte. Jasper war wegen seines schlechten Sehvermögens nicht in der Lage gewesen, im Krieg zu dienen. Er hatte im Kriegsministerium gearbeitet, doch einige Leute machten keinen Hehl aus ihrer Geringschätzung für ihn, weil er nicht in den Schützengräben gewesen war.

Aber meine Worte schienen ihn nicht gestört zu haben,

denn seine Stimme klang normal, als er sagte: „Ich sehe keine Spuren im Schnee."

„Oh, richtig. Ich war so hingerissen von der Aussicht, dass ich vergessen habe, nach Bankston Ausschau zu halten."

Wir gingen erneut um den Pavillon herum, und dieses Mal, anstatt auf die verschneite Landschaft hinauszublicken, kniff ich die Augen angesichts der funkelnden weißen Aussicht zusammen und konzentrierte mich darauf, im Schnee nach Flecken oder Spuren zu suchen. Ich hatte im Wald nichts gesehen, doch etwas direkt unter dem Fenster erregte meine Aufmerksamkeit. Der Fenstersims war völlig verfallen, und Efeu wuchs zwischen Steinen und Mörtel der Mauer hindurch. Irgendwann hatte jemand ein Holzbrett über den zerbröckelten Abschnitt genagelt, doch auch das war halb verrottet. Auf der einen Seite des Fensters ragte ein Nagel durch den Efeu, und ein Stück Schnur flatterte im Wind, während auf der anderen Seite das Brett gerade herunterhing und nur von einem einzigen Nagel festgehalten wurde. Ich stützte meine Hand auf den oberen Teil des Fensterrahmens, der noch intakt war, und spähte über die Kante.

Jasper ergriff meinen Ellbogen. „Lehn dich nicht so an, altes Mädchen. Kann dich nicht abstürzen lassen."

„Schau! Was ist das für eine Form im Schnee? Unsere Fußspuren gehen direkt daran vorbei, aber ich habe sie nicht einmal bemerkt. Ich nehme an, unten am Boden sieht es aus wie ein schneebedeckter Busch, aber von hier oben sieht es fast aus wie der Umriss von ..."

„... einem schneebedeckten Leichnam."

KAPITEL NEUN

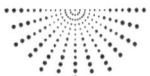

*W*ir stiegen in schwindelerregendem Tempo die Wendeltreppe hinab, herum und immer wieder herum, dann eilten wir über die Fliesen, doch sobald wir im Freien waren und uns dem schneebedeckten Hügel näherten, wurden wir beide langsamer. Jasper ging zu einem Ende dessen, was wir von oben gesehen hatten, und benutzte seinen Schal, um den Schnee wegzuwischen. Ich hoffte, dass er einen Busch oder einen Steinhaufen finden würde, der von der zerbrochenen Fensterbank gefallen war, doch einen Moment später trat er zurück. „Ich bin dem Mann nie begegnet, aber ich bin mir ziemlich sicher, dass das Bankston ist. Armer Kerl."

Jasper hatte nur einen kleinen Teil des Schnees entfernt, doch es reichte, um eine schwarze Haarsträhne mit silbernen Strähnen, einen blassen Wangenknochen, eine Stupsnase und eine dicke dunkle Augenbraue freizulegen.

„Ich glaube, du hast recht."

„Verdammt!", fluchte Jasper leise, als er über Bankstons Leichnam gebeugt stand.

Angesichts seines Tons blickte ich scharf auf. Er war

leise, doch er hatte eine Intensität, die ich selten von Jasper gehört hatte.

Er spürte meinen Blick und sah mich an. „Tut mir leid wegen des Ausbruchs, doch sein Tod wirft mir einen Knüppel zwischen die Beine."

Ich wusste, dass er nicht mehr sagen konnte, also richtete ich meine Aufmerksamkeit auf das Gebäude hinter uns. Das Fenster mit dem bröckelnden Sims war direkt über uns. „Glaubst du, er ist gestürzt?"

Jasper ging in die Hocke und fegte noch mehr Schnee weg. Jetzt, da ich wusste, dass ein Mensch unter der weißen Schicht lag, konnte ich sehen, dass Bankston auf dem Bauch lag und eine Seite seines Gesichts ebenfalls den Boden berührte.

„Nein, das glaube ich nicht. Er hat eine Wunde an der Seite des Kopfes, die vom Boden abgewandt ist. Nein, komm nicht rüber. Sie ist ziemlich gruselig. Du schläfst besser, wenn du sie nicht siehst." Jasper erhob sich und sah sich um, seine Hände in die Hüften gestützt. „Ich würde mir vorstellen, dass bei einem Sturz die Wunde an der Unterseite seines Kopfes und nicht sichtbar wäre."

„Das erscheint sinnvoll. Hier am Fuß des Turms ist es ziemlich flach. Wenn er gefallen wäre, wäre er nicht – ähm – weggerollt, nachdem er am Boden aufgeschlagen war."

Jasper trat zurück und wischte eine Schneeschicht von einem großen Stein weg, der in der Nähe lag. „Das ist, was ihn getroffen hat." Jasper drehte sich um und blickte nach oben. „Der muss da oben heruntergefallen sein."

„Die Steine um das Fenster sind weggebröckelt." Ich wollte nicht auf den blassen Teil von Bankstons Gesicht schauen, den ich sehen konnte, also konzentrierte ich mich auf das Gebäude. „Warum war er überhaupt hier? Und das mitten in der Nacht? Es war so spät, als er in Chipping Bascomb angekommen ist. Ich hätte angenommen, dass er auf dem Weg geblieben und direkt zum Haus gegangen wäre."

„Vielleicht hat er Pause gemacht, um zu rauchen. Der Zigarettenstummel und die Packung sahen ziemlich neu aus. Oder vielleicht hat er sich mit jemandem getroffen." Jasper ging zurück zu Bankston, beugte sich hinunter und legte die Hand auf seine Schulter.

„Was tust du da?"

„Ihn umdrehen."

„Das darfst du nicht. Wir müssen auf die Polizei warten."

„Ich wette zehn zu eins, dass die Burschen hier im Ort nichts damit zu tun haben wollen. Ein Todesfall auf einem Landgut wenige Tage vor Weihnachten? Das wird weitergereicht."

„Du meinst an Scotland Yard."

„Sowas in der Art. Und ich garantiere, dass bis mindestens nach dem zweiten Weihnachtsfeiertag nichts unternommen wird. Ich kann nicht so lange warten. Ich muss jetzt alles über Bankston herausfinden, was ich kann."

Das war eine Seite von Jasper, die ich noch nie gesehen hatte – intensiv und konzentriert und nicht bereit, von seinem eingeschlagenen Kurs abzuweichen. Bevor ich weiter argumentieren konnte, zog er an der Schulter. Der Leichnam rollte herum, und Jasper begann, die Taschen des Butlers zu durchsuchen.

„Jasper!"

„Ja?" Er blickte nicht einmal auf. „Ich bin geschockt. Wirklich."

Er sah mich unter seiner Hutkrempe hervor an. „Du wolltest sehen, was sich hinter der Fassade des Dandys abspielt." Er nickte in Richtung der Leiche. „Nun, ich kann sagen, dass das nicht üblich ist, aber ... in diesem Fall muss es sein." Er zog ein Stück Papier aus einer von Bankstons Taschen.

Meine Neugier überwand meine Vorbehalte. „Irgendwas Interessantes?"

„Nichts von Bedeutung. Ein bisschen Kleingeld. Ein Bleistiftstummel und die Rechnung für die Blumen." Jasper hob die Seite hoch, damit ich sie lesen konnte.

„Dann wissen wir also, dass er in London war. Die Rechnung hat das gestrige Datum."

Jasper nickte und steckte alles zurück. Er wollte die Leiche gerade an die Stelle zurückdrehen, an der wir sie gefunden hatten, aber ich sagte: „Warte, was ist das da auf dem Boden? Da, unter seinem Arm."

Ich zog es hervor und hielt es mit meinen behandschuhten Fingern an den Rändern fest. Es war ein in der Mitte gefaltetes Blatt Papier. Eine der Ecken hatte einen gezackten Riss. Auf der Vorderseite stand in dicken schwarzen Lettern das Wort „Bankston".

Jasper rollte Bankstons Körper vorsichtig wieder auf die Seite, dann kam er herum, um mir über die Schulter zu blicken. „Was steht da?"

Ich faltete es auseinander. „Gar nichts. Es ist innen leer. Wie seltsam."

„Sehr." Jasper trat zurück und sah sich um.

„Bankston hat den Bahnhof verlassen und ist diesen Weg durch den Wald zur Lodge gegangen, doch er hat den Pfad verlassen und ist hier raufgekommen ..."

„Wo ein Zettel mit seinem Namen darauf war, aber keine Nachricht drin? Warum hinterlässt man so eine Nachricht?"

Jaspers Blick wanderte von Bankstons Leiche zum Fenster des Aussichtsturms darüber. „Vielleicht hat da oben jemand auf ihn gewartet."

„Um ihm einen Stein auf den Kopf fallen zu lassen, meinst du? Was für ein schrecklicher Gedanke, aber ja, das könnte passiert sein." Ich strich mit meiner behandschuhten Hand über den gezackten Rand der Notiz. „Die

Notiz diente nur dazu, Bankston unter dem Fenster in Position zu bringen. Eine Nachricht im Inneren war nicht nötig." Ich schauderte. „Wie kaltblütig."

„Ja, und wenn es stimmt, muss das Papier irgendwie hier befestigt gewesen sein."

Wir betrachteten beide den mit Efeu bewachsenen Steinturm. Jasper ging schnell durch den Schnee und schob den Efeu auseinander. Seine Bewegungen erschütterten die Blätter und sorgten für ein kleines Schneegestöber. „Ich glaube ... ja, hier steckt ein Stück Papier zwischen den Blättern. Es ist ein etwas anderer Farbton. Es hat eher einen Blaustich als das reine Weiß des Schnees."

„Ich kann es sehen. Ja, da ist es." Der Hauch von Blau hob es von dem Schnee ab, der auf dem Efeu lag.

„In die Ecke war ein Loch gestanzt und ein Stück Schnur hindurchgefädelt – so wurde es befestigt."

Ich hielt den Zettel hoch. Der diagonale Riss an der Kante passte genau zu der gezackten Papierkante, die im Efeu hing. „Also wollte jemand Bankston direkt unter dem Fenster haben."

„Warte – die Schnur ist nicht an einer Ranke festgebunden." Jasper griff höher und schob den Efeu aus dem Weg, wodurch die raue Schnur freigelegt wurde. Sie verlief direkt durch den Efeu.

„Ich habe ein paar Schnüre gesehen, als wir im obersten Stockwerk waren – am Fenster über uns." Ich drückte Jasper die Notiz in die Hand und rannte los, während ich über meine Schulter rief. „Warte hier! Lass mich nachsehen, ob sie noch da sind." Ich rannte die spiralförmige Treppe hinauf und ging zum Fenster.

Als ich oben ankam, hörte ich Jaspers Stimme: „Sei vorsichtig, altes Mädchen."

Ich steckte meinen Kopf aus dem Fenster und hatte einen perfekten Blick auf Jaspers Fedora – und den Leichnam des armen Bankston zu Jaspers Füßen. „Vorsicht ist mein zweiter Vorname." Er hob den Kopf und öffnete den Mund, um etwas zu sagen, doch ich fügte hinzu: „Meistens, aber jetzt ganz sicher."

Der Efeu rankte über das bröckelnde Fenstersims und an den Seiten des Rahmens hoch. Die Schnur war noch da, am Nagel hängengeblieben. Ich zog vorsichtig eine Efeuranke weg, die den Nagel teilweise verdeckte. Als ich den Efeu zurückgezogen hatte, konnte ich sehen, dass ich mich geirrt hatte. Die Schnur hatte sich nicht am Nagel verfangen, der, wie ich jetzt sehen konnte, glänzend und nicht rostig war.

Der neue Nagel war durch die Mitte eines kleinen Holzstücks und tief in das Mauerwerk des Fensterrahmens getrieben worden. Ich berührte den kleinen Holzstreifen mit meinem behandschuhten Finger. Er drehte sich unter dem Nagel, das hintere Ende schwenkte nach oben und gab ein Loch frei, das in das Ende des Holzes gebohrt war. Die Schnur war hindurchgeführt und verknotet. Jasper sagte: „Was machst du? Die Schnur hat sich bewegt."

Ich blickte von dem kleinen Holzstück zur anderen Seite des Fensterrahmens, wo das lange Brett, das ich zuvor bemerkt hatte, immer noch an einem einzigen Nagel hing und nach unten zeigte. „Du solltest besser hochkommen und es dir selbst ansehen."

Als er die Treppe hinaufgesprintet war, hatte ich das lange Brett in eine horizontale Position gezogen. Es passte über die Fensteröffnung.

„Was ist das?", fragte er.

„Schau nur einen Moment zu. Siehst du, wie dieser kleine Holzstreifen, wenn ich ihn hochschwenke, das längere Brett an Ort und Stelle hält? Wenn etwas hier in der Mitte platziert und gegen das lange Brett ausbalanciert wäre ..." Ich streckte die Hand aus und zog an der Schnur. „Als Bankston das Papier weggezogen hat ..."

Der Holzstreifen drehte sich, als ich an der Schnur zog,

und das lange Brett fiel herunter. Jaspers Blick wanderte vom Brett zu der Gestalt von Bankston am Boden darunter. Wie das Pendel einer herunterlaufenden Uhr wurde die Schwingung des langen Bretts am Nagel kleiner und kleiner, während wir ihm einen Moment lang schweigend zusahen. Dann klopfte Jasper auf den Teil des Simses, der noch intakt war. „Was auch immer hier auf dem Sims gelegen hat …"

„Wie der ziemlich große Stein, den du neben Bankstons Kopf gefunden hast", fuhr ich fort.

„– musste runterfallen und Bankston treffen, als er am Zettel gezogen hat. Auf teuflische Weise clever."

„Jemand wollte Bankston Schaden zufügen – ihn schwer verletzen, wenn nicht gar ermorden."

„Ja." Jasper klang besorgt. Seine Aufmerksamkeit wanderte zwischen dem Fenster und dem Leichnam unten hin und her.

„Aber warum sollte jemand die Schnur und die Bretter hierlassen?", fragte ich. „Es ist offensichtlich, was passiert ist."

„Nur wenn du die Schnur siehst – und sie ist gut im Efeu versteckt. Wer auch immer das getan hat, hat wahrscheinlich vorgehabt, die Nachricht, die Schnur und die Bretter zu entfernen. Etwas muss passiert sein, was denjenigen daran gehindert hat, es zu tun, bevor wir Bankston gefunden haben."

„Oh! Natürlich! Der Schnee." Ich machte eine ausladende Geste mit dem Arm. „Sobald es geschneit hatte, konnten sie nicht riskieren, zurückzukehren und Spuren zu hinterlassen, die identifiziert werden konnten."

„Wohl wahr. Der Sturm kam schneller als erwartet. Der Schnee war für heute gemeldet, nicht für gestern Nacht."

Wir hörten Stimmen und suchten den Wald ab. „Da." Jasper deutete aus dem Fenster. „Vom Dorf kommend, den Weg runter, den wir gegangen sind."

Durch die Bäume sah ich zwei Reiter auf Pferden. Wir eilten die Treppe hinunter. „Das sind Francie und – ähm – Mr. Culwell. Theo", sagte ich und musste einen Moment überlegen, um mich an seinen Vornamen zu erinnern.

Als sie am Fuß des Hangs unterhalb des Aussichtsturms auftauchten, kamen wir bereits durch den Schnee auf den Pfad zurück. Francie winkte und rief: „Ihr hättet mitkommen sollen, Olive! Wir haben einen unglaublich hübschen Ast gefunden, der sich wunderbar für ein Weihnachtsscheit eignet …" Sie verstummte, als sie unsere Mienen sah. Francie zügelte ihr Pferd. Theo zog an den Zügeln seines Pferds und blieb neben ihr stehen, während er unsere Spuren zum und vom Aussichtsturm betrachtete. „Was ist passiert?", fragte Francie. „Stimmt was nicht?"

„Francie, es tut mir leid, dir das sagen zu müssen, aber etwas Schreckliches ist passiert. Es ist Bankston. Er ist tot."

Francies Augen weiteten sich, und für einen Moment hätte ich schwören können, dass ein erleichterter Ausdruck auf Theos Gesicht aufblitzte, doch er überspielte ihn schnell, indem er sein Pferd antrieb. „Wir gehen Hilfe holen. Was ist näher, die Lodge oder Chipping Bascomb?"

Francies Pferd scheute zur Seite, und sie brauchte einen Moment, um es zu zügeln. „Das Haus." Francie sah sich um. „Wo … ?"

„Es ist am Aussichtsturm passiert", sagte ich.

„Bist du sicher? Vielleicht sollte ich …"

„Nein, da besteht kein Zweifel", sagte Jasper. „Und es ist ein ziemlich grausamer Anblick. Am besten wäre es, wenn Sie so schnell wie möglich die Polizei holen würden."

„Ich beeile mich." Francie riss das Pferd herum.

Theo rief: „Wir sind so schnell wie möglich zurück!", und sie galoppierten davon.

KAPITEL ZEHN

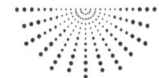

*J*aspers Einschätzung zur Einstellung der örtlichen Polizeikräfte erwies sich als zutreffend. Zuerst wiederholte der Constable, dann der Inspector Jaspers Worte und deutete an, dass der Tod von Bankston den Rahmen ihrer Ermittlungsfähigkeiten überstieg. Schließlich stand Mr. Daughtry, der Chief Constable, ein kleiner, untersetzter Mann mit verzagter Haltung, über Bankston, die Hände auf dem Rücken verschränkt, während er die Leiche betrachtete. „Nicht wirklich unser Zuständigkeitsbereich – Mord."

Nach einem kurzen Blick auf Jasper sagte ich: „Sie vermuten Mord?" Während der vorangegangenen Befragung hatten sich die Männer auf Jasper konzentriert – sie sagten, sie wollten mich nicht beunruhigen – und hatten nur nach meinem Namen und Wohnort gefragt. Ich hatte gesehen, wie Jasper das Papier mit Bankstons Namen darauf in seine Jackentasche gesteckt hatte, bevor die Polizei eingetroffen war. Er erwähnte es genauso wenig wie die Schnur, die am Fenster am Holz befestigt war.

Mr. Daughtrys Blick wanderte zum Fenster hinauf. „Könnte Mord sein. Vielleicht auch nicht. Könnte ein Unfall sein. Schade, dass diese alten Gebäude verfallen." Er richtete seine Aufmerksamkeit wieder auf Jasper. „Schwierig zu sagen, was es ist, ein Mord oder ein Unfall. Schwierig, diese Dinge zu untersuchen, besonders wenn man bedenkt, dass Bankston in der Lodge gearbeitet hat. Problematisch, wenn eine ganze Gruppe von Gästen im Haus ist." Er seufzte und sah noch niedergeschlagener aus. „Und Bankston war in London. Nein, das ist eine Situation für die Jungs von Scotland Yard." Zu dieser Schlussfolgerung zu kommen, schien Mr. Daughtry aufzuheitern, und seine Miene hellte sich auf. „Wir werden sagen, dass es höchstwahrscheinlich ein Unfall war, während wir auf den Yard warten. Hat mich gefreut, Sie kennenzulernen, Miss Belgrave und Mr. Rimington. Ich hoffe, das verdirbt Ihnen nicht die Feiertage. Frohe Weihnachten Ihnen beiden." Er tippte sich an den Hut und watschelte so schnell er konnte durch den Schnee davon.

Ein paar Minuten später gingen wir durch den Wald zur Holly Hill Lodge. Ich wartete, bis wir ein gutes Stück von den Beamten entfernt waren, die im Belvedere geblieben waren, um den Abtransport von Bankstons Leiche zu überwachen, bevor ich sagte: „Du hast die Notiz gar nicht erwähnt."

„Nicht ihnen gegenüber, nein."

„Das ist ziemlich eigenmächtig von dir, Jasper."

„Ich werde sie dem Richtigen übergeben. Glaubst du, Daughtry und sein Team würden es angemessen untersuchen?"

„Nein, er konnte es kaum erwarten, es Scotland Yard in den Schoß zu werfen, und das ist der einzige Grund, warum ich auch geschwiegen habe."

Der Weg kam am schneebedeckten Vorplatz vor Holly Hill Lodge aus dem Wald heraus. Als wir zum Herrenhaus hinübergingen, kam ein Taxi die Einfahrt hinauf, fuhr herum und hielt vor der Haustür. Eine schlanke Frau mit goldenem Haar, das unter ihrem eleganten Glockenhut hervorlugte, stieg aus, bezahlte den Fahrer und nahm ihren kleinen Koffer. Sie trug eine Tweedjacke, einen Rock und kniehohe Stiefel. Als sie zu uns herüberkam, konnte ich sehen, dass ihr Rock kein Rock war, sondern ein Hosenrock. Ein aquamarinblauer Schal, der zu ihren Augen passte, flatterte um ihre Schultern. Sie streckte ihre Hand aus. „Hallo, ich bin Blix Windway."

„Oh, Sie sind die Reisende", sagte ich und stellte mich vor.

Ihr Händedruck wurde enthusiastischer. „Miss Belgrave! Ich habe über Sie gelesen. Ich freue mich sehr, Sie kennenzulernen. Was für Abenteuer haben Sie erlebt! Ich möchte alles darüber hören."

„Sie sind nichts im Vergleich zu dem, was Sie gesehen haben, da bin ich mir sicher."

„Aber ich war noch nie an einer Mordermittlung beteiligt. Ich möchte von Ihren Fällen hören. Ich mag einen Mord zu Weihnachten." Ich muss erschrocken ausgesehen haben, denn sie fügte hinzu: „Von der literarischen Sorte, meine ich natürlich."

„Natürlich."

Meine Stimme war übertrieben herzlich, und sie blickte zwischen Jasper und mir hin und her. „Ich habe gehört, dass es im Wald einen Tumult gegeben hat – um den Butler von Holly Hill Lodge …"

„Ein Unfall, wie es scheint", sagte Jasper.

„Oh." Sie zog ihre elegant geschwungenen Brauen zusammen. „Dann müssen das, was ich in Chipping Bascomb gehört habe, Gerüchte gewesen sein. Die Leute übertreiben, nicht wahr?" Bevor sie weitere Fragen stellen konnte, bot Jasper an, ihren Koffer zu übernehmen.

„Oh nein, danke. Sehr nett von Ihnen, aber ich schaffe das. Ich bin es gewohnt, es mit mir herumzutragen."

Aufgrund meines Gespräches mit Francie und Theo

über das Gepäck, bemerkte ich ihren Koffer, der eine kleine Ledertasche mit abgenutzten Ecken war. Er war mit Etiketten bedeckt. „Meine Güte, ist das alles, was Sie haben?"

„Ja, das ist alles, was ich brauche. Ich habe gelernt, mit leichtem Gepäck zu reisen." Sie demonstrierte, wie leicht sie den Koffer heben konnte.

„Ich bin sicher, Theo – einer der Gäste – wird fasziniert sein."

„Gepäck ist sein Geschäft", fügte Jasper hinzu, als wir zum Haus gingen. „Und woher sind Sie angereist, Miss Windway?"

„Bitte nennen Sie mich Blix. Jeder tut das. Nichts Exotisches, leider. Birmingham. Ich habe dort einen Vortrag über meine Reisen gehalten."

Bevor wir die Tür erreichten, kam Mrs. Searsby um die Ecke. Wenn ich nicht gewusst hätte, dass Mrs. Searsby die Herrin des Hauses ist, hätte ich sie für eine arme Verwandte gehalten, denn sie trug einen abgetragenen Wollmantel und abgewetzte Stiefel. Zwei Hunde, ein schwarzer Labrador und der Jack Russell Terrier, den ich gestern gesehen hatte, trabten neben ihr her. Sie lächelte und eilte zu uns. „Willkommen in Holly Hill Lodge, Miss Windway."

„Danke für die Einladung. Ich freue mich sehr, hier zu sein", sagte Blix, als die Hunde schwanzwedelnd unsere kleine Gruppe umkreisten.

Ford öffnete die Tür, und Mrs. Searsby scheuchte die Hunde hinein. Als wir die Eingangshalle betraten, hatte ein Diener den Jack Russell bereits in ein Handtuch gewickelt. Er tätschelte sein Bein, als er zu einer kleinen Tür an der Seite des Raums ging, und der Labrador galoppierte auf ihn zu. Der Diener und die Tiere verschwanden.

Während Ford Miss Windways Mütze und Handschuhe entgegennahm, zog mich Mrs. Searsby beiseite und sagte leise: „Die Sache mit Bankston tut mir so leid. Mr. Daughtry kam gerade vorbei, um uns die Nachricht zu überbringen. Tragisch! Möchten Sie sich auf Ihr Zimmer zurückziehen?"

Ich sagte: „Nein, aber danke für Ihre Sorge."

„Ich verstehe es nicht. Bankston war immer so zuverlässig. Es ist nicht seine Art, mitten in der Nacht in einen Unfall verwickelt zu werden. Aber der Chief Constable – so ein trauriger Mann – kam vorbei und teilte Mr. Searsby mit, dass Scotland Yard die Sache ruhig angehen wird. Ich hoffe, sie bekommen es diskret geregelt. Ich kann absolut nicht zulassen, dass die Polizei herumschnüffelt und unsere Weihnachtsfeierlichkeiten stört. Das würde die Atmosphäre vollkommen ruinieren."

Eine der Rüstungen erregte Blix' Aufmerksamkeit. Sie stellte Jasper eine Frage dazu, und sie machten sich auf den Weg, unter den Flaggen entlang, während Blix die Waffenausstellungen und Tierkopfpräparate betrachtete.

Ich sagte zu Mrs. Searsby: „Wenn Sie irgendetwas – egal was – im Zusammenhang mit dem Tod Ihres Butlers brauchen, helfe ich Ihnen gerne. Ich bin Leuten in verschiedenen heiklen Situationen behilflich gewesen."

Mrs. Searsbys Blick wurde schärfer. „Ich erinnere mich, dass ich kürzlich etwas darüber gehört habe. Sie waren bei Lady Gigi Alton, als die Witwe …"

„Ja, das ist richtig."

„Und waren Sie nicht involviert, als Lady Agnes diese – ähm – Probleme im Zusammenhang mit dem Tod ihres Onkels, des Ägyptologen, hatte?"

„Ja."

Sie nickte entschieden. „Lassen Sie mich mit Mr. Searsby sprechen. Ich würde mich freuen, wenn Sie die Angelegenheit klären könnten, bevor Scotland Yard eintrifft. Frank mag nichts, was den Ablauf im Haushalt stört. Ich bin sicher, er wird mir zustimmen, dass Sie sich darum kümmern sollten." Jasper und Blix hatten eine Runde durch den Raum gemacht und kehrten zu uns zurück. „Ich werde

Sie am Nachmittag finden. Ah, Miss Windway, lassen Sie mich Ihnen Ihr Zimmer zeigen ...''

Ich ging hinauf, um mich umzuziehen, und als ich meine durchnässten Schuhe ausgezogen, einen bordeaux-roten Wollanzug angezogen und mein Haar gekämmt hatte, kam ein Dienstmädchen mit einer Nachricht.

Liebe Miss Belgrave,

wie ich höre, haben Sie das Mittagessen verpasst. Vielleicht könnten Sie mich auf einen frühen Tee in meinem Zimmer treffen. Ich fühle mich immer noch ziemlich angeschlagen, aber es gibt vieles, was Sie, Mr. Rimington und ich besprechen müssen.

Ihre Freundin, Miss Ravenna

Ich ging zu ihrem Zimmer, und als ich in den Gang einbog, kam Jasper vom anderen Ende. Wir trafen uns an ihrer Tür, und er sagte: „Du bist also auch herbeordert worden?"

„Ja."

Jasper klopfte an die Tür. „Ausgezeichnet." Er hielt inne, als ein Dienstmädchen vorbeiging, und sagte dann: „Deine Gesellschaft wird mögliche Gerüchte über meine Anwesenheit in Miss Ravennas Zimmer unterbinden."

Miss Ravenna rief uns mit kratziger Stimme zu, einzutreten.

Ich sagte: „Wir wollen diese Gerüchte über dich und Miss Ravenna auf jeden Fall unter Kontrolle halten. Ich begleite dich jederzeit gerne", fügte ich hinzu, als ich vor ihm durch die Tür ging.

Miss Ravenna saß in ein Schultertuch gewickelt mit einer Decke über dem Schoß in einem Sessel am Feuer.

„Kommt rein – aber nicht zu nahe. Ich will diese Erkältung für mich behalten. Ich wünsche niemandem meine rote Nase oder meine tränenden Augen."

Sie trug kein Make-up, und sie musste gerade aus dem Bett aufgestanden sein, denn als sie sich bewegte, um ihre Teetasse abzustellen, sah ich, dass ihr Haar an ihrem Hinterkopf flachgedrückt war. Jasper und ich gingen zu einem Sofa, das ein gutes Stück von ihrem Sessel entfernt war. Auf dem niedrigen Tisch vor uns war ein üppiger Tee mit Scones, Sandwiches und Kuchen gedeckt. „Miss Belgrave, könnten Sie vielleicht einschenken?"

„Natürlich. Möchten Sie welchen?"

Sie hob ihre Teetasse. „Danke, nein. Ich trinke warmes Wasser mit Honig und Zitrone. Wirkt Wunder für die Kehle – ein alter Theatertrick. Es hilft, aber ich glaube, dass es ein paar Tage dauern wird, bis ich mich vollständig erholen werde, und dann wird es zu spät sein."

„Zu spät wofür?", fragte ich.

„Dazu kommen wir noch. Mr. Rimington, könnten Sie mich auf den neusten Stand darüber bringen, was im Wald passiert ist? Alles, was ich gehört habe, sind Informationen, die mein Dienstmädchen unten aufgeschnappt hat."

„Sicher", sagte Jasper, doch dann zögerte er und blickte von Miss Ravenna zu mir.

Miss Ravenna sagte: „Miss Belgrave ist bereits involviert. Ich habe die Erlaubnis erhalten, hier in Holly Hill Lodge mit Miss Belgrave über – ähm – nennen wir es bestimmte Probleme, zu sprechen. Ich denke, es hat viel mehr Vorteile, sie in unsere Diskussion einzubeziehen, als sie auszuschließen."

„Dem stimme ich zu." Jasper schlug ein Bein über das andere und begann mit einer Zusammenfassung unserer Entdeckung von Bankstons Leiche. Ich aß ein Sandwich mit Fischcreme und einen Scone, während Jasper schnell und sachlich berichtete. Wie hatte ich denken können, dass er und Miss Ravenna romantisch verbandelt waren? Es war klar, dass sie beruflich zusammenarbeiteten – und es schien, als wäre Miss Ravenna seine Vorgesetzte.

Als er fertig war, griff er nach seinem Tee, und Miss Ravenna saß einen Moment lang da und sah mich abschätzend an.

„Ich wollte heute aus einem äußerst wichtigen Grund mit Ihnen sprechen, Miss Belgrave. Zuerst möchte ich Sie bitten, alles, was Sie heute erfahren, für sich zu behalten. Es ist von entscheidender Bedeutung, dass die Details rund um den Tod von Bankston geheim gehalten werden."

Ich öffnete meinen Mund, um eine Frage zu stellen, doch sie fuhr fort, bevor ich etwas sagen konnte. „Ich kann Ihnen nicht sagen, warum – es sei denn, Sie sind daran interessiert, uns zu helfen. Jasper hat mir ziemlich viel über Sie erzählt. Ich weiß genug über Sie, um zu wissen, dass Sie neugierig sind. Sie möchten die ganze Geschichte kennen, nicht die oberflächliche Fassade, die oft tiefere Handlungen verdeckt. Da Sie die Wahrheit wissen wollen, denke ich, dass Sie daran interessiert sein könnten, uns dabei zu helfen, aufzudecken, was Bankston getan hat. Schließlich haben Sie ein Händchen dafür, schwierige Probleme zu lösen. Sie wären eine unschätzbare Bereicherung für uns und könnten uns helfen, unsere Aufgabe zu erfüllen. Jasper vertraut Ihnen, also weiß ich, dass ich Ihnen auch vertrauen kann. Was sagen Sie, Miss Belgrave? Möchten Sie uns helfen?"

„Wobei genau würde ich helfen? Der Aufklärung eines Mordes?"

„Das mag ins Spiel kommen, doch Bankstons Tod gilt nicht unser Hauptaugenmerk. Ich kann nicht weiter ins Detail gehen, es sei denn, ich habe Ihr Wort."

„Mein Wort zu schweigen?"

„Ja. Ihr Wort, dass nichts, was in diesem Raum gesagt wird, an andere weitergegeben wird." Ich sah zu Jasper.

„Sehr geheimnisvoll. Du hast gesagt, du bist an so etwas nicht beteiligt."

„Oh, bin ich nicht. Das ist eher Miss Ravennas Gebiet. Ich bin nur als ... Hilfskraft hier, könnte man sagen."

Miss Ravenna sagte: „Jasper hat besondere – ähm – Talente, die gebraucht werden."

„Zumindest hoffen wir, dass sie gebraucht werden", fügte Jasper hinzu.

„In der Tat. Nun, Miss Belgrave, was sagen Sie? Unsere Aufgabe ist von großer Bedeutung."

„Für das Land?", fragte ich.

Sie lächelte. „Ich wusste von dem, was Jasper mir erzählt hatte, dass Sie scharfsinnig sind. Wenn Sie zustimmen, mit uns zusammenzuarbeiten, gibt es später gewisse Formalitäten – Papiere müssen unterschrieben werden, und so weiter. Was sagen Sie? Sind Sie bereit, zu helfen?"

„Ja." Was hätte ich sonst sagen können? Ich war bereits involviert, und meine Neugier – auf Bankston und auf Jasper – war zu groß, um mir das entgehen zu lassen. Ich war mir immer noch nicht sicher, für welche Art von Organisation Jasper arbeitete oder wie er dort hineinpasste. Er sagte, dass seine Rolle eher die eines kleinen Spielers sei, doch mir war nicht klar, ob er an der Peripherie spielte. Miss Ravenna hatte recht – ich wollte mehr wissen. Ich wollte die ganze Geschichte.

„Ausgezeichnet. Dann schlage ich vor, Sie gießen sich noch eine Tasse Tee ein. Mein Hals tut weh, also fangen Sie an, Mr. Rimington, und erzählen Sie Miss Belgrave alles, was wir über Bankston wissen – und vermuten."

KAPITEL ELF

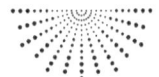

*J*asper wischte die Krümel seines Sandwichs von seinen Fingern und stellte seinen Teller ab.

„Leider sind unsere Informationen begrenzt, soweit sie den Butler betreffen, doch wir wissen ein paar Dinge. Am wichtigsten ist die Tatsache, dass Bankston Teil einer Organisation war, die als oberste Priorität das Bestreben hat, König und Land zu untergraben."

„Meine Güte." Ich hatte vermutet, dass Jasper eine Art Regierungsagent war, doch als ich sah, dass seine fröhliche Miene schwand und sein Ton ernst wurde, erkannte ich den Ernst der Lage. Das war kein Witz.

„In der Tat eine ernste Angelegenheit. Unser Wissen ist in einigen Punkten ein wenig schemenhaft, doch über andere wichtige Dinge sind wir uns im Klaren. Unter Verwendung verschiedener Quellen konnten wir Fragmente von Informationen über diese Gruppe zusammensetzen. Die große Gruppe besteht aus vielen kleineren Gruppen, die lose miteinander verbunden sind. Es gibt nicht viel Kontakt zwischen diesen Gruppen oder den wirkenden Personen darin. Jede Einheit arbeitet in sich geschlossen, was einen großen Vorteil bei der Geheimhaltung ihrer Aktivitäten darstellt. Bei dieser Art von Organisationsstruktur weiß niemand alles. Das Wissen und die Informationen einer einzelnen Person sind begrenzt. Bankston war ein entscheidendes Glied in der Kommunikationskette der Organisation. Er diente als eine Art Postamt. Ein Kurier kam hierher in die Lodge mit einer schriftlichen Mitteilung, einem Brief. Bevor der Kurier eintraf, hatte er Anweisungen erhalten, die ihm einen bestimmten Ort für die Hinterlegung des Briefes vorgaben. Bankston würde ihn dort abholen. Um ganz auf Nummer Sicher zu gehen, brachte Bankston den Brief dann an einen anderen Ort. Später gab Bankston dem nächsten Kurier Anweisungen, wo er den Brief abholen könnte. Der nächste Kurier war vielleicht jemand, der zur selben Zeit wie der ursprüngliche Kurier die Lodge besucht hatte, oder der Brief könnte für einen Gast aufbewahrt worden sein, der später ankommen sollte."

Miss Ravenna übernahm die weitere Erklärung. „Irgendwann während des Aufenthalts des zweiten Kuriers hat Bankston dafür gesorgt, dass er – oder sie – verschlüsselte Anweisungen erhielt, wohin er gehen musste, um den Brief abzuholen. Er sprach niemals direkt mit dem nächsten Kurier über die Angelegenheit. Stattdessen hinterließ er die Wegbeschreibung im Zimmer der Person oder ließ sie der Person zustellen. Er benutzte etwas Harmloses wie ein Buch oder eine Zeitung, um die Wegbeschreibung zu überbringen."

„Wenn also jemand anderes sie sieht, würden er oder sie nichts vermuten", sagte ich.

„Richtig", erwiderte sie. „Der Kurier hat einen Schlüssel, um das Gedicht oder den Zeitungsartikel oder was auch immer zu entschlüsseln. Sobald er den Text entschlüsselt hat, weiß der Kurier, wohin er gehen muss, um den Brief abzuholen."

Eine Idee regte sich, und ich sah Jasper an, doch ich

konnte seinen Blick nicht einfangen. Er strich eine Falte in seiner Hose glatt.

Miss Ravenna fuhr fort: „Das System war so eingerichtet, dass es so wenig Kontakt wie möglich zwischen den Spielern gab."

„Aber was für eine Menge Arbeit", sagte ich.

„Ja, doch sehr genial." Miss Ravenna stellte Teetasse und Untertasse auf den Tisch. „Und mit vielen Vorteilen. Oft findet diese Art von Austausch in halböffentlichen Bereichen statt, in denen Menschen ein- und ausgehen, wie beispielsweise in einem Gasthaus oder einem Hotel. Doch die Abgeschiedenheit von Holly Hill Lodge und die exklusiven Gästelisten machen es unmöglich, den Transfer aus der Ferne zu beobachten. Da Mr. und Mrs. Searsby gerne Gäste beherbergen, kommen und gehen häufig große Gruppen von Menschen. Ein Kurier konnte so leicht einen Brief bringen und abgeben, dann holte Bankston ihn ab und sorgte dafuer, dass ein anderer Gast ihn bekam. Das hat es uns extrem schwer gemacht, die Übergabe zu verfolgen – oder sogar herauszufinden, wer die Kuriere waren. Wenn zehn Gäste die Lodge besuchen, dann gibt es zehn Möglichkeiten, und wir haben nichts, um die Kuriere zu identifizieren."

„Mr. und Mrs. Searsby, sind sie ...?" Ich verstummte, weil es nicht üblich war, seinen Gastgeber zu beschuldigen, in Landesverrat verwickelt zu sein. Ich wollte es gar nicht laut aussprechen.

„Alles, was wir abfangen konnten, deutet darauf hin, dass Mr. und Mrs. Searsby nicht wissen, dass ihr Haus zur Übermittlung der Briefe der Gruppe verwendet wird."

„Abfangen?", fragte ich.

Jasper sagte: „Ja, das, was unsere schlauen Jungs Telegrammen entnehmen konnten." Er rutschte auf seinem Stuhl herum. „Man könnte meinen, dass es nicht ganz koscher ist, aber die Technik war für die Kriegsanstrengungen unerlässlich, und die Regierung verwendet sie jetzt, um Gruppen wie diese zu überwachen. Natürlich sind die Leute, an denen wir interessiert sind, schlau genug, um zu wissen, dass wir zuhören. Die Telegramme enthalten nichts wirklich Sensibles. Deshalb nutzt die Gruppe schriftliche Kommunikation, die Briefe, die per Kurier weitergegeben werden. Es ist eine sicherere Methode zum Austausch von Informationen. Unsere einzige Chance, die Identität der Kuriere und die hin- und hergeschickten Informationen zu bekommen, bestand darin, als Gäste hier einzutreffen und Bankston so genau wie möglich zu beobachten."

Miss Ravenna sagte: „Mr. Rimington wurde ausgewählt, mich hierher zu begleiten, wegen seiner ... zusätzlichen Fähigkeiten, die sich als nützlich erweisen sollten, wenn wir den Brief finden."

Ich sah Jasper aus dem Augenwinkel an. „Dann sind auch die Briefe verschlüsselt, die die Kuriere hin- und hertragen." Er antwortete nicht, schenkte mir nur ein Lächeln, als ich fortfuhr: „Du hast schon immer ein gutes Rätsel gemocht – oder ein Puzzlespiel."

Miss Ravenna sah mich mit hochgezogener Augenbraue an und sagte dann zu Jasper: „Ich verstehe jetzt, was Sie über sie gesagt haben, Mr. Rimington. Sie ist ausgesprochen aufmerksam. Ich glaube, es ist gut, dass wir Sie hergebracht haben, Miss Belgrave, wenn Sie auf diese Weise einen Einblick in Mr. Rimingtons Geheimnisse bekommen."

„Einer der Vorteile, jemanden seit der Kindheit zu kennen."

Er neigte seinen Kopf, um meine Vermutung zu bestätigen. „Codes und Chiffren sind wie Puzzles, nur mit Wörtern und Buchstaben und Symbolen."

Miss Ravenna räusperte sich, und Jasper und ich drehten uns wieder zu ihr um, als sie sagte: „Unsere Versuche, Informationen zu bekommen, indem wir jemanden hier in der Lodge untergebracht haben, waren wegen Bankstons Position zum Scheitern verurteilt gewesen. Als Butler hatte er viel Autorität und Autonomie. Wenn er, sagen wir, ein Diener gewesen wäre, wäre es viel leichter gewesen, ihn im Auge zu behalten. Doch Bankston konnte sich ohne Aufsicht frei bewegen, was es fast unmöglich machte, ihn zu beobachten. Und angesichts der schieren Größe der Lodge und des Geländes ist es äußerst schwierig, alles heimlich zu durchsuchen, um Briefe der Gruppe zu finden, die Bankston irgendwo auf dem Grundstück versteckt hat. Und es ist wichtig, dass wir den neuesten Brief finden." Miss Ravenna lehnte sich zurück und zog das Schultertuch fester um ihre Schultern. „Nun, Miss Belgrave, ich bin gespannt, was Sie davon halten."

„Ich gebe zu, es klingt ziemlich weit hergeholt – eine Geheimorganisation, geschmuggelte Briefe, Codes und Chiffren. Aber ich kenne Jasper, und wenn er sagt, dass es so ist – dann kann es kein Witz oder eine Fantasie sein."

„Nein, in der Tat, Miss Belgrave. Ich versichere Ihnen, das ist absolut ernst. Haben Sie irgendwelche Fragen?"

„Nun … ja. Wie können Sie sicher sein, dass es die Gäste sind, die die Briefe bringen und wieder mitnehmen? Könnte es nicht ein Diener sein?"

„Ausgezeichnete Frage. Wir haben diese Möglichkeit untersucht. Unsere Aufzeichnungen und unsere Quellen innerhalb der Organisation bestätigen, dass Bankston die einzige Person aus dem Personal war, die involviert war. Tatsächlich wissen wir, dass Bankston vor zwei Wochen einen Brief bekommen hat – einen entscheidenden Brief. Er hat ihn hier aufbewahrt, bis diese Gruppe von Gästen eintraf. Er hat seiner Organisation mitgeteilt, dass alles für die nächste Abholung vorbereitet sei, die nach den Weihnachtsfeierlichkeiten stattfinden soll. Der nächste Kurier bekommt die verschlüsselte Mitteilung mit Anweisungen, wo der Brief am Weihnachtstag zu finden ist."

„Sehr gute Neuigkeiten also", sagte Jasper. „Das verschafft uns ein paar Tage."

„Ja, aber es wird jetzt viel schwieriger, da wir Bankston nicht mehr beobachten können", fügte Miss Ravenna hinzu.

„Bankston hat also einen dieser verschlüsselten Briefe bekommen", sagte ich. „Und jetzt ist er irgendwo hier in Holly Hill Lodge versteckt, und der nächste Kurier wird ihn bald abholen?"

„Ja genau so ist es." Miss Ravenna nickte zustimmend. „Es ist wichtig, dass wir Bankstons Anweisungen für den nächsten Kurier finden. Nur so erfahren wir, wo der Brief ist. Sobald wir wissen, wo er ist, können wir ihn untersuchen, bevor der Kurier ihn abholt. Dann können wir beobachten und sehen, wer den Brief abholt, was uns die Identität des Kuriers verrät."

Sie gab dem letzten Satz eine gewisse Betonung, die mich verwirrte. „Sie lassen es so klingen, als wäre es wichtiger, den Kurier zu kennen, als den Inhalt des Briefs."

„Wir wollen wissen, was in dem Brief steht – das ist überaus wichtig. Ihn zu finden ist unsere oberste Priorität, doch die Beantwortung der Frage, wer Holly Hill Lodge mit dem Brief verlässt, ist fast genauso wichtig. Unsere Quellen sagen uns, dass dieser Brief an jemanden ganz oben in ihrer Organisation geht. Wenn wir wissen, wer den Brief hat, können wir ihm bis an die Spitze der Gruppe folgen und die Top-Leute identifizieren." Sie zog ihr Schultertuch zurecht, als sie sagte: „Aber wir denken zu weit voraus. Kommen wir zurück zu unserer ersten Aufgabe, dem Auffinden des Briefs. Jetzt haben wir vielleicht eine mögliche Abkürzung zu dem Brief, was die Suche nach Bankstons Anweisungen zum Abrufen überflüssig machen würde."

„Richtig", sagte Jasper. „Wir kennen ein paar Orte, an denen Bankston die Briefe in der Vergangenheit versteckt hat, und wir können dort nachsehen. Wenn sich der Brief

an einem dieser Orte befindet, besteht keine Notwendigkeit, Bankstons verschlüsselte Anweisungen zum
Auffinden des Briefs zu suchen. Unsere beste Chance, diese
bekannten Orte zu durchsuchen, ist, bevor die Polizei
eintrifft, um Bankstons Tod zu untersuchen. Da Miss
Ravenna an einer Erkältung leidet und ich erst kürzlich
angekommen bin, konnten wir uns die Orte nicht diskret
ansehen. Wir haben jetzt ein kleines Zeitfenster, bevor die
Ermittler auftauchen. Ich schlage vor, ich überprüfe die
Standorte sofort, nachdem wir hier fertig sind. Die Beamten
vor Ort haben beschlossen, den Fall an Scotland Yard zu
übergeben. Ich schätze, es wird mindestens ein paar
Stunden dauern, bis jemand kommt, vielleicht sogar erst
morgen früh."

Miss Ravenna nickte. „Gut."

Ich sagte: „Ich habe Mrs. Searsby vorgeschlagen, bei der
Klärung dessen, was mit Bankston passiert ist, behilflich zu
sein."

„Noch besser", sagte Miss Ravenna. „Natürlich ist die
Frage, wer Bankston getötet hat oder warum, von geringer
Bedeutung."

Ich war auf dem besten Weg, meine Meinung über Miss
Ravenna völlig zu ändern – ich wurde tatsächlich ein ziemlicher Fan von ihr –, bis sie diese Worte aussprach, die
meine Begeisterung für sie so abrupt zügelten wie ein
Reiter sein Pferd kurz vor einer zu hohen Hecke. „Ich bin
anderer Meinung. Jemand hat einen Mord begangen."

Miss Ravenna sah mich betreten an. „Eine schreckliche
Sache, in der Tat. Ich widerspreche Ihnen nicht, Miss
Belgrave. Es ist nur so, dass unser Hauptaugenmerk auf
dem Brief und der Identifizierung des Kuriers liegen muss.
Die Beamten werden klären, wer Bankston getötet hat und
warum. Das interessiert uns nicht."

„Sie glauben nicht, dass es mit seinen Aktivitäten mit
den Kurieren zusammenhängt?", fragte Jasper.

Miss Ravenna schüttelte den Kopf. „Ich bezweifle es. Nur sehr wenige Leute wussten, was er tat – kaum mehr als eine Handvoll."

„Wenn der Kreis möglicher Verdächtiger klein ist", sagte ich, „dann sollte es leicht sein herauszufinden, ob jemand auf – ähm – unserer Seite beschlossen hat, ihn zu beseitigen."

„Miss Belgrave, ich versichere Ihnen, dass niemand, mit dem Jasper und ich in Verbindung stehen, so etwas tun würde. Zum einen ist es völlig falsch. Abgesehen davon war Bankston für uns lebend wertvoller als tot. Sein Tod hat die Situation enorm verkompliziert. Wir hätten viel lieber abgewartet und zugesehen. Jetzt müssen wir handeln."

„Nun, was ist mit dieser Schattenwelt, in die Bankston verwickelt war? Vielleicht wurde er zum Problem, und sie haben beschlossen, ihn zu beseitigen."

Miss Ravenna sah mich stirnrunzelnd an, offensichtlich nicht glücklich darüber, dass ich das Thema weiterverfolgte. „Alles, was wir abgefangen haben, deutet darauf hin, dass die andere Seite mit Bankston recht zufrieden war. Wenn sie ihn wirklich beseitigen wollten, bezweifle ich, dass sie so schlampig vorgegangen wären. Die Polizei wird Nachforschungen anstellen, und das lenkt die Aufmerksamkeit auf Holly Hill Lodge – etwas, das sie um jeden Preis vermeiden möchten. Nein, ich bin mir sicher, dass es nichts mit seinen geheimen Aktivitäten zu tun hatte."

Miss Ravennas Ton war überzeugt. In ihren letzten Worten lag eine gewisse Endgültigkeit. Das Thema war für sie abgeschlossen. Doch es war noch lange nicht abgeschlossen für mich. Ein langsam brennendes Gefühl begann in meiner Brust, dieses unangenehme Gefühl, das einen überkommt, wenn klar ist, dass die eigenen Prioritäten anders sind als die Sorgen anderer Leute. Sie betrachtete Bankstons Tod eindeutig als ärgerlich, doch mehr war er nicht für sie. Herauszufinden, wer ihn getötet hatte, war für

Miss Ravenna im Moment vielleicht nicht wichtig, doch ich war anderer Meinung. Die Wahrheit herauszufinden war immer wichtig.

Allerdings schluckte ich meine Bedenken herunter. Ich wollte an dem beteiligt sein, was Jasper und Miss Ravenna taten. Es gab keinen Grund, warum ich meine Ermittlungen darüber, wer Bankston getötet hatte, nicht parallel zu den Ermittlungen von Jasper und Miss Ravenna bezüglich des Briefs und des Kuriers fortsetzen konnte.

Jasper rutschte vor und bereitete sich darauf vor, aufzustehen. „Dann mache ich mich auf den Weg, um die uns bekannten Verstecke zu überprüfen."

Er warf mir einen fragenden Blick zu und ich stand ebenfalls auf. „Ich komme mit dir."

KAPITEL ZWÖLF

*J*asper schloss die Tür zu Miss Ravennas Zimmer hinter uns. „Wir sollten uns lieber beeilen. Es wird bald dunkel und es hat wieder angefangen zu schneien."

„Dann sind die Verstecke im Freien?"

Er blickte aus dem Fenster. „Leider ja." Kleine Flocken füllten schnell die Spuren, die das Taxi in der Einfahrt hinterlassen hatte.

„Ich hole meinen Mantel. Wo soll ich dich treffen?"

„Im Morgenzimmer. Zu dieser Tageszeit sollte es verlassen sein. Wir können durch die Glastüren rausgehen und um das Haus herum zum Garten auf der Rückseite gehen."

Ein paar Minuten später überquerten Jasper und ich die Terrasse. Unser Atem hinterließ kleine weiße Dampfwolken, während Schneeflocken um uns herum wehten. Wir stiegen vorsichtig die glatte Steintreppe hinunter zu dem Pfad, der an der Seite des Hauses entlangführte.

Sobald wir um die Ecke bogen, begegneten wir einem Mann, der aus dem tieferen Schnee trat, der sich rund um das Haus aufgetürmt hatte. Seine Schiebermütze war tief in seine Stirn gezogen, und ein brauner Schal verdeckte den größten Teil seines Gesichts. Es dauerte einen Moment, bis ich ihn erkannte. „Hallo, Tommy", sagte ich.

Er blickte auf, seine Miene war erschrocken. Er hatte sich auf den Boden konzentriert und den Blick gesenkt gehalten, als er mit den Füßen aufstampfte, um Schnee von seinen Stiefeln abzuschütteln. „Oh – hallo, Olive. Jasper. Kein guter Tag für einen Spaziergang, oder?" Er stampfte ein letztes Mal mit den Füßen auf, während er sein Kinn hob und auf den terrassenförmig angelegten Garten deutete. „Ich habe über die Gärten auf den Schnee geschaut, der sich auftürmt, und bin vom Weg in eine Schneewehe gelaufen. Geschieht mir recht, herumzuwandern und nicht darauf zu achten, wohin ich gehe." Er grinste auf eine Weise, die uns zum Mitlachen einlud, tippte dann an seine Mütze und verabschiedete sich.

Er ging an uns vorbei und lief auf dem Weg, den wir gekommen waren, um das Haus herum. Dann hatten wir den Garten für uns allein. Wir waren aus dem Schutz des Hauses heraus, und ein stetiger kalter Wind wehte uns entgegen und trieb die kleinen, runden Flocken in unsere Gesichter. Der Schnee türmte sich höher auf den niedrigen Buchsbaumhecken, die die geometrischen Pflanzbeete rahmten, und fügte den Büschen, die bereits mit Schnee bedeckt waren, eine weitere weiße Schicht hinzu.

Die Gärten auf der Rückseite von Holly Hill Lodge bestanden aus einer Reihe seichter Terrassen, die vom Haus abfielen. Wir drehten uns um und folgten dem Pfad, der trotz Schnee noch erkennbar war. Wir machten uns auf den Weg über die erste Terrasse und entfernten uns vom Haus. Nach ein paar Schritten sagte ich: „Abgesehen von Miss Ravennas Widerwillen, Bankstons Tod genauer zu untersuchen, finde ich, dass ich sie ziemlich mag."

„Du klingst überrascht."

„Das bin ich. Ich dachte, sie wäre eine … nun, so etwas wie eine Rivalin, nehme ich an."

„Im romantischen Sinne?" Jasper blieb stehen und drehte sich um, um mich anzusehen. „Du meinst es ernst, wie ich sehe." Wir gingen weiter. „Du meine Güte. Der Gedanke erstaunt mich."

„Ja. Doch jetzt, wo ich sie kennengelernt habe, sehe ich, dass sie sehr sachlich ist."

„Das ist sie in der Tat."

„Aber du bist ziemlich oft mit ihr in der Öffentlichkeit aufgetreten."

„Das stimmt, aber ich war einfach ein praktischer Begleiter." Er blickte über die Schulter zurück zur Lodge. „Miss Ravenna ist sehr gut vernetzt, doch diese Art von Veranstaltungen – Partys und Abendessen – laufen reibungsloser, wenn man als Paar auftritt."

„Ich verstehe." Also war es für Miss Ravenna ein Weg gewesen, unauffällig bei exklusiven Veranstaltungen aufzutreten. Ein paar Flocken verfingen sich in meinen Wimpern, und ich blinzelte sie weg. „Wer uns sieht, hält uns für verrückt."

Jasper schlug den Kragen seines Mantels hoch und beugte sich zu mir vor. „Oder denkt, dass wir ein paar Momente allein brauchen." Er warf einen Blick über die Schulter zum Haus. „Falls jemand uns beobachtet, sollten wir vielleicht demonstrieren …"

„Definitiv." Ich hob mein Gesicht zu seinem, und er küsste mich. „Damit sollte jeder, der uns vom Haus aus beobachtet, zweifelsfrei wissen, warum wir in einem Wetter wie diesem draußen sind."

„Ich denke schon. Schließlich könnte es noch einige Fragen zu meiner Ankunft mit Miss Ravenna hier geben. Ich möchte, dass jeder weiß, dass Miss Ravenna und ich Freunde sind und nicht mehr. Bei dieser Gelegenheit bin ich nicht offiziell ihr Begleiter. Die Geschichte, die wir verbreitet haben, ist, dass es eine höfliche Geste meinerseits war, ihr eine Mitfahrgelegenheit nach Holly Hill Lodge anzubieten."

„Nach diesem Kuss glaube ich es. Nun, so schön das auch ist, es ist schrecklich kalt. Machen wir weiter mit unserer Suche. Wohin?"

„Das erste Versteck ist durch die Öffnung in der hohen Hecke, die die unterste Terrasse des Gartens umgibt."

Wir stapften durch den Schnee und traten durch die Öffnung im Gebüsch in den geschützten Garten, in dem mehrere Marmorstatuen auf Sockeln standen. Einige von ihnen standen zurückversetzt in Nischen, die in die Hecke geschnittenen waren, während andere entlang der Kieswege verteilt waren, die ich noch erkennen konnte, weil der geschützte Garten nicht so viel Schnee abbekommen hatte wie der offene Rest.

Jasper überblickte den Garten. „Siehst du Diana?"

„Ja, da. Am Ende." Wir gingen auf die andere Seite, wo die Statue der Göttin mit erhobenem Bogen auf ihrem Sockel stand. Jasper ging um sie herum. „Anscheinend gibt es einen Hohlraum in den Falten ihrer Tunika, die die perfekte Größe hat, um etwas darin zu verstecken."

„Oh, was ist mit hier?" Dianas Tunika floss mit ihrer Bewegung, und der Bildhauer hatte Stoffwellen gemeißelt, die mehrere Spalten boten. Eine von ihnen war gerade groß genug, dass ich meine Hand hineinstecken konnte. Ich tastete hinein. „Hier ist nichts."

„Also gut." Jasper warf der Statue einen weiteren Blick zu. „Ich sehe keine andere Stelle, an der man etwas verstecken könnte, damit es vor den Elementen geschützt wäre. Weiter zum zweiten Ort, der Sonnenuhr. Da entlang, glaube ich ..."

Wir gingen durch einen zweiten Durchgang im Gebüsch, der gegenüber der Seite des Gartens lag, von der wir gekommen waren, und kamen am Ende eines von

Eiben gesäumten Weges heraus. Das Haus schützte diese Stelle vor dem Wind. Als wir den breiten Weg betraten, der auf beiden Seiten von perfekt konisch geschnittenen Eiben gesäumt war, war er noch geschützter. Am Ende des Weges befand sich eine Sonnenuhr, und dahinter war eine weitere Hecke mit einem Bogen, der sich zum Wald hin öffnete. „Wie viele mögliche Orte müssen wir uns ansehen?"

„Nur diese beiden. Und beide sind nicht sehr wahrscheinlich. Ich kann mir vorstellen, dass Bankston zu dieser Jahreszeit eher ein Versteck im Haus nutzen und sich diese hier für den Sommer aufsparen würde, doch da es die einzigen Verstecke sind, die wir kennen …"

„Müssen sie überprüft werden", sagte ich, als wir uns der Sonnenuhr näherten, die auf einer kleinen quadratischen Terrasse aufgestellt war. Der spitze Winkel des Schattenzeigers ragte aus dem Schnee und seine verwitterte Bronzeoberfläche war mit einer türkisfarbenen Patina überzogen.

Jasper wischte den Schnee von der Oberfläche der Sonnenuhr. „Da sollte eine Tafel mit einer Aufschrift sein, aber ich sehe sie nicht …"

„Hier ist sie, an der Basis." Ich schob den Schnee mit der Schuhspitze weg. „Sie wurde 1602 installiert."

Jasper zog ein Taschenmesser hervor, ging in die Hocke und machte sich daran, die Schrauben zu lösen, die die Plakette festhielten. Er blickte auf und blinzelte gegen die herabfallenden Flocken. „Wir sind am richtigen Ort. Nur eine der Schrauben ist fest. Die anderen sind locker." Er entfernte die letzte und zog dann die Tafel weg. „Leer. Nun, zumindest haben wir nachgesehen."

Ich ließ meinen Blick über die drei Stockwerke von Holly Hill Lodge schweifen. „Was machen wir jetzt? Das Haus ist riesig. Wir können unmöglich jeden Winkel durchsuchen."

Er machte sich daran, die Tafel wieder anzuschrauben.

„Nein. Am besten konzentrieren wir uns auf Bankston und gehen in sein Zimmer. Vielleicht finden wir die Anweisungen, die er dem Kurier geben wollte – wenn wir Glück haben."

Ich neigte den Kopf zur Seite. „Hörst du Stimmen?"

Jasper hielt inne.

Eine klare, schrille Frauenstimme schwebte über die hohe Hecke. „Auf Nimmerwiedersehen – das sage ich dazu."

„Tante Pru! Das meinst du nicht."

„Das sind Miss Brinkle und Mrs. Searsby", sagte ich. „Beeil dich! Ich glaube, sie kommen hierher. Kann ich dir helfen?"

„Nein. Bin fast fertig."

„Ich fürchte, ich meine es ernst." Miss Brinkles Stimme war jetzt näher. „Ein abscheulicher Mann – schrecklich unsympathisch. Ich kann nicht sagen, dass ich um ihn trauern werde – nicht einmal für einen Moment. Und ich weiß, du sagst, es gibt keinen Beweis dafür, dass er es getan hat, aber ich bin mir ziemlich sicher. Wenn man bedenkt, all die Aufregung und das Getue wegen ein paar Gin and Tonics. Reichlich hochfahrend …"

Der Wind peitschte Miss Brinkles nächste Worten weg, doch dann wurde er wieder leiser.

Mrs. Searsby sagte: „Aber Frank würde dir niemals die Zuwendungen kürzen …"

Miss Brinkle unterbrach sie, und ihre Stimme übertönte den Wind. „Julia, du bist zu weichherzig. Er ist ein Geschäftsmann. Wenn er glauben würde, ich kann nicht mit dem Geld umgehen, würde er …"

Ein großer schwarzer Labrador und der kleine Jack Russell Terrier trabten durch den Bogen im Gebüsch, dann folgten die beiden Frauen.

Die Hunde erblickten Jasper, der in Bodennähe kauerte, und liefen schnurstracks auf ihn zu. Ihre Pfoten wirbelten

Schnee auf, als sie den Weg zwischen den Eiben hinunter schossen. Bevor er aufstehen konnte, warf der Labrador ihn um, stellte seine Pfoten auf Jaspers Brust und leckte sein Gesicht, während der Terrier in einem engen Kreis um uns herum hüpfte und bellte.

Mrs. Searsby rief: „Zeus, Apollo! Fuß!"

Die Hunde machten kehrt und rannten zu ihr zurück. Jasper stand auf und klopfte seinen Mantel ab, während ich seinen Fedora aufhob und ausschüttelte.

Mrs. Searsby, die immer noch den abgetragenen Wollmantel trug, schimpfte mit den Hunden und kam dann zur Sonnenuhr. Sie hatte ihrer Aufmachung eine müde aussehende Baskenmütze hinzugefügt. „Ich entschuldige mich, Herr Rimington. Ihre Manieren sind unentschuldbar." Die Hunde waren an ihrer Seite geblieben, als sie sich näherte.

Miss Brinkle, die langsamer gegangen war, ihr Gewicht auf ihrem Gehstock mit Goldgriff gestützt, gesellte sich zu uns. Sie trug ihren Zobelmantel zusammen mit einer pelzbesetzten Samthaube. Ein Büschel grauer Geierfedern, die fächerartig angeordnet waren, schmückte die Mitte des Hutes. „Du bist zu weichherzig, um ihnen Gehorsam beizubringen, Julia." Trotz ihrer ziemlich harten Worte trabten die Hunde zu Miss Brinkle hinüber. Sie streichelte mit der Hand über den Rücken des Labradors. Sie versuchte nicht, den Terrier zu streicheln, als er am Saum ihres Mantels hin und her schoss.

Mrs. Searsby hob den Terrier hoch und hielt ihn an sich gedrückt. „Du bist ein Schlingel, Zeus", sagte sie zu dem Hund und wandte ihre Aufmerksamkeit dann Jasper und mir zu. „Er hält sich für den Herrscher über alles." Sie sprach den Hund erneut an. „Nicht wahr, Zeus?" Er leckte ihre Nase. „Sehen Sie? Unverbesserlich!"

Miss Brinkle runzelte die Stirn, als sie die Sonnenuhr betrachtete. Jasper hatte die Oberfläche vom Schnee befreit, doch jetzt bedeckte sie wieder eine dünne Schneeschicht.

Ihr Blick wanderte hinunter zum Sockel, wo wir den Schnee vor der Tafel mit unseren Füßen niedergedrückt hatten. Jasper hatte keine Zeit gehabt, die letzte Schraube vollständig anzuziehen, und die Tafel war etwas schief. Er bückte sich, um sie auszurichten, indem er vorgab, den Schnee wegzuwischen.

Ich machte einen Schritt vor ihn und blockierte Miss Brinkle die Sicht. „Wir haben uns die Sonnenuhr angesehen."

„Seltsame Sache während eines Schneesturms."

„Nun, es ist genauso seltsam, draußen spazieren zu gehen, nicht wahr, Tante Pru?", sagte Mrs. Searsby. „Und das tun wir, nicht wahr?"

„Ich interessiere mich sehr für Sonnenuhren", erklärte ich. „Das heißt, ihre Geschichte."

„Wie merkwürdig", sagte Miss Brinkle.

„Faszinierendes Thema." Jasper trat an Miss Brinkles Seite und bot ihr seinen Arm an. „Diese Sonnenuhr ist ein schönes Exemplar. Typisch elisabethanisch. Ich musste sie Miss Belgrave zeigen. Sie ist Gründungsmitglied der Gesellschaft zur Erhaltung von Sonnenuhren. Sie haben natürlich schon davon gehört? Nein? Feine Organisation. Leistet großartige Arbeit, dafür zu sorgen, dass die Geschichte erhalten bleibt. So wichtig, finden Sie nicht?"

Jasper ging los und manövrierte Miss Brinkle von der Sonnenuhr weg. Apollo schlenderte hinter ihnen her und entdeckte dann einen Stock, der aus dem Schnee ragte. Er zog ihn heraus und rannte zu Mrs. Searsby zurück. Sie setzte Zeus auf seine winzigen Pfoten, dann nahm sie Apollo den Stock ab und warf ihn. Beide Hunde schossen davon und wirbelten dabei den Schnee auf.

Mrs. Searsby ging neben mir her. „Meine Tante besteht jeden Tag auf eine Viertelstunde frische Luft, egal bei welchem Wetter. Ich möchte nicht, dass sie allein herum- läuft. Sie könnte in diesem Schnee ausrutschen. So viele

Stufen und Höhenunterschiede hier draußen." Jasper und Miss Brinkle entfernten sich weiter, und seine Stimme wurde leiser, als er weiter über die Vorzüge verschiedener Arten von Sonnenuhren sprach.

Mrs. Searsby sagte: „Ich habe mit Mr. Searsby darüber gesprochen, dass Sie sich mit den Ereignissen, die zu Bankstons Tod geführt haben, befassen könnten. Er möchte mit Ihnen reden. Er ist in seinem Arbeitszimmer."

„Dann gehe ich direkt dorthin und bringe Jasper auch mit. Man kann ihm vertrauen, und er ist sehr gut mit solchen Dingen."

„Zwei Köpfe sind immer besser als einer. Nehmen Sie ihn mit. Ich werde Tante Pru mit einem warmen Getränk versorgen und dann nachkommen." Sie drehte sich um und rief nach den Hunden, und wir gingen ins Haus.

KAPITEL DREIZEHN

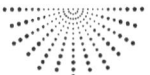

*J*asper hielt mir die Tür zu Mr. Searsbys Arbeitszimmer auf, und ich betrat den kleinen, schlichten Raum, in dem sich ein schwerer, dunkler Schreibtisch mit abschließbaren Schubladen rechts und links befand. Die Oberfläche war bis auf ein Blatt Papier und eine ordentlich gefaltete Zeitung vollkommen leer. Vor dem Schreibtisch standen zwei Stühle. Das einzige andere Möbelstück im Raum war ein kleines eingebautes Bücherregal mit einer Reihe von Enzyklopädien im untersten Fach. Der Rest der Regale wurde von Wirtschaftsbüchern eingenommen. Von unserem Gastgeber war nichts zu sehen.

„Wir müssen ihn verpasst haben", sagte ich, doch dann rief eine Männerstimme: „Ich bin hier! Kommen Sie rum!"

Wir folgten dem Klang seiner Stimme und stellten fest, dass der Raum tatsächlich L-förmig war. Der Schreibtisch befand sich am kurzen Ende des L, und der längere Teil des Raums erstreckte sich über eine Wand hinaus, die ihn vor unseren Blicken verborgen hatte, als wir den Raum betreten hatten.

Ein Mann in seinen Fünfzigern mit spitzen Augenbrauen über haselnussbraunen Augen und dunklem, ergrauendem Haar zog den letzten Pfeil aus einem Brett, das an der gegenüberliegenden Wand montiert war. Er nahm die Pfeile in eine Hand und streckte die andere aus.

„Miss Belgrave. Freut mich, sie persönlich kennenzulernen. Ich hoffe, Sie haben sich von dem Unfall bei der Brücke erholt."

„Ich fühle mich viel besser. Danke für Ihre Gastfreundschaft."

„Ich freue mich, dass wir Sie als Gast haben. Es bereitet meiner Frau unendlich Freunde, Gäste zu haben. Und Mr. Rimington, ich hoffe, Sie genießen Ihren Aufenthalt – abgesehen von der Unannehmlichkeit im Belvedere natürlich?"

„Abgesehen von diesem Vorfall sogar sehr."

„Schön, das zu hören. Wie Sie sehen können, habe ich eine Partie Darts gespielt. Ich arbeite an einem kniffligen Problem. Ich finde, dass es meinen Geist befreit, wenn ich etwas anderes tue, etwas Geistloses. Lust auf ein Spiel?"

„Nichts dagegen", sagte Jasper. „Olive? Bist du auch dabei?"

„Natürlich."

Wenn Mr. Searsby überrascht war, dass Jasper annahm, dass ich spielen wollte, zeigte er es nicht. Jasper reichte mir die Pfeile. „Die Dame zuerst."

Mein erster Wurf ging zu weit nach rechts und traf gerade den Rand des Ziels, doch meine nächsten beiden waren viel näher an der Mitte. Jasper machte es sogar noch besser: Seine Pfeile trafen alle nahe der Mitte. Wir spielten ein paar Runden, und Jasper und ich schlugen uns ziemlich gut, doch es war Mr. Searsby, der beständig ins Schwarze traf. Trotz seines teuren, elegant geschnittenen Anzugs schien er sich beim Dartspielen recht wohlzufühlen und den freundschaftlichen Wettkampf zu genießen. Jasper hätte ihn fast geschlagen, doch sein letzter Wurf ging daneben.

„Sehr gutes Spiel, Mr. Rimington!"

Jasper ging zur Scheibe, um die Pfeile zu holen. Mr. Searsby steckte die Hände in die Taschen. „Zeit, an die Arbeit zu gehen", sagte er, während er und ich zum Schreibtisch schlenderten. Er bedeutete mir, auf einem der Stühle Platz zu nehmen, bevor er um den Tisch herum ging. „Wie ich höre, sind Sie ziemlich gut darin, Antworten auf verwirrende Fragen zu finden, Miss Belgrave."

„Ich mag keine verwirrenden Fragen. Ich mag Antworten."

„Ich auch, Miss Belgrave. Ich auch."

Jasper setzte sich neben mich auf den zweiten Stuhl. Mr. Searsby blickte von ihm zu mir. „Ich nehme an, Sie beide sind ein Team."

„Ja, wir arbeiten gut zusammen."

Jasper fügte hinzu: „Ich würde sagen, unsere Fähigkeiten ergänzen sich. Natürlich sind mysteriöse Todesfälle Olives Spezialität. Sie war diejenige, die der Polizei in der Vergangenheit geholfen hat."

„Ja, das habe ich gehört. Ich habe mich über Sie informiert, Miss Belgrave." Er schenkte mir ein kurzes Lächeln. „Ich bin sicher, das verstehen Sie. Ich werde niemanden auf meinen Haushalt loslassen, es sei denn, ich habe seinen Ruf überprüft. Und Ihrer, Miss Belgrave, scheint in Ordnung zu sein."

„Das freut mich zu hören", sagte ich. „Haben Sie Fragen an mich?"

„Wenn Sie Bankstons Tod untersuchen würden, was würde das beinhalten?"

„Wir würden so diskret wie möglich vorgehen. Das erste, was wir tun müssten, wäre, uns in Bankstons Räumlichkeiten umzusehen und dann herauszufinden, warum er zum Aussichtsturm gegangen ist."

„Das war wirklich dumm", sagte Mr. Searsby.

„Es entsprach nicht seiner Gewohnheit, dorthin zu gehen?"

Mr. Searsby zuckte die Achseln. „Ich habe keine Ahnung."

Jasper sagte: „Dann wäre eine diskrete Befragung der Diener angebracht. Sie werden wahrscheinlich mehr Einblick in Bankstons Gewohnheiten haben. Darum kann sich mein Butler Grigsby kümmern." Jasper sah mich an, und ich nickte.

„Grigsby ist zwischenzeitlich angekommen und hat ein gutes Verhältnis zum Personal, glaube ich."

„Gut." Mr. Searsby rieb sich mit der Hand über das Kinn. „Der Mann von Scotland Yard wird morgen eintreffen. Wir haben versucht, diese Neuigkeiten geheim zu halten, doch das ist schwierig. Sehen Sie sich um – so unauffällig wie möglich – und sehen Sie, was Sie herausfinden können. Am liebsten würde ich das Ganze abschließen und dem Mann aus London vollendete Tatsachen präsentieren. Ich würde gern vermeiden, dass ein Mann von Scotland Yard unsere Weihnachtsfeierlichkeiten stört. Höchstwahrscheinlich war Bankstons Tod ein Unfall – obwohl ich mir einfach nicht vorstellen kann, was Bankston am Belvedere wollte."

Mrs. Searsby kam ins Zimmer, und die Männer standen auf, als sie um den Schreibtisch herum zu ihrem Mann ging. Sie hatte die Baskenmütze und den abgetragenen Mantel ausgezogen und trug jetzt ein elegantes Seidenkleid. „Wie ich sehe, hast du Miss Belgrave bereits kennengelernt."

Mr. Searsby sagte: „Ja. Alles ist arrangiert. Miss Belgrave und Mr. Rimington werden heute Nachmittag in Ruhe Nachforschungen anstellen."

„Gut. Ich hoffe, Sie können das schnell klären. Morgen stellen wir den Baum auf und bringen den Weihnachtsscheit herein. Ich möchte nicht, dass eine polizeiliche Untersuchung unsere Weihnachtsfeiertage stört." Sie seufzte. „Die Haushälterin hat mich schon wegen Scotland Yard gefragt, also hat sich das bereits unter den Dienstboten herumgesprochen. Ich habe mein Bestes getan, es herunterzuspielen, doch ich bin mir sicher, dass bald das ganze Haus davon weiß."

„Mach dir keine Sorgen, meine Liebe. Alles wird gut." Mr. Searsby schob seinen Stuhl zurück, und ich stand ebenfalls auf. „Miss Belgrave und Mr. Rimington würden gerne damit beginnen, Bankstons Zimmer zu untersuchen."

„Dann sollten Sie sich sein Schlafzimmer und sein Arbeitszimmer ansehen. Ich habe bereits den Silbertresor kontrolliert und dafür Mr. Searsbys Zweitschlüssel verwendet. Mrs. Pickering – die Haushälterin – und ich sind den Inhalt durchgegangen. Es fehlt nichts."

Mr. Searsby sagte: „Ich habe meine Frau gebeten, es zu überprüfen. Ich bin sicher, die Leute von Scotland Yard werden es wissen wollen."

„Ich hatte keinen Zweifel, dass alles so war, wie es sein sollte", sagte Mrs. Searsby.

„Aber er war schon eine Weile bei Ihnen?", fragte ich.

„Über drei Jahre", sagte Mr. Searsby. „Ausgezeichneter Butler. Da gab es keine Beschwerden."

Mrs. Searsby tätschelte den Arm ihres Mannes, als wir zur Tür gingen. „Natürlich hätte Mr. Searsby Bankston nicht behalten, wenn er seine Arbeit nicht gut gemacht hätte."

„Ich habe wenig Geduld mit Inkompetenz."

Der freundliche Gastgeber, der Dart gespielt hatte, runzelte jetzt die Stirn, und ich konnte den Geschäftsmann in ihm erkennen. Ich stellte mir vor, dass er die Art von Mann war, der hohe Erwartungen an seine Angestellten hatte, und wenn diese Erwartungen nicht erfüllt werden, wird der entsprechende Angestellte schnell entlassen.

„Wann möchten Sie anfangen?", fragte Mrs. Searsby.

Jasper gestikulierte in meine Richtung, und ich sagte: „Sofort."

„Dann lassen Sie mich nach Mrs. Pickering klingeln. Sie kann Sie zu Bankstons Räumlichkeiten bringen."

∼

BANKSTON hatte ein spärlich eingerichtetes Schlafzimmer bei den anderen Dienstbotenzimmern im obersten Stockwerk des Hauses. Mrs. Pickering, eine dürre Frau mit forscher Art, stand mit der Hand an der Türklinke da. Ihr Gesicht war ausdruckslos geblieben, als Mrs. Searsby ihr mitgeteilt hatte, dass Jasper und ich Nachforschungen über Bankstons Tod anstellen würden und diese Informationen vor dem Rest des Personals geheim gehalten werden sollte, doch jetzt war klar, dass ihr der Gedanke nicht gefiel, uns allein in Bankstons Zimmer zu lassen.

Im Zimmer stand ein Einzelbett, auf dem eine dicke dunkelblaue Bettdecke ausgebreitet war, eine Kommode mit Rasierutensilien, die in einer ordentlichen Reihe vor dem Spiegel aufgestellt waren, und ein schöner Kleiderschrank aus Walnussholz. Die einzigen persönlichen Details waren das Foto einer Highland-Landschaft und ein Stapel Bücher auf dem Nachttisch. Jasper neigte den Kopf, um die Buchrücken lesen zu können, die perfekt ausgerichtet waren, während ich Mrs. Pickering fragte: „Ich nehme an, Bankston hat nicht viel Zeit hier verbracht?"

„Nein, Miss. Er war immer mit seiner Arbeit beschäftigt."

„Er hatte auch ein Arbeitszimmer?"

„Ja, Miss. Unten, neben meinem Hauswirtschaftsraum."

„Das müssen wir uns ebenfalls ansehen. Wir kommen runter und werden klingeln, wenn wir so weit sind, sein Arbeitszimmer zu besichtigen."

Sie runzelte die Stirn. „Ich mag es nicht, wenn die Herrschaften nach unten kommen. Das bringt alles durcheinander."

„Wir werden unser Bestes tun, keinen Aufruhr zu verursachen. Tatsächlich würden wir es vorziehen, wenn unser Besuch so diskret wie möglich behandelt wird." Die Mansardenzimmer waren zu dieser Tageszeit verlassen, sodass uns hier niemand sehen konnte, doch im Untergeschoss von Holly Hill Lodge würde es geschäftig sein. „Unser einziges Interesse besteht darin, herauszufinden, was mit Bankston passiert ist", fügte ich in meinem beruhigendsten Ton hinzu.

Ihr Blick, der herausfordernd gewesen war, wankte. „Ja. Schrecklich das."

„Wissen Sie, warum er zu Fuß vom Bahnhof zurückgelaufen ist?"

„Nein, und es war dumm, das zu tun, wo alle wussten, dass der Sturm bald kommen würde."

Jasper sah von den Büchern auf. „Er hatte nicht die Angewohnheit, zu Fuß zurückzukommen?"

„Mr. Bankston?" Sie schnaubte spöttisch. „Nein. Er hat sich viel lieber von Thompson, dem Chauffeur, fahren lassen."

Jasper deutete auf den Nachttisch. „Ein Wörterbuch und ein Thesaurus. Nicht ganz die übliche Nachtlektüre."

Ein Lächeln huschte über Mrs. Pickerings Gesicht. „Mr. Bankston hat seine Worträtsel geliebt."

„Worträtsel?", fragte ich.

„Die von der Sorte mit Hinweisen und Quadraten, in die man die Buchstaben der Antwort schreibt."

„Oh ja. Die habe ich in einigen Damenzeitschriften gesehen. Ich glaube, sie heißen Kreuzworträtsel."

„Ja, richtig. Kreuzworträtsel. Dafür hat er die Wörterbücher benutzt. ‚Um nach Möglichkeiten zu suchen', sagte er." Ihre Haltung uns gegenüber schien etwas freundlicher. „Manchmal hat er die Hinweise im Dienstbotenzimmer vorgelesen. Die meisten habe ich nicht verstanden, aber er konnte sie immer so erklären, dass es einen Sinn ergab – einen verdrehten Sinn, wenn Sie verstehen, was ich meine."

Ich lächelte. „Das tue ich. Ich habe mich kürzlich an einem Kreuzworträtsel versucht und bin kläglich gescheitert."

Mrs. Pickering kicherte. „Es ist allerdings schwierig, die Kreuzworträtsel zu finden. Wenn einer der Angestellten eins gefunden hat – in einer Zeitschrift, die im Müll war oder so –, haben wir es für Mr. Bankston aufgehoben. Er hat sogar ein paar Mal seine eigenen Kreuzworträtsel gemacht. Damit hat er die meisten von uns verblüfft."

„Was war er für ein Mann?" Jasper, die Hände in den Hosentaschen, kam durch den Raum auf uns zu. „Seine Einstellung und sein Verhalten?"

Mrs. Pickering überlegte einen Moment und runzelte die Stirn. „Schwer zu sagen. Wenn ich jetzt so darüber nachdenke, war seine Vorliebe für Kreuzworträtsel das einzige … Persönliche, … was ich über ihn wusste. Meistens war er distanziert. Natürlich muss man das sein, wenn man für das Personal verantwortlich ist, aber er hat nie versucht, sich mit mir anzufreunden – oder sonst jemandem, den ich kenne. Er war ein sehr zurückgezogener Mann. Gelegentlich hat er abends Tee mit mir getrunken, aber nicht oft. Dabei haben wir Haushaltsangelegenheiten besprochen."

„Wissen Sie, ob er Familie hatte?", fragte ich.

„Das glaube ich nicht. Jedenfalls hat er nie jemanden erwähnt." Sie schüttelte den Kopf. „Ich verstehe nicht, warum er draußen beim Aussichtsturm war. Das sieht ihm so gar nicht ähnlich."

„Er war kein Spaziergänger?", fragte Jasper.

„Nein. Er war viel lieber im Haus." Das Schlagen einer Uhr hallte von unten herauf. „Ich muss wieder an die Arbeit."

Sie ging, und ich schloss die Tür, nachdem sie ein paar Schritte den Flur hinuntergegangen war. Jasper zog ein Paar Autofahrerhandschuhe aus seiner Tasche und gab mir den für die rechte Hand. „Hier. Zieh den am besten an." Er zog den anderen an und benutzte dann seine linke Hand, um den Schrank zu öffnen.

„Glaubst du, die Polizei wird nach Fingerabdrücken suchen?"

„Vielleicht. Es ist besser, unsere nicht zu hinterlassen, denkst du nicht?"

„Absolut. Wir möchten den Fall nicht verwirrender machen, als er ist. Ich werde in der Kommode nachsehen." Der geschmeidige Lederhandschuh war zu groß für meine Hand. Die Enden der Fingerspitzen hingen herunter und waren mir im Weg, doch ich steckte meine andere Hand in die Tasche, damit ich nicht versehentlich etwas damit berührte. Ich arbeitete mich durch die Schubladen. „Nur Kleidung. Alles ist ausgesprochen ordentlich." Jedes Kleidungsstück war sorgfältig gefaltet und präzise platziert. Ich zog die unterste Schublade auf und suchte weiter unter dem Bett, dann fuhr ich mit meiner behandschuhten Hand unter die Matratze.

„Hier ist es genauso", sagte Jasper. „Seine eigene Kleidung – sein Tagesanzug – ist von bester Qualität. Die Schuhe auch. Alles allerbestes Material und exquisit verarbeitet."

Ich neigte den Kopf. „Bessere Qualität als erwartet?"

Er wandte sich vom Kleiderschrank ab, ein Paar Schuhe in der Hand. „Die sind von Milford & Dean", sagte er in ehrfürchtigem Ton.

„Sind sie?" Sogar ich kannte den Namen des exklusiven Ladens. „Ein Butler, der auf der Bond Street einkauft. Faszinierend." Ich ging auf die Knie und zog die Schubladen des kleinen Nachttisches auf. „Doch es hört sich an, als hätte er keine Familie. Vielleicht hat er den größten Teil seines

Einkommens für maßgefertigte Schuhe und Anzüge ausgegeben."

„Oder er hat sich gerne luxuriöse Dinge gegönnt, weshalb er vielleicht den Mittelsmann für die Kuriere spielte."

Ich setzte mich auf die Fersen. „Du meinst, er hat es für Geld getan, nicht weil er an ihre Sache glaubte?"

„Geld ist ein unglaublicher Motivator – viel stärker noch als politische Meinungen."

„Ja, Menschen sind bereit, ziemlich viel für finanziellen Gewinn zu tun." Ich kehrte zu meiner Suche zurück. „Noch mehr Bücher hier. Ein alter *Baedeker* – Ägypten – und mehrere Predigtbücher."

„Seltsame Auswahl."

„Ja. Sie alle haben Lesezeichen aus Papier mit Zahlen. Mal sehen ..." Ich schlug den Umschlag eines Predigtbuches auf. Das Exlibris war mit dem Namen Oscar Quick gestempelt. „Ja, sie sind aus der Bibliothek hier." Ich drehte das Buch so, dass Jasper das Exlibris sehen konnte. „Tommy hat mir erzählt, dass Mr. Searsby die Einrichtung zusammen mit dem Haus selbst vom früheren Besitzer, Mr. Quick, gekauft hat. Ungewöhnlicher Name. Deshalb habe ich mich daran erinnert." Ich legte das Buch in die Schublade zurück. „Vielleicht sind die Bücher für seine Kreuzworträtsel. Niemand hat gesagt, dass er ein frommer Mann war."

„Die Bibliothek hier ist ziemlich umfangreich. Es wäre eine gute Ressource für ihn." Jasper schloss den Kleiderschrank. „Sonst sehe ich hier nichts. Wollen wir runtergehen?"

Ich zog den Handschuh aus. „Den behalte ich einfach, bis wir fertig sind, oder?" Auf Jaspers Nicken hin steckte ich ihn in meine Tasche. „Hoffentlich ist sein Arbeitszimmer aufschlussreicher."

KAPITEL VIERZEHN

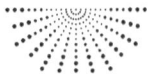

*M*rs. Pickering begleitete uns eine einfache Treppe von der Domäne der Familie im Erdgeschoss hinunter zum Dienstbotenzimmer und den Küchen, die sich im Untergeschoss befanden. Unterwegs begegneten wir niemandem, und ich vermutete, dass sie dafür gesorgt hatte, dass alle Dienstboten beschäftigt waren, damit keine Fragen über unsere Anwesenheit aufkamen. Sie schloss Bankstons Arbeitszimmer auf und trat zurück. „Ich habe die Tür abgeschlossen, als wir die Neuigkeiten über Mr. Bankston gehört haben. Es schien das Richtige zu sein."

„Gutes Urteilsvermögen Ihrerseits, Mrs. Pickering", sagte Jasper.

Die Tür öffnete sich zu einem großen, kühlen Raum mit polierten Holzmöbeln und einem reich gemusterten Orientteppich in einem tiefroten und weißen Muster. Ein Sessel stand in einer Ecke neben einem Kamin, ein großer Schreibtisch aus poliertem Holz füllte eine weitere Wand aus, und eine Standuhr befand sich an dem Fenster, das auf die Gärten hinter dem Haus hinausblickte.

Mrs. Pickering, nicht annähernd so frostig wie zuvor,

sagte: „Die Tür rechts ist der Silbertresor." Sie zögerte. „Den kann ich Ihnen nicht öffnen. Mr. Bankston hatte den Schlüssel bei sich. Mrs. Searsby hat den Zweitschlüssel gebracht, und wir sind ihn gemeinsam durchgegangen. Alles ist in Ordnung, doch den Schlüssel hat sie wieder mitgenommen."

„Den müssen wir uns auch nicht ansehen", sagte ich. „Im Moment geht es uns nur um seine persönlichen Habseligkeiten."

„Dann überlasse ich es Ihnen, sich kurz umzusehen. Ich komme zurück und schließe ab, sobald Sie gegangen sind", sagte sie und ging. Ich ging in die Mitte des Raumes. „Sie hat das Wort *kurz* betont. Sie will nicht, dass wir uns lange hier aufhalten."

„Ja, wir machen sie nervös, weil wir hier unten sind. Ich glaube jedoch nicht, dass es allzu lange dauern wird." Jasper ging zum Schreibtisch und zog seinen Handschuh aus der Tasche. „Ich fange damit an. Er sieht so sauber und ordentlich aus, dass es nicht lange dauern wird."

Alles auf dem Schreibtisch, von den Büchern über das Tintenfass bis hin zum sorgfältig platzierten Bleistift, war präzise ausgerichtet. „Es sieht fast so aus, als hätte er ein Lineal verwendet, um alles mit genau zwei Zentimeter Abstand voneinander zu platzieren. Siehst du, sogar die Weihnachtskarten auf dem Kaminsims sind so arrangiert." Genau in der Mitte des Kaminsimses befand sich eine Karte mit einer Reihe schneebedeckter Cottages, aus deren Sprossenfenstern ein warmes, gelbes Licht leuchtete. Ein paar weniger verzierte Karten waren in Abständen von fünf Zentimetern auf beiden Seiten der Karte mit den Cottages aufgestellt. In rotes Papier gewickelte Weihnachtsgeschenke mit goldenen Schleifen waren an beiden Enden des Kaminsimses gestapelt, angeordnet vom größten unten bis zum kleinsten oben. Ich konnte die Etiketten auf einigen lesen und sah, dass sie für die Hausangestellten waren.

Trotz der akribischen Platzierung aller Gegenstände fühlte sich der Raum immer noch bewohnter und heimeliger an als das Schlafzimmer. Der Sessel am Feuer sah bequem aus, und es gab noch mehr Fotos von den Highlands. Die Weihnachtskarten und -geschenke verliehen dem Raum eine fröhliche, festliche Stimmung.

Auf dem quadratischen Beistelltisch neben dem Sessel lag ein hoher Stapel Bücher, und ich ging hinüber, um sie mir anzusehen. „Mehr Wörterbücher. Und ein handgezeichnetes Kreuzworträtsel." Ich zog den Handschuh wieder an und nahm das Blatt Papier, das oben auf den Büchern lag. Darauf war ein Kreuzworträtsel skizziert, und einige Quadrate waren mit dunklen Bleistiftstrichen geschwärzt.

Jasper blickte von der Schublade auf, die er geöffnet hatte. „Sind irgendwelche Hinweise für das Kreuzworträtsel aufgelistet?"

„Nur eins, ‚aristokratisches Getränk'. Acht Buchstaben." Wir überlegten beide, dann sagte Jasper: „Earl Grey."

„Oh, sehr gut! Das passt. Natürlich würde ich erwarten, dass ein Codeknacker recht gut Kreuzworträtsel beherrscht. Wahrscheinlich ein Kinderspiel für dich."

„Jedes Rätsel, selbst ein einfaches, kann verwirrend sein, wenn man den Schlüssel nicht hat."

Ich legte das Blatt zurück. „Also hier ist sonst nichts. Es sieht so aus, als wäre es ein Entwurf mit diesem einen Hinweis."

„Dann nützt es uns nichts." Jasper schloss die Schreibtischschublade und ging zu einer anderen. „Außer ein paar ungeöffneten Schachteln Woodbine-Zigaretten habe ich hier auch nichts gefunden."

„Also hat er die Art von Zigarette geraucht, die du im Belvedere bemerkt hast."

„Scheint so." Jasper verschob den Inhalt der nächsten Schublade. „Bücher mit den Haushaltskonten. Er hat dafür gesorgt, dass der Weinkeller gut bestückt war. Korrespondenz, wie man sie erwarten würde. Stempel, Tinte und leeres Briefpapier." Jasper zog den rollenden Schreibtischstuhl heraus, um die Schublade direkt unter der Schreibfläche zu öffnen.

Ich schob das Wörterbuch zur Seite, um einen Blick auf die Bücher zu werfen, die unten im Stapel lagen: ein weiterer Reiseführer und ein Gedichtband. Der Buchrücken eines weichen, in Leder gebundenen Buchs war leer. Ich zog es heraus, setzte mich auf die Kante des Sessels und schlug es auf meinem Schoß auf.

Die linierten Seiten waren gefüllt mit ordentlicher Handschrift, Notizen über Handwerker, die bezahlt werden mussten, und Arbeiter, die zur Durchführung von Reparaturen kommen sollten. Eine eingefaltete Ecke weiter unten markierte einen weiteren Abschnitt, der sich auf Mrs. Searsbys Gäste bezog. Bankston hatte detailliert beschrieben, welche Schlafzimmer die Gäste bekommen sollten und welche Vorlieben sie hatten, zum Beispiel, ob eine Dame morgens Tee oder Kakao zum Frühstück auf dem Tablett in ihrem Zimmer haben wollte oder welche Zeitung ein Gentleman las. Mrs. Searsby war eine aufmerksame Gastgeberin und hatte Bankston angewiesen, dafür zu sorgen, dass die Lieblingsblumen eines Gastes zusammen mit speziellen Seifen für die Damen und Zigaretten für die Herren auf jedes Zimmer gebracht wurden.

Ich blätterte durch die Seiten. Bankstons Persönlichkeit kam in seinen kurzen Notizen zum Ausdruck. Zum ersten Mal bekam ich ein Gefühl für den Mann. Über Madge hatte er geschrieben: „Frühaufsteher. Mag Tee heiß und stark. Schickt ihn zurück, wenn er nur warm ist. Mrs. Searsby möchte ein Arrangement aus Stechpalmen und weißen Rosen für den Kaffeetisch – obwohl Miss Lambert es nie bemerken wird." Unter Ambrose Eggers hatte er angemerkt: „Pingelig in Bezug auf Wäsche und Kleidung. Muss mich selbst um ihn kümmern. Niemand sonst wird seinen Standards entsprechen. Wird Wäscheschrank als Dunkelkammer benutzen. Alle Bediensteten daran erinnern, den Schrank jederzeit zu meiden."

„Irgendwas gefunden?", fragte Jasper. „Wie eine praktische Anmerkung – vielleicht ein Sternchen – unter einem Namen mit den Worten „nächster Kurier" daneben?"

„Ich fürchte nein."

„Nein, das wäre ja auch viel zu einfach." Er seufzte. „Natürlich wäre es töricht, so etwas zu Papier zu bringen. Er würde das nicht aufschreiben."

Ich wurde langsamer, als ich die letzten Seiten mit Bankstons Handschrift erreichte, den Abschnitt, der den derzeitigen Gästen gewidmet war. Ich blätterte um, und das Notizbuch fiel an der Stelle auf, wo eine Seite herausgerissen worden war. „Das ist seltsam."

„Was?"

„Kommt dir Bankston wie ein Mann vor, der schlampig eine Seite aus einem Notizbuch reißen würde?"

Jasper warf einen Blick auf den Schreibtisch, der so ordentlich aufgeräumt war. „Nein. Ich könnte mir vorstellen, dass er ein Lineal nimmt und mit einem Taschenmesser eine Seite herausschneidet."

Ich ging hinüber zum Schreibtisch und zeigte ihm die ausgefranste Kante der Seite, die noch am Buchrücken klebte. „Es ist ein Buch mit Notizen von Bankston über Haushaltsangelegenheiten. Die fehlende Seite ist aus dem Abschnitt über die derzeitigen Gäste."

„Sieht aus, als hätte er es eilig gehabt, sie zu entfernen", sagte Jasper.

Ich hielt das Notizbuch näher an das Licht der Schreibtischlampe, die Jasper eingeschaltet hatte. „Schau, auf dem Stück Papier, das noch am Buchrücken klebt, ist etwas geschrieben – der erste Buchstabe eines Wortes, ein großes *T*. Es muss jemandes Name sein. Siehst du auf den anderen

Seiten, wie er die Namen in eine Zeile geschrieben hat und dann seine Notizen zu jedem Gast eingerückt darunter?"

„Also muss das entweder ... Tommy Phillips oder Theo Culwell sein."

„Lass mich sehen, wer in den Einträgen fehlt." Ich ging zurück zum Sessel und blätterte durch die Notizen. Der Handschuh machte meine Finger ungeschickt, aber ich blätterte schließlich um und las die Namen der jüngsten Hausgäste. „Sie sind nach Vornamen und dann Nachnamen aufgeführt ... es gibt keinen Eintrag für Tommy Phillips."

Jasper blickte durch einen Stapel mit Briefen. Die Seiten waren in Dritteln gefaltet und lagen nicht flach. Seine Aufmerksamkeit war auf das gerichtet, was er las, und er machte ein Geräusch, das darauf hindeutete, dass er mir halb zuhörte. Ich ging die Einträge noch einmal durch, um zu überprüfen, ob ich Tommys Namen nicht übersehen hatte – das hatte ich nicht –, doch dieses Mal las ich langsamer und bemerkte einen von Bankstons Notizen unter Prudence Brinkles Namen. Bankston hatte geschrieben: „Mag Gin ein bisschen zu sehr. Kann wahrscheinlich zwanzig Pfund aus dem alten Mädchen herausholen."

Ich setzte mich aufrechter hin und las Jasper die Notiz laut vor.

Er blickte von den Briefen auf. Ich hatte jetzt seine volle Aufmerksamkeit. „Das ist ... merkwürdig. Klingt ziemlich ... ruchlos?"

„Ja, es hört sich so an, als hätte Bankston vorgehabt, sie zu erpressen, nicht wahr? Und – erinnere dich im Garten – Miss Brinkle hat ihn mit Mrs. Searsby als ‚abscheulichen Mann' bezeichnet."

„Ich erinnere mich nicht, was sie gesagt haben. Ich habe mich darauf konzentriert, die Tafel wieder anzuschrauben."

„Ich erinnere mich gut. Miss Brinkle muss über Bankston gesprochen haben. Sie sagte, sie würde nicht um ihn trauern. Sie hat eine Aufregung wegen Gin and Tonics erwähnt, und Mrs. Searsby sagte „Frank" – Mr. Searsby – würde Miss Brinkle nicht die Zuwendungen kürzen."

„Dann hört es sich so an, als ob Bankston Schweigegeld erpressen wollte", sagte Jasper. „Ich denke, das beantwortet unsere Frage, was ihn motiviert hat."

„Scheint zumindest so", sagte ich. „Er war in einer Position, die ihm erlaubt hat, die Gewohnheiten aller Gäste zu kennen. Vielleicht hat er gedroht, Mr. Searsby eine anonyme Nachricht zu schicken, wenn Miss Brinkle ihn nicht bezahlt hätte. Zwanzig Pfund sind keine riesige Summe. Bankston hat wahrscheinlich gehofft, dass sie ohne viel Aufhebens zahlen würde, damit er es vergisst."

„Wir zeichnen hier kein schmeichelhaftes Bild von Bankston." Jasper nickte und deutete auf den Bücherstapel neben mir. „Sein Interesse an Kreuzworträtseln scheint die einzige liebenswerte Eigenschaft zu sein, die wir entdeckt haben."

„Er war gut in dem, was er getan hat. Mr. und Mrs. Searsby sagten, er sei ein ausgezeichneter Butler."

„Doch wenn Miss Brinkle recht hat", widersprach Jasper, „hat Bankston seine Vertrauensposition zu seinem Vorteil genutzt."

„Das stimmt. Mal sehen, ob da noch was ist ..." Ich sah mir die Einträge genau an. „Ja, es gibt noch mehr. Das habe ich zuvor überlesen, weil ich mich auf die Namen konzentriert habe, nicht auf die Details zu jeder Person. Unter Theo Culwells Namen hat er geschrieben: ‚Erkundigungen über Culwell Luggage Company, Hauptquartier in Kansas City einholen', und dann ist da noch ..."

Jasper hielt einen Finger hoch. „Warte. Kansas City ... habe ich nicht gerade ...?" Er blätterte die Briefe noch einmal durch und nahm dann einen aus dem Stapel. „Ja, hier ist er. Ein Brief vom Kansas City Rotary Club." Als er den Inhalt überflog, runzelte er die Stirn. „Ich habe ihn zuvor nicht gelesen. Ich habe nur einen Blick auf die

Absender geworfen, aber hör' dir das an. „Sehr geehrter Herr Bankston, zu Ihrer Anfrage zur Culwell Luggage Company können wir Ihnen keine weiteren Informationen geben, da das Unternehmen nicht in Kansas City ansässig ist. Anderson Fine Luggage and Trunks befindet sich jedoch hier. Der Besitzer, Mr. Stephen Row, ist ein geschickter Geschäftsmann und weiß alles über seine Branche. Er versichert mir, dass es in Kansas City kein Unternehmen mit dem Namen Culwell Luggage gibt. Er würde es kennen, wenn es existierte. Ich füge Mr. Rows Adresse bei, falls Sie mit ihm korrespondieren möchten. Ich kann für die Qualität des Gepäcks von Mr. Row bürgen. Es ist ausgezeichnet. Bitte lassen Sie uns wissen, wenn wir Ihnen weiterhelfen können."

Ich sprang auf. „Aber das würde bedeuten, dass die Culwell Luggage Company nicht existiert. Theo hat mir selbst gesagt, dass das Hauptquartier in Kansas City ist." Ich ging hinüber und las den Brief, dann gab ich ihn zurück. „Wie unglaublich bizarr. Er hat eindeutig eine Leidenschaft für Gepäck, und Francie hat gesagt, dass sie Muster seines Flugzeugkoffers gesehen hat."

„Jeder kann einen Prototyp bauen lassen und in einem anderen Land herumreisen, Investitionen einsammeln und dann ..."

„Mit dem Geld verschwinden. Du meine Güte. Wir müssen es Francie sagen. Das wird unangenehm."

Jasper faltete den Brief wieder zusammen. „Vielleicht wäre ein Gespräch mit Mr. Searsby der bessere Weg. Wir sollten ihn zumindest über die Situation informieren, bevor er investiert, dann kann er es seiner Tochter sagen."

„Ja, das wäre besser. Doch noch wichtiger für uns ist, dass Bankston anscheinend beabsichtigt hat, das, was er vom hilfreichen Kansas City Rotary Club erfahren hat, zu benutzen." Ich suchte nach der Stelle in Blankstons Notizbuch. „Da steht noch mehr unter Theos Namen. Bankston hat einen sehr feinen Bleistift verwendet, daher ist es schwer zu lesen, aber neben der Notiz über Kansas City steht ein Betrag von zweihundert Pfund." Ich tippte mit meinem behandschuhten Finger auf das Notizbuch. „Keine Frage. Bankston hat die Gäste erpresst."

„So sieht es auf jeden Fall aus. Dieser ganze Stapel mit Briefen ist von ähnlicher Natur wie der vom Rotary Club. Zuerst dachte ich, Mr. Searsby hat Bankston vielleicht Nachforschungen über bestimmte Firmen und Personen anstellen lassen, doch das wäre eher die Aufgabe einer Sekretärin und nicht eines Butlers. Bankston hat über alle Erkundigungen eingeholt. Er hat sich über Mr. Eggers wissenschaftliche Forschung informiert und dann von einem Privatdetektiv Miss Ravennas Gewohnheiten in Bezug auf Liebhaber und Drogen überprüfen lassen – sie wird das amüsant finden, da bin ich mir sicher."

„Und du? Hat er dich überprüfen lassen?"

Er schüttelte den Kopf. „Nichts über mich. Ich bin aber erst spät auf die Gästeliste gesetzt worden. Wahrscheinlich hatte er keine Zeit, Erkundigungen einzuholen."

„Gott sei Dank für kleine Dinge", sagte ich. „Du hast Geheimnisse – da hättest du für ihn eine wahre Fundgrube sein können!"

„Ziemlich." Er begegnete meinem neckenden Ton mit einem Lächeln und fuhr dann fort. „Ich habe auch einen Brief über Madge Lambert gefunden. Er hat sich erkundigt, welche Schule sie besucht hat und welche Verbindungen sie hat. Und schließlich der letzte, der sich auf unsere kleine Gruppe bezieht: ein Brief von einem Reporter, in dem er fragt, ob es irgendetwas Anstößiges über Blix Windway gibt. Er ist höflich formuliert, doch darauf läuft es hinaus. Die einzige Antwort, die, sagen wir, wenig schmeichelhaft war, war die über die Culwell Luggage Company."

„Nichts über Tommy Phillips?" Jasper blätterte noch einmal durch die Briefe. „Nein. Gar nichts."

Ich strich mit meinem behandschuhten Finger über die gezackte Kante der fehlenden Seite. „Seltsam, dass Tommys Seite in Bankstons Notizen fehlt und es keinen Brief über ihn gibt."

Jasper sagte: „Vielleicht war da ein Brief, und er wurde entfernt, als die Seite herausgerissen wurde."

Ich lehnte mich im Sessel zurück. „Erinnerst du dich, als wir vorhin zu unserem Spaziergang aufgebrochen sind und um die Ecke des Hauses gekommen sind und Tommy getroffen haben. Er hat Schnee von seinen Stiefeln getreten. Wenn mein Orientierungssinn richtig ist, muss er von irgendwo aus diesem Bereich des Hauses gekommen sein."

Jasper und ich blickten beide auf das einzige Fenster des Zimmers, das einen Blick auf den Garten hinter dem Haus bot, wo der Wind an den Ästen zerrte und Schnee gegen die Hecken trieb. Jasper ging zum Fenster und untersuchte es, ohne es zu berühren. „Der Haken ist entriegelt." Er stellte sich auf die Zehenspitzen, um auf den Boden direkt unter dem Fenster zu blicken. „Große Stechpalmenbüsche auf beiden Seiten, aber keine Hecke. Es wäre nicht angenehm, aber es wäre für Tommy möglich, zu diesem Fenster zu kommen. Das ist ein einfacher Riegel. Er könnte ihn mit der Klinge eines Taschenmessers geöffnet haben. Sehr nachlässig, wenn man bedenkt, dass in diesem Zimmer der Silbertresor ist."

Ich fühlte den Teppich unter dem Fenster. „Feucht. Du weißt, was das bedeutet, oder? Ich war anderer Meinung, als Miss Ravenna versichert hat, dass Bankstons Tod nichts mit seiner Arbeit als Mittelsmann für die Kuriere zu tun hatte, doch sie könnte absolut recht gehabt haben. Sein Mörder könnte ein erpresster Hausgast gewesen sein."

KAPITEL FÜNFZEHN

*a*n jenem Abend nach dem Essen, als die Kartenspiele im Salon endeten und alle begannen, sich für den Abend zurückzuziehen, verließen Jasper und ich gemeinsam den Raum. Als wir die Treppe in den nächsten Stock hinaufgestiegen und allein im langen Korridor waren, fragte Jasper: „Irgendwas?"

„Nein, es war ein kompletter Reinfall für mich."

Jasper und ich hatten beschlossen, unsere Entdeckungen über Bankston für den Moment für uns zu behalten. Die Polizei würde morgen eintreffen, und wir würden ihnen mitteilen, was wir gefunden hatten. Unser Plan für den Abend war gewesen, die Interaktionen der Gäste zu beobachten und zu versuchen, alle Details über Bankston zu sammeln, die wir finden konnten. Wir hatten geplant, uns aufzuteilen, wobei Jasper sich auf Tommy konzentrierte, während ich mich mit Theo auseinandersetzte. Allerdings hatte ich nur Gelegenheit gehabt, ein paar Worte mit ihm zu wechseln.

Beim Abendessen saß ich zwischen Jasper und Mr. Sprigg. Ich hatte schon einiges über Mr. Spriggs Import-Export-Geschäft in London gehört, doch Theo und Francie

saßen zu weit unten am Tisch, als dass ich ihre Unterhaltung hätte belauschen können. „Ich habe erfahren, dass Mr.
Sprigg Theo erst hier kennengelernt hatte. Als ich ihn nach
Culwell Luggage fragte, sagte Mr. Sprigg: ‚Ich habe noch
nie davon gehört – obwohl ich die Waren des Mannes
inzwischen ziemlich gut kennengelernt habe.'"

Im Salon hatten nach dem Abendessen mehrere Paare
Bridge gespielt. Ich hatte mich freiwillig gemeldet, mit Theo
und Francie zu spielen, doch Mrs. Searsby hatte mich zu
einem anderen Tisch geführt, wo ich Jaspers Partner in
einem Spiel gegen Mr. Sprigg und Blix war. Mr. Sprigg, der
beim Abendessen ziemlich gesprächig mir gegenüber
gewesen war, wandte seine Aufmerksamkeit Blix zu und
lobte ihre clevere Taktik. Blix war ausnahmslos höflich,
doch ihre knappen, kühlen Antworten zeigten deutlich,
dass sie eine herzlichere Aufmerksamkeit von Mr. Sprigg
nicht begrüßen würde. Ich hatte einen Partnerwechsel
vorgeschlagen, doch Francie sagte, sie wolle Theos
Meinung zu einer antiken Truhe in der Eingangshalle
einholen, und entführte ihn. „Mit Theo hatte ich überhaupt
kein Glück. Was ist mit dir?"

„Ich hatte ein paar Augenblicke, um mit Tommy zu
sprechen, als wir im Esszimmer geblieben sind. Er hat einen
langen Kratzer am Kiefer. Er sagt, er komme vom Rasieren,
aber er könnte entstanden sein, als er sich durch die Stechpalmenbüsche vor Bankstons Arbeitszimmer gekämpft
hat."

„Interessant. Oh, ich habe eine Weile bei Miss Brinkle
gesessen. Sie hat mehrere Cocktails getrunken. Tatsächlich
schien es fast so, als würde sie feiern. Am Ende des Abends
war sie ziemlich beschwipst. Ich habe versucht, sie nach
Bankston zu fragen, doch sie ist dem Thema beide Male
ausgewichen, als ich es angesprochen habe. Zuerst wollte
sie mehr über mein Interesse an Sonnenuhren erfahren" –
ich warf Jasper einen Blick zu, und er grinste – „aber ich

habe es geschafft, *diesem* Thema auszuweichen, indem ich sie nach ihren Cocktails gefragt habe. Ihr absoluter Lieblingscocktail ist die Pink Lady, und sie sagt, die Leute seien ‚zu vorangekommen' und würden sie zu schnell abtun."

„Zu voreingenommen? Das Gespräch mit Miss Brinkle muss unterhaltsam gewesen sein", sagte Jasper und wurde dann ernster. „Es ist nicht verwunderlich, dass sie das Thema Bankston gemieden hat. Wer würde schon wollen, dass jemand anderes erfährt, dass man erpresst wurde. Natürlich würde sie darüber lieber schweigen."

Als wir vor meiner Tür stehenblieben, blickte Jasper zur Decke auf. „Ich muss dafür sorgen, dass jemand hier einen Mistelzweig aufhängt."

„Das könnte eine sehr gute Idee sein." Es war sonst niemand im Flur, und ich stellte mich auf die Zehenspitzen, um Jasper einen Kuss auf die Wange zu geben. Er legte den Arm um meinen Rücken und hielt mich fest, während er mir sein Gesicht zuwandte.

„Das war schön. Ich denke" – er wandte den Blick ab, als würde er über so etwas Ernstes wie Wirtschaftspolitik nachdenken – „das sollten wir wiederholen."

Ich passte mich seinem nüchternen Ton an. „Da bin ich ganz deiner Meinung."

Ein Räuspern zeigte uns an, dass wir nicht allein waren, und wir traten auseinander.

Anscheinend hatten wir Mr. Eggers so sehr geschockt, dass er wie angewurzelt stehengeblieben war. Er hatte am anderen Tisch Bridge gespielt und jedes Spiel gewonnen. Er hatte recht zufrieden ausgesehen, als wir den Salon verließen, doch jetzt signalisierte sein Stirnrunzeln Missbilligung, und er erinnerte mich an meine Schulleiterin.

Jasper deutete eine Verbeugung an. „Guten Abend, Mr. Eggers. Ich habe Miss Belgrave gerade gute Nacht gewünscht. Sie ist eine alte Freundin der Familie."

Mr. Eggers schnaubte, wünschte uns eine gute Nacht

und bewegte sich dann mit kleinen, eiligen Schritten auf die andere Seite des Flurs, als könnten wir ihn anstecken. Ich wartete, bis das leise Rasseln seiner Uhrkette verklungen war, bevor ich sagte: „Was für ein überkorrekter kleiner Mann. Er kommt mir wie eine alte Jungfer vor."

„Nur für den Fall, dass es noch mehr missbilligende alte Kauze oder Krähen gibt, wünsche ich dir eine gute Nacht." Jasper sah mir in die Augen, als er meinen Handrücken küsste. Obwohl ich Handschuhe trug, fand ich es äußerst angenehm.

～

24. DEZEMBER 1923

Am nächsten Morgen, bevor ich ganz wach wurde, bemerkte ich, dass etwas anders war. Ich brauchte einen Moment, um mir darüber klar zu werden, was es war. Stille hatte sich über das Haus gelegt. Der Wind, der gestern gegen die Fenster gepeitscht war und an den Scheiben gerüttelt hatte, war verschwunden. Ein Vorhang war nicht vollständig geschlossen, und ein scharfer Lichtstreifen fiel über das Bett. Das grelle Licht des Streifens reichte aus, um mir zu sagen, dass der Schnee in der Nacht nicht geschmolzen war.

Es klopfte an meiner Tür, und Laura, eines der Dienstmädchen, kam mit meiner Tasse Schokolade herein. „Guten Morgen, Miss Belgrave." Sie stellte das Tablett ab und zog die Vorhänge zurück. „Es hat die ganze Nacht geschneit, Miss. Der Schnee liegt jetzt mindestens dreißig Zentimeter hoch."

„Du meine Güte."

„Macht es schön und weihnachtlich, nicht wahr? Die Köchin sagt, wenn es schneien muss, würde sie es am

Weihnachtstag bevorzugen, aber ich finde es trotzdem schön."

„Ach ja, richtig. Heute ist Heiligabend." Ich stützte mich auf meinen Ellbogen, damit ich aus den Fenstern blicken konnte, doch sie waren beschlagen, was die Aussicht zu einem abstrakten Gemälde verzerrte. „Und die Straßen?"

Sie schüttelte den Kopf. „Mit Verwehungen blockiert. Mr. Ford ist gegangen und hat vor den Toren nachgesehen. Der Schnee ging ihm bis zu den Knien. Die Mädchen, die heute aus dem Dorf kommen sollten, um zu helfen, werden es nicht hierher schaffen. Alles steht still. Auch die Züge fahren heute nicht."

Was bedeutete, dass die Ermittler von Scotland Yard auch nicht kommen würden. „Funktioniert das Telefon noch?"

„Ja, Miss, soweit ich weiß."

Ich griff nach meinem Morgenmantel. „Dann ziehe ich mich besser an und rufe gleich an, falls es ausfällt." Ich war so in die Ereignisse um Bankstons Tod vertieft gewesen, dass ich ganz vergessen hatte, dass ich irgendwie nach Parkview kommen musste. Gwen erwartete meine Ankunft heute, doch das würde sicherlich nicht passieren.

Im angrenzenden Bad hörte ich Wasser spritzen, doch derjenige war schnell fertig und ging durch die Tür hinaus, die auf den Korridor führte. Ich wusch mich, dann half mir Laura in ein Samtkleid in einem tiefen Grünton.

Auf dem Weg zum Frühstück begegnete ich Mrs. Searsby auf dem Flur. Sie trug einen kleinen Korb, und der Jack Russell Terrier und der Labrador folgten ihr. „Oh, Sie sind wach. Gut." Sie ging mit mir die Treppe hinunter. „Ich wollte sichergehen, dass es Ihnen immer noch gut geht."

Zeus sauste die Stufen hinunter, dicht gefolgt von Apollo.

„Ja, mir geht es gut." Ich berührte meine Stirn. Ich hatte meinen Pony wieder über die Beule gekämmt. Sie hatte einen unschönen Rotton angenommen. Abgesehen von der wenig schmeichelhaften Farbe störte sie mich kaum.

„Freut mich, das zu hören. Sie dürfen wirklich nicht einmal daran denken zu gehen." Sie deutete auf die hohen Fenster auf dem Treppenabsatz, die nicht so beschlagen waren wie die in meinem Zimmer. Der Blick auf das Gelände zeigte eine weiße Landschaft, die von den scharfen dunklen Schatten der kahlen Äste akzentuiert wurde. „Es wäre töricht, fahren zu wollen, und die Züge sind ausgefallen. Sie bleiben über Weihnachten bei uns. Das ist gar keine Frage. Ich kann mir nicht vorstellen, dass das alles bis morgen schmilzt."

„Danke, das ist sehr nett von Ihnen."

„Gut. Damit ist das erledigt."

„Ich bin so dankbar, dass ich hier gelandet bin."

„Ich halte es für einen glücklichen Zufall, besonders wenn Sie helfen können, das Problem mit Bankston zu lösen. Schon was gefunden?"

„Noch nicht", sagte ich. Ich wollte Bankstons mögliche Erpressungsaktivitäten nicht zur Sprache bringen, es sei denn, wir waren sicher, dass sie mit seinem Tod zusammenhingen. „Haben Sie etwas dagegen, wenn ich das Telefon benutze, um Parkview Hall anzurufen?"

„Natürlich nicht. Es steht in der Nische vor der Eingangshalle. Machen Sie nur. Sie müssen ihnen sagen, dass Sie sich verspäten. Sonst machen sie sich Sorgen, dass Sie in eine Schneewehe gefahren sind." Sie wandte sich halb ab und sagte dann: „Fast hätte ich es vergessen: Lassen Sie mich Ihnen das geben." Sie hielt den Korb hoch. „Ein paar Dinge, die Ihren Aufenthalt angenehmer machen. Alle Gäste bekommen einen, also müssen Sie auch einen haben."

„Danke. Sie sind zu freundlich." Eine Karte mit meinem Namen darauf lag auf mehreren Stücken Lavendelseife.

„Unsinn. Ich mache gerne Geschenke. Es bereitet mir Freude."

Ein Diener kam mit einer riesigen Leiter vorbei, und Zeus schoss hinter ihm her. Mrs. Searsby rief den kleinen Hund zurück. Er drehte sich um und sauste zurück an ihre Seite. Apollo tänzelte herüber und lehnte sich an mein Bein, während ich ihm die Ohren kraulte.

„Wir bringen heute den Baum herein. Ich hoffe, Sie kommen nach dem Mittagessen mit in die Eingangshalle, um ihn zu dekorieren."

„Oh, das würde ich gerne", sagte ich.

„Wunderbar. Dann überlasse ich Sie jetzt erst einmal Ihrem Telefonat."

Nachdem ich eine Reihe von Klicks, Pausen und Stille gefolgt von knisterndem Rauschen gehört hatte, war ich mit Parkview Hall verbunden. Ich erklärte, was passiert war, und Gwens Stimme, blechern und abgehackt, krächzte: „Dann kommst du nicht?"

„Es tut mir leid", sagte ich. „Ich fürchte, ich kann nicht. Ich bin eingeschneit. Verwehungen blockieren die Straße, und die Züge sind ausgefallen. Es ist aber unglaublich schön."

„Klingt wie eine Weihnachtskarte, aber ich finde es schrecklich, dass du unter Fremden gestrandet bist. Wo hast du nochmal gesagt, dass du bist?"

„Holly Hill Lodge." Ich gab ihr eine kurze, stark gekürzte Zusammenfassung der letzten paar Tage und endete mit den Worten: „Und Jasper ist auch hier."

„Jasper!"

„Und er spricht immer noch mit mir – auf eine sehr nette Art und Weise."

Sie lachte. „Oh, ich verstehe, was los ist. Jetzt ergibt alles einen Sinn. Dann hat dein Spionieren also was gebracht. Was für ein Glück, mit ihm eingeschneit zu sein. Ich mache mir jetzt keine Sorgen mehr um dich. Ich werde dich natür-

SARA ROSETT

lich vermissen und erwarte, dass du so schnell wie möglich nach Parkview kommst. In der Zwischenzeit hoffe ich, dass im ganzen Haus reichlich Mistelzweige hängen. Sag Bescheid, wann du kommst. Lucas' Eltern bleiben bis Neujahr, und Violet hat James eingeladen, ebenfalls herzukommen. Sie sind einander sehr zugetan und können nicht länger als ein paar Tage getrennt sein. Ich hoffe, du schaffst es."

„Ich auch. Ich werde mein Bestes tun."

Ich kehrte in mein Zimmer zurück und packte die Geschenke aus Mrs. Searsbys Korb aus. Der Umschlag enthielt eine Weihnachtskarte mit einer Reihe von Cottages, passend zu der auf Bankstons Kaminsims. Darin hatte Mrs. Searsby einen liebenswerten Willkommensgruß geschrieben, und sowohl sie als auch ihr Mann hatten ihn unterschrieben. Ich stellte sie auf den Kaminsims, genau wie Bankston es getan hatte, dann nahm ich die Lavendelseife und wollte ins Bad gehen, das an mein Zimmer angrenzte, doch ich blieb abrupt stehen, die Hand erhoben, um anzuklopfen, bevor ich eintrat. Eine scharfe Männerstimme ertönte auf der anderen Seite der geschlossenen Tür. „Scotland Yard, Maggs! *Scotland Yard.*"

Ich zog meine Hand zurück, als ich Tommys Stimme erkannte. „Nicht so laut ", antwortete eine höhere Frauenstimme.

Ich spürte, wie meine Augenbrauen hochschossen. Das war Madge. Sie stritten sich im Badezimmer! Ein Bild von Mr. Eggers missbilligender Miene von gestern Abend tauchte in meinem Kopf auf. Wenn er vor der Tür auf dem Flur stünde, wie empört wäre er – zwei alleinstehende junge Leute zusammen im Bad! Er würde wahrscheinlich ohnmächtig werden und Riechsalz brauchen.

Tommys Stimme war ungeduldig. „Das Zimmer da ist leer. Niemand ist da drin. Vergiss es. Ich weiß nicht, warum du nicht verstehen kannst, dass ich was tun musste."

„Und es war dumm. Ich habe dir doch gesagt, dass ich mich um Bankston gekümmert habe."

Das ausgeklügelte Heizsystem von Holly Hill Lodge schaltete sich ein. Ich musste die Tür zwischen dem Bad und meinem Zimmer nicht fest genug geschlossen haben. Sobald die Luft aus den Lüftungsschlitzen strömte, schwang die Badtür auf und wehte einen Hauch feuchter, nach Puder duftender Luft herein. Nur mit einem Unterkleid bekleidet stand Madge mit einer Haarbürste in der Hand vor dem Becken. Tommy lehnte in einem bunt gemusterten Morgenmantel an der Wanne und rauchte eine Zigarette.

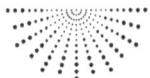

KAPITEL SECHZEHN

„*E*s tut mir leid – ähm –" Mir fiel keine bessere Antwort ein, die die höchst unangemessene Tatsache ignorierte, dass Madge und Tommy zusammen im Badezimmer waren, beide wenig bekleidet.

Madge warf Tommy einen wütenden Blick zu und sagte dann: „Nein, es tut uns leid, Sie gestört zu haben. Kommen Sie und lassen Sie mich Ihnen davon erzählen." Madge wandte sich ab und ging durch die gegenüberliegende Tür im Badezimmer in ein geräumiges Schlafzimmer, wo sie in einen blassgrünen Morgenmantel schlüpfte.

Tommy machte eine Geste, dass ich ihm ins Schlafzimmer vorausgehen sollte. Das samtene Revers des Morgenmantels lag an seinem Schlüsselbein und ließ seinen Hals und sein Kinn frei. Der lange rote Kratzer hob sich deutlich von seiner blassen Haut ab.

Ich hielt immer noch die Lavendelseife in der Hand. Ich legte sie auf einen Tisch in meinem Zimmer und ging dann durch das dampfende Bad. Ich spürte, wie mein Gesicht angesichts der peinlichen Situation rot wurde und mein Samtkleid plötzlich zu warm schien, doch ich konnte sicherlich nicht meine Tür schließen und weggehen –

besonders nicht, nachdem ich entdeckt hatte, dass die fehlenden Seiten aus Bankstons Notizbuch Informationen über Tommy enthielten.

Madge deutete mit der Haarbürste, die sie immer noch in der Hand hielt, dass ich auf dem Polstersessel Platz nehmen sollte, dann ließ sie sich auf den Hocker des Schminktisches sinken und wirbelte darauf herum, sodass ihr Rücken dem Spiegeltriptychon zugewandt war. Tommy ging auf die andere Seite des Zimmers neben das Fenster und zündete sich eine weitere Zigarette an.

Madge sagte: „Es ist bei weitem nicht so skandalös, wie es scheint. Langer Rede kurzer Sinn, Tommy und ich sind verheiratet."

„Verheiratet? Aber Ihre Hochzeit ist doch erst im Februar." Das zeitunglesende Publikum war fasziniert von den beiden Rasentennis-Stars. Seit sie ihre Verlobung bekannt gegeben hatten, hatte ich mehrere Artikel über sie und ihre anstehende Hochzeit gesehen.

Madge richtete die Ränder ihres Morgenmantels über ihren Knien aus. „Die Hochzeit im Februar ist nur Show. Das ist unsere zweite Hochzeit."

Tommy, der aus dem beschlagenen Fenster blickte, sagte: „Doppelt hält bekanntlich besser."

Ich sah von einem zum anderen. „Es tut mir leid, aber ich bin schrecklich verloren. Sie sind verheiratet, aber Sie heiraten nochmal?"

Madge drehte den Haarbürstengriff wie einen Tennisschläger. „Lassen Sie mich Ihnen die ganze Geschichte erzählen. Tommy und ich haben eine verrückte, impulsive Sache gemacht. Wir haben letzten Juni geheiratet. Wir waren entschlossen, es zu tun, obwohl meine Familie Tommy nicht als Schwiegersohn willkommen heißen wollte. Wir haben in einer kleinen Kirche in London geheiratet. Ich habe meinen zweiten Vornamen verwendet und Tommy seinen richtigen Namen."

„Tommy Phillips ist ein ziemlich häufiger Name." Seine Worte hatten einen bitteren Unterton.

„Sei nicht so, Tommy. Es war ein schöner Tag, obwohl wir es heimlich gemacht haben." Madge wandte sich wieder mir zu. „Zwei Tagelöhnerinnen waren unsere Zeugen. Es war wirklich ziemlich romantisch – eine geheime Hochzeit." Sie senkte ihr Kinn und sah ihn kokett an. Seine Mundwinkel hoben sich scheinbar widerstrebend.

Ein breites Lächeln huschte über ihr Gesicht. Sie hielt ihren Blick auf Tommy gerichtet, während sie weitersprach. „Deshalb liebe ich Tommy. Er ist nie lange böse." Sie tauschten einen Blick aus, bei dem ich mich wie das fünfte Rad am Wagen fühlte, doch dann blinzelte Madge und drehte sich wieder zu mir um. Die Freude verschwand aus ihrem Gesicht. „Wir haben es meiner Familie nicht gesagt. Daddy wäre ausgerastet, und nun ja – er hat gedroht, mich zu enterben, als wir bekannt gegeben haben, dass wir verlobt sind, also bin ich mir sicher, dass er es getan hätte, wenn er erfahren hätte, dass wir schon verheiratet sind. Wir haben uns entschieden, nichts zu sagen. Bei all den Reisen, die wir unternehmen, war es nicht schwierig, es vor unseren Familien zu verbergen. Doch im Herbst hat sich die Situation geändert."

Tommy drückte seine Zigarette im Aschenbecher aus. „Meine Schwester hat sich mit Kippy – Lord Higgenbotham – verlobt. Jetzt bin ich kein Mitgiftjäger mehr, sondern ein Mann mit Verbindungen und Erwartungen."

Madge legte die Haarbürste auf den Tisch und verschränkte die Arme. „Meine Familie hat eine unerwartete Kehrtwende hingelegt. Es war peinlich von ihnen, aber es schien all unsere Probleme zu lösen. Die Barrieren waren gefallen. Wir konnten mit dem Segen meines Vaters heiraten. Er wäre immer noch ziemlich verärgert, wenn er herausfinden würde, dass wir ihn getäuscht haben. Also haben wir beschlossen, den Plänen meiner Mutter für eine

Hochzeit in London zuzustimmen." Sie seufzte. „Wir wussten nicht, dass es ein solches Interesse an der Hochzeit geben würde. Es ist alles ziemlich außer Kontrolle geraten, mit den Artikeln und den Fotos. Allerdings hat niemand die Wahrheit über uns herausgefunden."

„Bis Bankston davon erfahren hat", sagte ich.

Madges Arme waren immer noch verschränkt, und ihre Finger schlossen sich fester um ihre Oberarme. „Sie wissen es?"

„Ja."

„Wie?"

Das war eine Frage, die ich nicht beantworten wollte, also konterte ich mit einer eigenen. „Spielt es eine Rolle? Sie haben größere Probleme, denke ich."

Madge ließ ihre Schultern hängen und schloss kurz die Augen. „Ja, das stimmt. Er hatte eine Kopie der Heiratsurkunde. Natürlich musste etwas getan werden. Wir konnten ihn nicht zu den Zeitungen gehen lassen."

„Also, was haben Sie getan?"

Sie zuckte mit der Schulter nach hinten und straffte ihre Haltung. „Ich habe ihn bezahlt." Sie sagte es, als wäre es die logischste Sache der Welt. Ihre schweren Brauen senkten sich. „Es war Tommy, der ein unnötiges Risiko eingegangen ist."

Er schob den Aschenbecher weg, der über den Tisch rutschte und mit einem Klirren gegen eine Lampe stieß. „Wenn du dir einbildest, dass Scotland Yard nicht gründlich sein wird, dann bist du die Dumme, Madge. Ich bin derjenige, der uns davor bewahrt hat, entlarvt zu werden."

„Sie sind also in Bankstons Arbeitszimmer eingebrochen und haben die Seite über Sie aus seinem Notizbuch gerissen", sagte ich. Und wahrscheinlich auch die Kopie der Heiratsurkunde mitgenommen, da Jasper sie nicht im Schreibtisch gefunden hatte.

Tommy schnappte nach Luft, erholte sich aber schnell.

„So ist es – Sie haben mich auf dem Weg in der Nähe des Fensters seines Arbeitszimmers gesehen."

„Ja, Sie sind aus dem Gebüsch gekommen, obwohl Sie versucht haben, den Anschein zu erwecken, als wären Sie wegen des Schnees vom Weg abgekommen."

Madge beugte sich vor und stützte ihre Hände auf die Beine. „Olive, bitte – Sie werden unser Geheimnis bewahren, nicht wahr?"

„Das hängt davon ab. Ich möchte Ihre Familie sicher nicht gegen Sie aufbringen, aber Bankston ist tot."

„Damit hatten wir aber nichts zu tun. Es war ein Unfall, nicht wahr? Die Untersuchung von Scotland Yard ist nur Formsache. Das sagen alle – ein schrecklicher Unfall."

Tommy hatte das Fenster verlassen und einen Tennisschläger aufgehoben, der gegen den Kleiderschrank gelehnt gewesen war. Er schwang ihn hin und her und bewegte seinen Arm in einem leichten Bogen. „Ich wollte ihn ein bisschen verprügeln – Bankston wissen lassen, dass er uns nicht drohen und damit durchkommen kann, aber Madge hat es mir ausgeredet."

Madge nickte. „Das habe ich, ja." Ihre Stimme war fest, aber ich hatte das Gefühl, dass ein besorgtes Aufflackern über ihr Gesicht huschte, als sie beobachtete, wie Tommy einen Rückhandschwung vollführte. Diesmal peitschte er den Schläger mit einem starken, entschlossenen Schlag durch die Luft.

Obwohl ich auf der anderen Seite des Raumes war, zuckte ich instinktiv zusammen. Ich hatte gedacht, Madge sei die Ambitioniertere der beiden, doch der Schwung seiner Bewegung und der intensive Ausdruck auf seinem Gesicht erinnerten mich daran, dass Tommy selbst ein harter Spieler war. Er drehte den Schlägergriff, wie Madge die Haarbürste gedreht hatte. „Auf jeden Fall hätte der alte Bankston meiner Meinung nach kein besseres Ende finden können."

KAPITEL SIEBZEHN

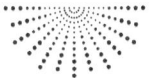

*J*asper und ich schlenderten zum anderen Ende der Eingangshalle und blieben vor den Schwertern stehen, die fächerförmig mit den Griffen nach außen an der Wand befestigt waren. Seine Aufmerksamkeit auf die Waffen gerichtet, sagte Jasper: „Also ist Tommy in das Arbeitszimmer eingebrochen und hat die Seite aus Bankstons Notizbuch herausgerissen."

„Ja. Er hat es offen zugegeben."

Sobald wir uns nach dem Mittagessen in der Eingangshalle zum Baumschmücken getroffen hatten, hatten Jasper und ich uns von der Gruppe entfernt. Es war unsere erste Gelegenheit, uns unter vier Augen zu unterhalten. Als wir einmal im Kreis um die Eingangshalle herumgegangen waren, hatte ich ihn über mein Gespräch mit Tommy und Madge auf den neuesten Stand gebracht. Am anderen Ende der Eingangshalle überwachten Francie und Mrs. Searsby das Aufstellen des Weihnachtsbaums in der Nähe – aber nicht zu nahe – des riesigen Kamins, in dem bald das Weihnachtsscheit brennen würde. Francie sah in einem marineblauen Cord-Sportanzug mit Kniebundhose, Kniestrümpfen und Oxford-Schuhen sehr modern aus. Mrs.

Searsby war traditioneller gekleidet in einem langärmligen, beerenroten Wollkleid. Die Haustür stand offen und ließ eisige Luft herein, was die ohnehin kalte Eingangshalle noch stärker abkühlte.

Jasper und ich schlenderten weiter zu einer vollständigen Rüstung, komplett mit Lanze. „Bisschen extrem von Tommy, findest du nicht? In ein verschlossenes Zimmer eines Landhauses einzubrechen, in dem man zu Gast ist, nur um zu verhindern, dass jemand von einer Hochzeit erfährt."

„Aber Madges Vater ist unglaublich reich. Wenn er sie enterben würde, hätten sie nur noch ihre Tennisgewinne zum Leben, die sicherlich beträchtlich sind, aber …"

„Ja, man kann nicht ewig Rasentennis spielen und Turniere gewinnen." Jasper klimperte mit etwas Kleingeld in seiner Tasche, während wir schlenderten. „Der Nachlass ihres Vaters ist beträchtlich?"

„Sehr. Es wäre sicherlich ein Grund, Bankston dazu zu bringen, nichts zu sagen. Es war offensichtlich, dass Madge und Tommy sich nicht einig waren, wie sie mit der Situation umgehen sollten. Ich habe sie direkt nach dem Unfall im Auto darüber reden hören. Sie dachten nicht, dass ich mitgehört habe – ich hatte schreckliche Kopfschmerzen und lag mit geschlossenen Augen auf dem Rücksitz –, aber ich habe Madge sagen hören, sie müssten ‚ihn' aufhalten. Da wusste ich noch nicht, wen sie meinte, doch jetzt, wo ich darüber nachdenke, erinnere ich mich, dass sie etwas über den Mann gesagt hat, der seine Himmelfahrtsnase in ihre Angelegenheiten steckt. Ich hätte die Verbindung herstellen sollen, als wir Bankstons Leiche gefunden haben."

„Er hatte eine Himmelfahrtsnase", sagte Jasper nickend, „aber nach dem Unfall warst du ziemlich mitgenommen. Da ist es kein Wunder, dass du diese Details erst jetzt miteinander in Verbindung gebracht hast. Haben Tommy oder Madge dir sonst noch was erzählt?"

„Oh ja. Tommy besteht darauf, dass er Bankston nur verprügeln wollte, doch Madge behauptet, dass sie ihn bezahlt hat und dass Tommy nicht in Bankstons Nähe gekommen ist."

„Hat Madge gesagt, wie viel Bankston wollte?"

Das war eine der Fragen, die ich gestellt hatte, bevor ich Madges und Tommys Zimmer verlassen hatte. „Fünfzig Pfund."

Jaspers Miene wurde nachdenklich. „Ein überraschend moderater Betrag für die Wahrung eines Geheimnisses, das zu einer finanziellen Katastrophe führen könnte."

„Ich hatte auch erwartet, dass sie einen viel höheren Betrag nennt. Ich nehme an, Madge könnte lügen, aber ich glaube nicht, dass sie es getan hat."

„Und du bist ziemlich gut darin, Menschen zu lesen." Wir gingen um die Rüstung herum und betrachteten sie von allen Seiten, während Jasper sagte: „Natürlich, es könnte Bankstons Strategie gewesen sein, kleine Beträge zu fordern. Nichts, was jemanden dazu bringen könnte, irgendetwas Drastisches zu tun."

„Das passt zu den Beträgen, die in seinem Notizbuch stehen", sagte ich, „doch dann haben wir noch die Tatsache, dass ihn jemand getötet hat."

„Vielleicht hat Bankston jemandem wegen einer Kleinigkeit gedroht, doch derjenige hatte etwas Größeres zu verbergen."

Ich warf einen Blick zu der Gruppe am anderen Ende der Eingangshalle. Der Baum stand jetzt an seinem Platz, ein hoch aufragender Tannenbaum, der neben dem riesigen Kamin genau die richtige Größe hatte. Ein Diener schloss die Haustür, dann stellten zwei weitere Diener eine hohe Leiter neben dem Baum auf. „Du meinst etwas wie Verrat an Land und Krone?"

„Möglicherweise."

Wir bewegten uns weiter in unserem langsamen Kreis

durch den Raum und hielten inne, um unsere Köpfe in den Nacken zu legen und einen Hirschkopf zu betrachten, der hoch oben über der Eichentäfelung angebracht war. Ich zog meine Strickjacke über der Brust zusammen und verschränkte die Arme, um mich nach der Kälte aufzuwärmen, die durch die offene Tür hereingeströmt war. „Auf dem Weg hierher habe ich versucht, mir vorzustellen, wie Tommy die Nachricht und die Schnur angebracht und dann sorgfältig den Stein für Bankston platziert hat" – ich zuckte mit den Achseln – „doch ich konnte es mir nicht vorstellen. Es scheint überhaupt nicht etwas zu sein, was Tommy tun würde. Er kommt mir impulsiv und spontan vor."

„Das Gefühl habe ich auch. Er ist ein bisschen unberechenbar. Madge hingegen ..."

„Das gerade Gegenteil. Viel strategischer."

„Hast du sie jemals spielen sehen?", fragte Jasper.

„Nein. Du?"

Jasper nickte. „Letztes Jahr bei einem Turnier in Frankreich. Sie ist sehr" – sein Blick, der auf dem Hirschgeweih geruht hatte, wanderte zu der Gruppe am Baum – „mechanisch in ihrem Spiel. Technisch sind ihre Schläge brillant. Sauber und präzise."

„Du lässt sie ziemlich leidenschaftslos klingen."

„Ganz im Gegenteil. Ihre Ausführung in ihren Schlägen ist makellos, aber es gibt einen zugrunde liegenden Antrieb oder eine Leidenschaft, die sie kontrolliert. Sie ist ein paarmal durchgekommen. Ich erinnere mich besonders an eine lange Reihe von Volleys. Alle Zuschauer schienen den Atem anzuhalten, als der Ball hin und her, hin und her ging. Als sie schließlich den Ball auf die andere Seite geschmettert und den Punkt gewonnen hat, hat sie ihre Faust geballt und triumphierend ausgesehen. Ich erinnere mich, dass ich damals dachte, dass sie nur leidenschaftslos zu sein *scheint*."

Francies heisere Stimme schallte durch den Raum, als

sie über einen Scherz von Theo lachte. Mr. Eggers stand etwas abseits, rauchte und starrte aus dem Fenster, während Mr. Sprigg mit Blix plauderte, die das Lametta entwirrte.

Miss Brinkle saß auf einem Sessel, ihr rotbraunes Kleid mit Rüschen um sie herum ausgebreitet. Sie stützte die Hände auf ihren Gehstock und beugte sich vor, um Mrs. Searsby etwas zu sagen. Miss Brinkles Haarschmuck aus Pfauenfedern, die steil von ihrer Frisur abstanden, zitterte, als sie ihren Standpunkt betonte. Mit ihrer rundlichen Figur und den Federn, die über ihrem Kopf wippten, erinnerte sie mich mehr denn je an eine Ananas.

Tommy schob die Leiter näher an den Baum heran, während Madge Baumschmuck verteilte. „Ich kann mir vorstellen, wie Madge all die kleinen Details perfekt ausführt, um das Problem aus der Welt zu schaffen", sagte Jasper.

„Ich mir auch. Aber ich nehme an, die Frage ist, hätte sie die Gelegenheit dazu gehabt? Niemand wusste vor dem Morgen seiner Abreise, dass Bankston nach London gehen würde."

„Ja, aber Mrs. Searsby hat es beim Frühstück erwähnt."
„Woher weißt du das? Du bist erst später an diesem Tag angekommen."

„Ich habe Miss Ravenna vor dem Mittagessen auf den neuesten Stand gebracht. Ich habe sie danach gefragt, und sie sagte, dass alle im Frühstücksraum waren, als Mrs. Searsby es erwähnt hat."

„Alle?"

„Ja – Madge, Tommy, Mr. Eggers, Mr. Culwell und Francie. Also alle außer Mr. Searsby."

„Wie geht es Miss Ravenna?"

„Sie hat Fieber und wollte nur von der anderen Seite des Raums aus mit mir sprechen."

„Armes Ding." Was für einen Unterschied ein paar Tage

doch hinsichtlich meiner Gefühle gegenüber Bebe Ravenna gemacht hatten. „Ich hoffe, es geht ihr bald besser."

„So, wie ich Miss Ravenna kenne, wird sie nicht lange an ihr Zimmer gefesselt sein. Sie wird bald wieder auf den Beinen sein, da bin ich mir sicher."

Wir gingen weiter zu einer Glasvitrine mit Dolchen, und Jasper sagte: „Aber um auf unser ursprüngliches Thema zurückzukommen – ich glaube nicht, dass wir viel länger unter uns sein werden – alle wussten, dass Bankston gehen würde."

„Wusste jeder wohin?"

„Ja. Mrs. Searsby hat den Namen des Blumenladens erwähnt und dass er in London ist."

„Dann hätte jemand leicht ins Dorf gehen und ein Telegramm schicken können, das im Blumenladen aufbewahrt werden würde, bis Bankston eintrifft. Das Telegramm könnte ein Treffen mit Bankston anberaumen und ihn anweisen, über das Belvedere zur Lodge zurückzukehren."

Jasper beugte sich über den Koffer, um sich den juwelenbesetzten Griff eines Dolches genauer anzusehen. „Das würde jemandem genug Zeit geben, um die Falle im Belvedere vorzubereiten."

„Wir müssen herausfinden, ob jemand in die Stadt gegangen ist. Ich bezweifle, dass ein Mörder diese Aufgabe irgendjemand anderem anvertrauen würde."

„Es wird schwierig sein, alle Bewegungen nachzuvollziehen."

„Nicht, wenn wir uns bei der Dienerschaft erkundigen", sagte ich. „Sie dürften wissen, wer im Haus geblieben ist und wer es verlassen hat."

„Gute Idee, aber Mr. und Mrs. Searsby wollen, dass wir diskret vorgehen. Eine Befragung des Personals würde sicherlich Aufmerksamkeit erregen."

„Nicht, wenn wir Grigsby benutzen, wie du vorgeschlagen hast. Er ist die fleischgewordene Diskretion.

Solange ich Grigsby nicht darum bitte, wird es sicher gut klappen." Jasper und ich benutzten gelegentlich das Telefon, um zu kommunizieren, und seitdem mochte Grigsby mich nicht. Anständige junge Damen telefonierten nicht mit den Wohnungen alleinstehender Herren.

„Gut, dann lasse ihn mit den Nachforschungen beginnen. Er wird es natürlich diskret tun."

Mr. Sprigg rief uns zu: „Wollen die beiden Turteltauben nicht zum Baumschmücken kommen?"

„Gleich", antwortete Jasper gutmütig. „Die Waffen sind ziemlich faszinierend."

„Die Waffen? Hmm. Ich nehme an, es ist eher Ihre Begleitung als diese staubigen alten Dinger, die Sie fasziniert. Wenn ich jünger wäre, würde ich Ihnen um die Hand der reizenden jungen Dame Konkurrenz machen", sagte er mit hochgezogener Augenbraue in meine Richtung, bevor er zu den anderen am Baum zurückkehrte.

Ich setzte ein Lächeln auf, als ich mit leiser Stimme sagte: „Weißt du, es muss nicht unbedingt jemand aus Holly Hill Lodge sein, der Bankston die Falle gestellt haben könnte. Es könnte auch Mr. Sprigg gewesen sein. Wenn Bankston auf dem Weg ins Dorf den Weg genommen hätte, der am Belvedere vorbeiführt, könnte Mr. Sprigg Bankston vielleicht gesehen haben, als er nach London aufgebrochen ist."

Jasper neigte den Kopf, als er darüber nachdachte. „Aber woher sollte er wissen, dass Bankston nach London geht?"

„Da hast du mich, das gebe ich zu. Vielleicht hat Mrs. Searsby oder einer der anderen Gäste es Mr. Sprigg erzählt."

„Und was wäre Mr. Spriggs Motiv?"

„Das gleiche wie bei allen anderen: Bankston davon abzuhalten, ihn zu erpressen."

„Mr. Sprigg war nicht in Bankstons Notizbuch aufgeführt", gab Jasper zu bedenken.

„Nein, aber ich habe gelernt, dass ich leicht einen wichtigen Verdächtigen übersehen kann, wenn ich den Kreis der Verdächtigen zu eng ziehe. Mr. Sprigg ist ein alter Lustmolch. Vielleicht hat Bankston eine Liaison entdeckt, die Mr. Sprigg lieber nicht bekanntmachen möchte."

„Möglich, aber wenn wir ihn einbeziehen, müssen wir Miss Brinkle auch unserer theoretischen Liste hinzufügen."

„Ich weiß, du machst Witze, aber du hast recht." Ich sah zu, wie die Federn an Miss Brinkles Haarschmuck bebten, als sie im Gespräch mit Blix nickte. „Unwahrscheinlich, dass sie es getan hat. Ich glaube nicht, dass sie den Gehstock nur als modisches Accessoire benutzt."

„Ja, da bin ich ganz deiner Meinung. Ich denke, sie scheint die Hilfe zu brauchen. Die Treppe im Belvedere hochzusteigen wäre schwierig für sie."

„Und dann ist da noch Blix", fügte ich hinzu und spielte des Teufels Advokat. „Sie ist wie Miss Brinkle. Beide sind spät angekommen und waren – soweit wir wissen – nicht hier, als die Falle gestellt wurde. Doch beide hätten früher ankommen, den Stein in die richtige Position bringen und dann den Anschein erwecken können, später angekommen zu sein, um sich aus dem Kreis der Verdächtigen auszuschließen."

Ein Diener kam mit einem gelben Cocktail auf einem Tablett und reichte ihn Miss Brinkle. Sie nahm das Glas, nippte daran und seufzte zufrieden. Ich musterte sie einen Moment lang. „Nein, das ist zu weit hergeholt. Ich kann mir nicht vorstellen, dass Miss Brinkle die Treppe des Belvedere hinaufsteigt oder den Stein genau so positioniert, dass er herunterfällt. Blix dagegen …"

Jasper nickte. „Sie scheint ziemlich fähig zu sein."

„Muss man sein, wenn man allein durch die Welt reist wie sie."

Als wir uns langsam auf den Baum zubewegten, sagte Jasper: „Ich hatte übrigens auch einen sehr arbeitsreichen Morgen."

„Ach nein?"

„Du klingst, als würdest du mir nicht glauben."

„Du musst zugeben, du bist generell kein Frühaufsteher." „Normalerweise nicht. Aber im Moment suche ich einen gewissen wertvollen Gegenstand – das motiviert eher, da die Zeit knapp wird."

„Ja, wir haben nur noch einen Tag, um Bankstons Wegbeschreibung zu diesem Brief zu finden. Was hast du gemacht?"

„Ich habe mich in Theo Culwells Zimmer umgesehen."

„Wirklich?"

„Schau nicht so geschockt. Du magst die Tochter eines Vikars sein, aber ich leide nicht unter denselben moralischen Hindernissen. Ich bin sehr unkonventionell aufgewachsen."

„Das ist keine Entschuldigung."

„Die Sicherheit der Nation schon."

Ich senkte meinen Kopf. „Ich weiß. Hast du irgendetwas gefunden?"

„Ja. Mr. Culwell trägt mehrere Empfehlungsschreiben bei sich. Die meisten von Geschäftsleuten in Amerika. Einschließlich eines von einem bekannten Namen in Kansas City – einem Mr. Row."

„Fälschungen?", fragte ich.

„Das könnte ich mir vorstellen. Mr. Culwell hat jedoch sicherlich nicht über seine Reisen gelogen. Er hat Bestellungen für seine Flugzeugkoffer von Leuten in Birmingham, Manchester und Yorkshire und einen Stapel Schecks dazu."

Jasper blieb stehen, während wir noch außer Hörweite der anderen waren. „Noch was – ich habe einen Blick in den Wäscheschrank geworfen, den Mr. Eggers als Dunkelkammer benutzt. Grigsby hat mir gesagt, dass das Personal angewiesen wurde, den Schrank nicht zu benutzen, während Mr. Eggers zu Gast ist. Etwas, das so streng verboten ist, schreit danach, untersucht zu werden."

„Da stimme ich dir voll und ganz zu. Und was hast du gefunden?"

„Alles, was man zum Entwickeln von Filmen braucht – Chemikalien, Trockengestelle, Zangen, flache Wannen. Alles, wie es sein sollte, bis auf eine Sache."

„Und die wäre?", fragte ich, als Francie Theo eine kleine Schachtel mit Baumschmuck reichte und auf die Leiter deutete. Ich konnte sehen, wie Theo schluckte, als er die Leiter betrachtete, bevor er ein paar Sprossen erklomm.

„Ein Rotlicht. So talentiert Mr. Eggers auch sein mag, ich bezweifle, dass er Fotos in völliger Dunkelheit entwickeln kann."

„Vielleicht ist die Lampe zerbrochen und er hat sie weggeworfen?"

„Dann hätte er um eine neue gebeten. Eine mit rotem Stoff überzogene Lampe vielleicht. Doch Grigsby hat mir gesagt, dass er niemanden um eine gebeten hat."

„Mr. Eggers ist also auch unter Vorspiegelung falscher Tatsachen hier? So viele Schurken auf einer einzigen Weihnachtsfeier."

Francies Stimme hallte durch den Raum, als sie rief: „Nicht da, Theo! Höher! Die müssen ganz nach oben."

Er nickte ruckartig und stieg die Leiter weiter hinauf.

Jasper nahm einen Haufen Lametta und fing an, ihn zu entwirren. Seine Stimme war leise genug, dass nur ich sie hören konnte, als er sagte: „Ich habe mich auch im Schlafzimmer von Mr. Eggers umgesehen."

„Wie fleißig von dir."

Jasper grinste. „Ich gebe mir Mühe." Dann wurde sein Gesicht ernst. „Mr. Eggers hat viele Fotos von Schneeflocken in seinem Zimmer – mehr, als er uns beim Abendessen gezeigt hat. Faszinierend und ziemlich schön. Sie wurden sicherlich nicht von einem Dilettanten aufgenommen, also bin ich mir bei ihm nicht sicher."

„Dann müssen wir auch über ihn mehr in Erfahrung bringen."

Jasper seufzte. „Ja. Es ist alles sehr interessant, und ich verstehe, dass du unbedingt herausfinden willst, wer der Mörder ist – ich bin auch daran interessiert, die Wahrheit darüber herauszufinden. Aber leider habe ich nichts gefunden, was einer Chiffre oder einem Code ähneln könnte, den Bankston an Culwell oder Eggers weitergegeben haben könnte, damit sie den Brief finden können, um ihn mitzunehmen."

„Theo!" Francies scharfe Stimme schnitt durch das Geplapper. „Nicht die Kiste kippen! Du wirst –"

Er riss seine Hand hoch, und die Leiter schaukelte bei seiner plötzlichen Bewegung. Theo, dessen Gesicht schneeweiß wurde, lehnte sich gegen die Leiter, und seine plötzliche Bewegung ließ sie noch mehr schwanken.

Die Kiste mit Bauchschmuck hing schief in seiner Hand, fast vergessen. Die mundgeblasenen Kugeln fielen in einer Kaskade herab, zersplitterten, als sie auf dem Steinboden aufschlugen, und winzige Glassplitter spritzten in alle Richtungen. Die Leiter schwankte und neigte sich, und Jasper sprintete auf sie zu.

KAPITEL ACHTZEHN

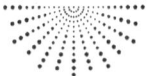

*J*asper, Mr. Sprigg und Tommy kamen gleichzeitig an der Leiter an und hielten sie fest. Oben auf der Leiter hatte Theo seine Arme um eine der Sprossen geschlungen und klammerte sich wie eine Napfschnecke an der Unterseite eines Schiffes. Er blieb so, den Kopf und die Schultern ein paar Sekunden lang eingezogen, bis Francie rief: „Geht's dir gut, Theo?"

Er hob den Kopf und entspannte seine Arme, dann begann er, langsam hinunterzuklettern. „Alles bestens", sagte er, doch seine Stimme zitterte eindeutig. Er stieg von der letzten Sprosse und strich seinen Mantel glatt. „Das mit dem Baumschmuck tut mir leid, Mrs. Searsby. Ich entschuldige mich. Dumm von mir, so unaufmerksam zu sein."

„Machen Sie sich keine Sorgen. Solange es Ihnen gut geht, brauchen Sie sich nicht zu entschuldigen. Obwohl Sie uns einen ziemlichen Schrecken eingejagt haben."

Er lachte, doch es klang gezwungen. „Ich habe mich auch erschrocken." Schweißtropfen perlten auf seiner Stirn. Sein Gesicht war immer noch blass, und ich dachte, er müsste sich wahrscheinlich hinsetzen, doch ein Dienstmädchen kam und fing an, die Glasscherben aufzufegen. Wir traten alle zurück, und Theo holte sein Taschentuch heraus und wischte sich die Stirn ab. Als der Boden gefegt war, sagte Mrs. Searsby: „Sieht wunderbar aus. Ich habe nach dem Tee geläutet, wenn also jemand die letzten Kugeln aufhängen möchte, können wir uns entspannen und unser Werk bewundern."

Jasper und ich trugen unseren Teil bei, hängten Kugeln auf und arrangierten funkelnde Girlanden. Mit dem Knistern des Feuers und dem Tannenduft, der die Eingangshalle erfüllte, war es eine festliche Szene.

Ein Dienstmädchen brachte Tee, und Mrs. Searsby erklärte: „Sieht entzückend aus! Danke an alle, die geholfen haben. Und jetzt ist Zeit für eine wohlverdiente Pause."

Francie betrachtete den Baum, den Kopf zur Seite geneigt. „Ach nein. Wir haben vergessen, den Stern oben anzubringen."

Theos Blick schoss zum Baum, zur Leiter und dann zu Francie auf eine Weise, die mich an eine Maus denken ließ, die einen Fluchtweg vor einer Katze berechnet. Francie, die mit gesenktem Kopf in einer Kiste wühlte, bemerkte es nicht. „Ah", sagte sie. „Hier ist er."

Mr. Sprigg trat auf sie zu. „Wenn ich meine Hilfe anbieten darf? Der junge Culwell hat heute genug von Leitern, glaube ich."

„Oh, danke, aber das dauert keine Minute, und ich habe heute noch lange nicht genug getan." Francie hatte bereits die Leiter ergriffen, während sie sprach, und bewegte sich mit geschickten Tritten die Sprossen hinauf. Sobald sie die oberen Sprossen erreicht hatte, hielt sie sich an einer Seite der Leiter fest, lehnte sich in Richtung Baum und platzierte den Stern auf der Spitze. Immer noch zum Baum hinübergelehnt rief sie: „Theo, ist er gerade?"

Er öffnete den Mund, um etwas zu sagen, doch es kam nur ein erstickter Laut heraus. Er räusperte sich. „Sieht perfekt aus."

„Gut." Sie kam die Leiter so schnell wieder herunter, wie sie sie hinaufgeklettert war. Neben mir atmete Theo zitternd aus, als Francies Füße wieder auf den Steinplatten standen.

Mrs. Searsby winkte jemandem zu, dass die Leiter entfernt werden sollte, und sagte dann zu den Lakaien: „Sie können jetzt die Geschenke hereinbringen." Sie goss den Tee ein und kam dann zu mir herüber. „Ich habe vergessen, vorhin zu erwähnen, dass Sie sich keine Gedanken über Geschenke machen müssen. Wir werden die Geschenke morgen nach unserem Weihnachtsdinner öffnen, doch weil so viele Leute in unserer kleinen Gesellschaft einander nicht kennen, stellen Mr. Searsby und ich Geschenke für eine Lotterie bereit."

„Oh wunderbar." Bei allem, was passiert war, hatte ich nicht einmal an Geschenke für die Gäste gedacht. „Danke. Das ist eine perfekte Lösung." Da Mr. und Mrs. Searsby Geschenke zur Auswahl bereitstellten, würden wir den Spaß haben, Geschenke zu öffnen, ohne uns Sorgen machen zu müssen, ein passendes Geschenk für Menschen zu finden, die wir nicht kannten.

Mehrere Lakaien kamen mit Körben voller Pakete, und Mrs. Searsby sagte: „Hier sind sie. Die Geschenke sind genau das Richtige für den letzten Schliff."

Während die Geschenke unter dem Baum arrangiert wurden, traf mich eine Erkenntnis. „Ein Weihnachtsgeschenk", murmelte ich.

„Haben Sie etwas gesagt, Miss Belgrave?"

Ich war in Gedanken versunken, doch Mrs. Searsbys Frage brachte mich zurück in die Gegenwart. „Nichts von Bedeutung." Ich begegnete Jaspers Blick. Er löste sich von Miss Brinkle, und ich zog ihn von der Menge weg. „Ein verpacktes Weihnachtsgeschenk wäre perfekt, um etwas zu verstecken, das bis Weihnachten niemand sehen soll."

Jasper wollte gerade einen Schluck von seinem Tee trinken, doch er hielt mit der Tasse auf halbem Weg zu seinen Lippen inne und drehte sich dann zu mir um, als auch ihm die Erkenntnis dämmerte. „Und in Bankstons Arbeitszimmer waren Geschenke."

„Ja! Sie waren das Einzige, das wir nicht untersucht haben." Er reichte sein Getränk einem vorbeigehenden Diener. „Das sollten wir besser gleich nachholen."

Wir entfernten uns von der Gruppe um den Weihnachtsbaum. Ich machte mich auf die Suche nach Mrs. Pickering, während Jasper nach Grigsby klingelte und ihn mit der Aufgabe betraute, herauszufinden, wer das Haus an dem Tag verlassen hatte, als Bankston nach London fuhr. Als Jasper wieder zu mir kam, hatte ich Mrs. Pickering davon überzeugt, dass wir Bankstons Arbeitszimmer noch einmal sehen mussten. Im Zimmer des Butlers war es sogar noch kälter als in der Eingangshalle. Ich verschränkte die Arme. „Kalt hier drin, aber ich wollte Mrs. Pickering nicht bitten, ein Feuer anzuzünden."

„Das war sicher besser so." Jasper zog ein Paar Handschuhe aus seiner Tasche. „Sie wollte uns nur ungern hereinlassen. Ah gut. Die Geschenke sind noch da."

Über dem leeren Kamin lagen die Geschenke auf dem Sims zu beiden Seiten der Searsby-Weihnachtskarte. Die Geschenke waren alle mit Namen beschriftet, von denen ich einige kannte, wie den von Ford. Nur eine Schachtel, ein kleines rotes Paket, das mit einem goldenen Band verschnürt war, hatte keinen Namen. Das Etikett darauf lautete: „Unter den Baum in der Eingangshalle legen".

Ich strich über das Etikett. „Ich wette, Bankston hätte das einem Diener übergeben und ihm gesagt, er solle es unter den Baum legen."

„Ja, es wäre überhaupt nicht mit ihm in Verbindung

gebracht worden. Wahrscheinlich wird Mrs. Pickering dafür sorgen, dass die anderen Geschenke verteilt werden", sagte Jasper, „und sie würde wahrscheinlich dasselbe mit diesem tun, es einfach unter den Baum legen, wie es das Etikett verlangt." Jasper balancierte es auf seiner behandschuhten Hand, als würde er es wiegen. „Vielleicht ein Buch. Willst du es öffnen, oder soll ich?"

„Hängt davon ab. Willst du versuchen, es wieder so einzupacken, als wäre es nie geöffnet worden, nachdem du gesehen hast, was drin ist?"

„Das ist die Idee."

„Dann solltest du es besser tun. Ich würde die Verpackung auf jeden Fall so zerreißen, dass wir sie nicht mehr benutzen können. Du weißt, dass Geduld nicht zu meinen Stärken gehört."

„Ich denke, es ist besser für mich, das nicht zu kommentieren", neckte er und ging dann zum Schreibtisch. „Du hast mich überzeugt. Ich werde es tun."

Er legte das Geschenk in die Mitte der Schreibunterlage und schaltete die Schreibtischlampe ein. Er zog die Handschuhe über seine Hände, setzte sich dann hin und untersuchte jede Seite, bevor er einen Brieföffner aus einer Schublade nahm. Vorsichtig löste er den Knoten, der die Schleife zusammenhielt. Ich sah ein paar Augenblicke über seine Schulter, dann sagte er: „Dein Atem hinter meinem Ohr ist zwar entzückend, aber er lenkt mich ein bisschen ab."

„Tut mir leid." Ich durchquerte den Raum und setzte mich in den Sessel. Ich ließ meinen Blick durch den Raum schweifen, während Jasper sich über den Schreibtisch beugte und winzige Bewegungen mit dem Brieföffner machte. Alles war so positioniert, wie wir es verlassen hatten – der Teppich in der Mitte des Raums, der Sessel schräg neben dem kleinen Beistelltisch, auf dem der Stapel Bücher lag. Ich strich mit meinen Händen an den

Armlehnen des Sessels auf und ab. Jasper legte den Brieföffner auf den Tisch und drehte das Paket. Ich bewegte
mich und seufzte und sah mich wieder nach etwas um,
womit ich mich beschäftigen konnte. Ich bemerkte ein
Stück Papier, das hinter dem kleinen Tisch hervorragte.
Irgendetwas musste von der Rückseite des Tisches gestoßen
und zwischen ihm und der Wand eingeklemmt worden
sein.

Ich beugte mich vor und benutzte die Spitze meines
Fingernagels, um es herauszuziehen. Es war kein einzelnes
Blatt Papier. Es war ein Magazin, das auf der Seite eines
Kreuzworträtsels aufgeschlagen war, jedes Quadrat mit
sauber geschriebenen Buchstaben gefüllt. Ich konnte mir
vorstellen, wie Bankston auf seinem Stuhl saß und das
Kreuzworträtsel durcharbeitete, während im Kamin ein
Feuer brannte. Ich zog den Ärmel meiner Strickjacke über
meine Hand und hob es auf. Ich ließ es auf meinen Schoß
fallen und mit dem Ärmel immer noch über meinen
Fingern drehte ich es unbeholfen auf die Titelseite.

Ich kannte den *New England Home Companion* nicht. „Ich
habe eine Zeitschrift gefunden, die hinter den kleinen Tisch
gerutscht war. Es muss eine der Zeitschriften sein, die die
Diener für Bankston aufgehoben haben. Eine Veröffentli-
chung aus Amerika. Wahrscheinlich hat das Magazin einer
der Gäste, die hier übernachtet haben, hier gelassen."

Jasper sah nicht auf. „Sehr wahrscheinlich."

Ich blätterte durch die Seiten, hielt dann inne und setzte
mich aufrecht hin, als eine Überschrift meine Aufmerksamkeit erregte. „Jasper, das musst du sehen."

„Ich bin im Moment ziemlich beschäftigt. Ha, endlich!
Ich hab's." Das rote Geschenkpapier löste sich und
enthüllte eine kleine Holzschatulle. „Eine Aufbewahrungs-
schatulle", sagte Jasper, als er die Klinge des Brieföffners
benutzte, um den Deckel anzuheben. „Leer ... aber da ist
etwas zusammengefaltet, das genau in den Deckel passt."

Eine Drehung des Brieföffners löste es. „Ein Papier." Er entfaltete es und drehte sich dann zu mir um, sein Gesicht leuchtete vor Zufriedenheit. „Es ist ein Kreuzworträtsel. Sieht so aus, als ob Bankston es selbst gemacht hat." Er raschelte mit dem Papier. „Es muss der Hinweis sein, der uns verrät, wo der Brief versteckt ist. Und was hast du eben gesagt?"

„Hör dir diese Überschrift an. ‚Der weltweit einzige Schneeflocken-Forscher.'"

Jasper runzelte die Stirn. „Ich verstehe, dass du deswegen ziemlich aus dem Häuschen bist, aber ich sehe nicht …"

„Es ist ein langer Artikel über einen Mann, der Schneeflocken mit einer Kamera und einem Mikroskop fotografiert – der einzige Mann auf der Welt, der das tut – und sein Name ist nicht Ambrose Eggers."

KAPITEL NEUNZEHN

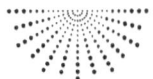

*I*ch hielt das Magazin so, dass Jasper die Schlagzeile über den Schneeflockenforscher sehen konnte, dann blätterte ich um und las, bis ich die Zeile fand, nach der ich suchte. „Da steht, dass der Forscher aus New England Wilson A. Bentley ist. Er ist Farmer in Vermont und fotografiert als Hobby Schneeflocken mit einem Mikroskop, das an einer Kamera befestigt ist. Und er sieht nicht aus wie Mr. Eggers. Er hat eine Halbglatze, aber die Haare sind dunkel, nicht hellbraun, und er hat schmale Augen mit flachen Brauen und einen extravagant dicken Schnurrbart." Ich stand auf. „Ich denke, wir müssen mit Mr. Eggers reden."

„Dem stimme ich zu." Jasper sammelte bereits das rote Geschenkpapier, die Holzschatulle und das Kreuzworträtsel ein. Es war klein genug, dass er alles in seine Manteltasche stecken konnte.

Ich hatte einen Hauch Widerwillen in Jaspers Stimme gehört und gesagt: „Ich kann mit Mr. Eggers allein reden, während du die Nachricht enträtseltest, die Bankston im Kreuzworträtsel verschlüsselt hat."

Er warf einen Blick auf seine Uhr. „Nein, vor dem

Abendessen reicht die Zeit nicht aus, um richtig daran zu arbeiten. Ich werde es später heute Abend in Angriff nehmen."

Wir fanden Mr. Eggers im Billardzimmer. Das Zimmer war mit Eichenholz in quadratischem Muster getäfelt. Schmale, rautenverglaste Fenster rahmten den Kamin zu beiden Seiten, wo sich das Flackern der orangefarbenen Flammen auf den Fliesen widerspiegelte. Mr. Eggers stand da, Queue in der Hand, über den Billardtisch in der Mitte des Raums gebeugt. Nachdem er seinen Stoß gemacht hatte, nahm Jasper einen Queue. „Lust auf ein Spiel?"

„Auf jeden Fall."

„Spielst du auch, Olive?"

„Nein, macht ihr nur. Ich werde mich hier drüben hinsetzen und dieses Magazin lesen."

Ich hatte den *New England Home Companion* in eine andere Zeitschrift gesteckt. Ich setzte mich auf einen der mit Chintz bezogenen Sessel am Feuer. Die Männer begannen ihr Spiel, und ich blätterte durch die Seiten. Als ich den Artikel zuvor gelesen hatte, hatte ich mich auf die Details über den Schneeflockenforscher und das Foto von ihm konzentriert, doch jetzt studierte ich die Bilder der Schneeflocken, die den Artikel zierten.

Einige waren sternförmig und stachelig mit vielen Facetten, während andere schlichter und eher rautenförmig aussahen. Obwohl sich einige der Formen ähnelten, war jede einzigartig. Auf einem schwarzen Hintergrund zeigten die Nahaufnahmen der einzelnen Flocken jede Facette der komplizierten Formen. Die Flocken wirkten nicht zart. Stattdessen sahen die komplexen Flocken aus, als wären sie aus Glas anstatt aus gefrorenem Wasser.

Für eine Weile waren die einzigen Geräusche das Knistern des Feuers, das Klicken, wenn die Billardkugeln gegeneinander stießen, und gelegentliche Bemerkungen wie „ausgezeichnet" und „guter Stoß".

Mr. Eggers nahm sich zwischen jedem seiner Stöße viel Zeit, ging mit seinen kleinen, exakten Schritten um den Tisch herum und studierte die Anordnung der Billardkugeln aus allen Blickwinkeln, bevor er bedächtig seine neue Position einnahm.

Während einer dieser übermäßig langen Vorbereitungsperioden, als Mr. Eggers auf und ab ging und seinen Stoß aus verschiedenen Winkeln ausprobierte, schielte Jasper, und ich musste ein Lachen mit einem Husten überspielen, was Mr. Eggers dazu veranlasste, seine Routine von vorn zu beginnen. Jasper warf mir einen gequälten Blick zu, und ich formte lautlos die Worte ‚selbst schuld' mit den Lippen.

Ich wartete, bis sich Mr. Eggers mit dem Ellbogen in der Luft und dem Queue auf dem Ball über den Tisch beugte, und sagte mit, wie ich hoffte, echter Überraschung: „Wie außergewöhnlich! In diesem Magazin gibt es einen Artikel über einen Mann, der Schneeflocken fotografiert – genau wie Sie, Mr. Eggers."

Sein Queue ruckelte über die Oberfläche des Billardtisches, bevor er die Kugel außermittig traf, wodurch sie in einem anderen als dem gewollten Winkel davonkullerte. Er schob seine Brille an der Nase empor, als er sich aufrichtete, und konzentrierte sich dann darauf, Ärmel und Manschette wieder zurechtzurücken. „Was Sie nicht sagen. Was für ein ungewöhnlicher Zufall."

Ich faltete die Seite zurück und zeigte ihm den Artikel. „Da steht, dieser Mann sei der einzige Mann auf der Welt, der Schneeflocken studiert."

Jasper verschränkte die Hände und stützte sich auf seinen Billardstock. „Eher seltsam, dass Sie auch ein so ungewöhnliches Thema studieren. Da wundert man sich." Jasper lächelte, als er die Worte sagte, doch ein Hauch von Zweifel lag darin.

Mr. Eggers hielt inne, seinen Queue auf den Boden gestützt, als sein Blick zwischen Jasper und mir hin und her wanderte. „Sicherlich können zwei Männer Schneeflocken studieren!" Er änderte seinen Griff um den Queue und hob ihn hoch, um weiterzuspielen. „Ich will nicht unhöflich sein, aber ich verstehe nicht, was Sie das angeht. Jetzt, wo waren wir ...?"

Ich beugte mich auf dem Stuhl vor. „Wir haben ein Interesse daran, darüber zu hören, Mr. Rimington und ich. Würden Sie es nicht lieber uns erklären als dem Inspector von Scotland Yard, wenn er nachher kommt, sobald die Straßen wieder befahrbar sind?"

Mr. Eggers war um den Tisch herumgegangen, um das Spiel aus einem anderen Blickwinkel zu betrachten, doch er blieb abrupt stehen. „Dass Yard einen Mann herschickt, ist nichts als Formsache. Mr. Searsby hat mir das selbst gesagt."

„Das mag Mr. Searsby zu den Gästen sagen, aber er hat uns beauftragt, bestimmte – nennen wir es *Unregelmäßigkeiten* – im Zusammenhang mit Bankstons Tod zu untersuchen."

„Was meinen Sie mit Unregelmäßigkeiten? Es war ein Unfall." „Vielleicht nicht", sagte Jasper. „Deshalb schickt Scotland Yard einen Mann hierher. Um zu klären, was genau passiert ist. Doch inzwischen ist ans Licht gekommen, dass Bankston die unangenehme Angewohnheit hatte, Gäste zu erpressen."

Ich tippte auf das Magazin. „Diese Zeitschrift hat Bankston gehört. Er hat das Kreuzworträtsel darin gelöst, also hat er höchstwahrscheinlich über den einzigen Schneeflockenforscher der Welt gelesen – der nicht Sie sind."

Jasper lehnte seine Hüfte gegen den Billardtisch, seine Arme verschränkt. „Und das ist gefährliches Wissen in den Händen eines Mannes, der dazu neigt, Geld von Gästen zu erpressen. Es könnte jemanden dazu bringen, etwas ziemlich Unüberlegtes zu tun ..."

Mr. Eggers blieb für einen Moment regungslos, doch er atmete schwer, seine Nasenflügel bebten bei jedem Atemzug. Dann legte er den Queue auf den Tisch und ging zur Tür. Ich dachte, er würde den Raum ohne ein weiteres Wort verlassen, doch er blickte den Korridor hinauf und hinunter und schloss dann leise die Tür. Als er sich mir gegenüber auf den zweiten Chintzsessel niederließ, nahm er seine Brille ab und putzte sie mit seinem Taschentuch. „Lassen Sie es mich erklären. Ich hoffe, das können wir unter uns behalten."

„Ich nehme an, das hängt davon ab, was Sie uns zu sagen haben", sagte ich.

„Ich denke, Sie werden ziemlich zufrieden sein und sehen, dass nichts, was ich sage, diesen Raum verlassen muss. Ich studiere keine Schneeflocken – das war eine kleine List –, doch ich *bin* Wissenschaftler."

„Was studieren Sie dann?", fragte ich.

„Schnecken."

„Schnecken?"

Mr. Eggers rückte erneut seine Brille zurecht und beugte sich vor. „Faszinierende Kreaturen. Die Bibliothek hier in Holly Hill Lodge hat mehrere wichtige Monographien von Archibald Virgil Potheroe." Mr. Eggers hielt inne. Er schien darauf zu warten, dass Jasper oder ich sagen: „Oh, ich verstehe."

Als wir schwiegen, fügte er hinzu: „Der berühmte Naturforscher. Sie haben nicht von ihm gehört?"

„Nein, leider nicht", sagte ich und warf Jasper einen Blick zu.

„Ich auch nicht."

„Das ist schade. Old Potheroe war einer der führenden Gelehrten auf diesem Gebiet. Seine Monographien – die hier in der Bibliothek – sind sehr selten. Extrem schwer zu finden. Ich muss sie sehen, um meine Forschung abzuschließen."

Jasper fragte: „Warum bitten Sie nicht einfach um diese Monographien?"

Mr. Eggers presste kurz die Lippen aufeinander. „Ich bin ein einfacher Mann. Mein Stammbaum ist nicht ganz so erhaben wie der anderer. Ich bewege mich nicht in den höchsten akademischen Kreisen, doch ich widme mich meinen Studien von ganzem Herzen. Ich hatte nicht die Verbindungen, um mich an Mr. und Mrs. Searsby zu wenden und um eine Einladung nach Holly Hill Lodge zu bitten." Er rückte seine Manschetten zurecht. „Ich habe es versucht. Zweimal! Ich habe Briefe geschrieben und jedes Mal dieselbe Antwort von einer von Mr. Searsbys Sekretärinnen bekommen. Meine Anfragen wurden abgelehnt. Die einzige Möglichkeit, diese Monographien zu sehen, bestand darin, mir etwas ganz anderes einfallen zu lassen, eine interessantere Anfrage."

Er deutete auf das Bleiglasfenster, wo sich Schnee in den Ecken des Fensterbretts auftürmte. „Schneeflocken sind viel ... *romantischer* als Schnecken. Jemand, der Schneeflocken studiert, weckt echtes Interesse und Neugier." Er warf seine Hände in die Höhe und zuckte mit den Schultern. „Das musste ich tun, um mich als Gast attraktiv zu machen. Ich hatte in einer Zeitung einen Artikel über diesen Mann in Neuengland gelesen, der Schneeflocken erforscht, also habe ich mir die Idee ausgeliehen."

„Und seine Schneeflockenfotos", bemerkte Jasper.

Mr. Eggers glättete sein Revers und fummelte an seinen Manschetten herum. „Nun ja. Ich habe diesen Zeitschriftenartikel gefunden, den Sie da haben, und die Fotos ausgeschnitten und auf Karton montiert. Es ist nicht ganz sauber, das gebe ich zu, aber ich musste ein paar Bilder haben, die ich zeigen konnte, falls jemand nach den Fotos fragt, aber ich versichere Ihnen, dass ich es nur getan habe, weil es keinen anderen Weg gab, an diese Monographien zu kommen."

„Sie sind also unter Vorspiegelung falscher Tatsachen hier, doch Ihr Motiv ist aufrichtig – wissenschaftliche Forschung", sagte Jasper.

„Ja, genau so ist es. Ich bin so froh, dass Sie es verstehen. Ich nehme die Informationen aus den Monographien handschriftlich auf und übertrage sie Wort für Wort. Meine kleine Lüge hatte nichts mit Bankston zu tun. Es ist eine Kleinigkeit. Eine Kleinigkeit. Nichts, womit man andere belästigen müsste."

„Vielleicht", sagte Jasper, und Mr. Eggers schien sich zu verspannen.

Ich legte die Zeitschrift auf den Tisch. „Da ist die Kleinigkeit von Bankstons Tod. Ist er auf Sie zugekommen und hat ein Schweigegeld dafür verlangt, dass Ihr Geheimnis geheim bleibt?"

„Nein, natürlich nicht! Die einzige Interaktion, die ich mit Bankston hatte, war, als er mich gefragt hat, welche Zeitung ich bevorzuge."

„Und das war alles?", fragte Jasper, Zweifel in seiner Stimme.

„Ich versichere Ihnen, das war das ganze Ausmaß unseres Gesprächs, wenn man es überhaupt so nennen kann. Es ist eine Schande, dass Bankston gestorben ist." Mr. Eggers nahm seine Brille ab, blinzelte auf die Gläser, während er sie ins Licht hielt, dann zückte er wieder sein Taschentuch und fuhr fort: „In der Blüte des Lebens, wie man so sagt. Er war ein ziemlich junger Mann, wissen Sie. Es ist immer schade, von jemandem so jungen zu hören, der gestorben ist." Mr. Eggers setzte seine Brille wieder auf, steckte das Taschentuch in eine Tasche und presste die Hände auf die Armlehnen des Sessels, um aufzustehen. „Wirklich, sehr taktlos von Ihnen, weiterhin zu unterstellen, dass meine Handlungen in irgendeiner Weise hinterhältig sind."

„Dann können Sie vielleicht noch eine Frage beantworten", sagte ich in versöhnlichem Ton, um seiner gereizten Stimmung entgegenzuwirken. „Nur, um meine Neugier zu befriedigen. Eine Kleinigkeit."

Er seufzte und entspannte seine Hände. „Ja?"

„Ihre Kamera und Ihr Mikroskop und die Notwendigkeit einer Dunkelkammer ..."

Er senkte den Kopf in gespielter Reue. „Ich gebe zu, das ist alles Show."

„Aber Sie sind auch nach draußen gegangen, um Fotos zu machen", sagte Jasper. „Ich habe gesehen, wie Sie das Haus am Tag meiner Ankunft verlassen haben. Sie haben Ihre Kamera und Ausrüstung dabei gehabt."

„Ich musste meine kleine Fiktion doch wahr wirken lassen. Ich habe gesagt, dass ich nach dem perfekten Ort suche, um meine Ausrüstung aufzubauen, sobald es schneit. Ich bin sicher, Sie verstehen das. In Wirklichkeit bin ich mit der Kamera gegangen, bis ich außer Sichtweite des Hauses war, dann habe ich im Garten in diesem geschützten Stück mit der hohen Hecke drumherum gewartet. Ich wollte eine gute Show liefern, verstehen Sie?"

„Sind Sie ins Dorf gegangen?", fragte ich.

„Nein", sagte er schnell. „In die andere Richtung. Ich bin durch die Glastüren ins Morgenzimmer zurückgekehrt. Es war einfach, meine Ausrüstung unbemerkt in meinem Zimmer zu verstauen und dann in die Bibliothek zu gehen, um weiter die Monographien zu kopieren, ohne dass es jemand sah. Es gibt mehrere nette kleine Nischen in der Bibliothek. Ich kann stundenlang arbeiten, ohne dass mich jemand bemerkt."

„Haben Sie jemanden gesehen, als Sie draußen waren?"

„Keine Menschenseele. Der Garten war völlig verlassen", sagte er immer noch schnell. „Nun, ich hoffe, ich habe alle Zweifel ausgeräumt, die Sie hatten?" Er wartete nicht auf eine Antwort.

Jasper und ich saßen schweigend da, bis er den Raum

verlassen hatte. Jasper folgte Mr. Eggers zur Tür, vergewisserte sich, dass er tatsächlich weg war, und schloss die Tür dann wieder. „Nun, was denkst du?"

„Ich bin mir nicht sicher. Seine Geschichte könnte wahr sein, doch ich habe das Gefühl, dass er nicht mit allem ganz ehrlich war."

„Ich nehme an, das erste, was wir tun müssen, ist nachzusehen, ob es in der Bibliothek Monographien von diesem Schneckenexperten gibt – wie war sein Name nochmal?"

„Archibald Virgil Potheroe." Ich strich meinen Rock glatt, als ich aufstand. „Dann lass uns gleich gehen. Wir haben gerade noch Zeit, das vor dem Abendessen zu erledigen."

Jasper und ich gingen direkt vom Billardraum in die Bibliothek. Ich holte Luft, als ich die Steinmauern und die hohen Gewölbedecken und die Fenster mit dem gotischen Maßwerk betrachtete. „Fühlt sich eher wie eine Kirche als wie eine Bibliothek an."

„In der Tat. Ein Tempel des Lernens. Es scheint, dass einige Elisabethaner das Sammeln von Büchern ziemlich ernst genommen haben."

Anstelle von Kirchenbänken standen zu beiden Seiten des Raums Bücherregale, die einen Gang bildeten. Oben auf den Regalen standen zarte Vasen, und Marmorbüsten auf Sockeln waren an den Wänden rings um den Raum platziert. Am anderen Ende der länglichen Bibliothek leuchteten drei große Bleiglasfenster hoch oben an der Wand, in denen das Sonnenlicht vom Schnee reflektiert wurde. Unter den Fenstern führten drei Glastüren auf die schneebedeckte Terrasse. Mehrere Tische und ein paar bequeme Stühle waren am Ende des Raums in der Nähe der Glastüren und Fenster aufgestellt. Eine Wendeltreppe in einer Ecke des Raums führte zu einer ebenfalls mit Bücher-regalen gefüllten Galerie, die die drei fensterlosen Wände säumte. „Was für ein entzückender Raum. Es kann eine Weile dauern, diese Monographien über Schnecken zu finden, doch ich werde es genießen, danach zu suchen."

„Wenn es dir nichts ausmacht, nehme ich mir einen Moment Zeit und schreibe das Kreuzworträtsel ab, das im Geschenk war. Ich werde mich besser fühlen, sobald ich ein Duplikat habe. Ich bin sicher, dass ich hier etwas zum Schreiben finden kann."

„Natürlich. Ich werde anfangen, nach den Monogra-phien zu suchen." Ich ging zur ersten Regalreihe.

„Sag mir Bescheid, wenn du irgendwelche Kriminalro-mane findest", sagte Jasper über seine Schulter, als er den Gang entlang zu den Tischen unter den Fenstern ging.

„Das werde ich, doch die Bücher sehen alle ziemlich alt aus. Ich bezweifle, dass sie hier Schocker oder Detektivge-schichten haben werden." Die Bücher waren nach Themen sortiert. Das fand ich heraus, als ich die Abteilung durch-sah, die der Belletristik gewidmet war. Von dort ging ich weiter und fand Bücherregale mit Gedichten. Auf der anderen Seite des Ganges enthielten die Regale Bücher über Geographie, Geschichte und Reisen. „Noch nichts Natur-wissenschaftliches", sagte ich. Zwischen den Glastüren waren Bücherregale angeordnet, und als ich sie untersu-chen wollte, kam ich an Jaspers Tisch vorbei. „Wie läuft das Abschreiben?"

„Fast geschafft." Er hielt seine Skizze des leeren Kreuz-worträtsels hoch. Darunter hatte er auch die Hinweise in seiner sauberen Handschrift abgeschrieben.

„Glaubst du, die Antwort steckt in den Hinweisen oder im Kreuzworträtsel selbst?"

„Da Bankston Kreuzworträtsel so sehr mochte, vermute ich, dass beides involviert sein könnte." Er faltete das Original zusammen und steckte es in seine Tasche, dann legte er seine Kopie mittig vor sich auf den Schreibtisch. Er nahm wieder seinen Bleistift. „Lass es uns versuchen."

„Gut, was ist der erste Hinweis?" Die Bücher neben den Glastüren waren Enzyklopädien und andere Nachschlagewerke, aber nichts, was sich mit Schnecken beschäftigte.

Jasper sagte: „Die Tochter eines Vikars sollte mir dabei helfen können. Erster Hinweis: ‚Engelsgruß'. Fünf Buchstaben."

Ich blieb stehen, meine Hand auf dem Geländer der Wendeltreppe. „Einfach – ‚horch'."

„Glaube ich auch", sagte Jasper, „aber ich werde es mit Bleistift schreiben."

Die ersten Bücher, die ich mir in der Galerie ansah, waren Biographien. Jaspers rief: „Zweiter Hinweis, ein weiterer religiöser, ‚Handlung von Gläubigen'."

„Könnte ‚Gebet' sein." „Nein, sieben Buchstaben."

„Dann kann es auch nicht ‚Geben' sein. Was ist mit ‚Teilen'?"

„Nein. Das passt auch nicht."

Ich ging zum nächsten Regal. „Ziemlich eigenartig, dass Bankston mehrere religiöse Hinweise hat. Es scheint nicht die Art von Thema zu sein, an dem er interessiert wäre."

„In der Tat", sagte Jasper. „Lass uns darauf zurückkommen. Dritter Hinweis. ‚Eine Triade von Potentaten folgte ihm.'" Er trommelte mit seinem Bleistift auf den Tisch. „Hmm … ‚Gesetz' hat nicht die richtige Anzahl von Buchstaben"

„Aber Könige machen Gesetze, Sie befolgen sie nicht", sagte ich und ging dann zum Geländer, als mir ein Gedanke kam. „Es ist ‚Stern'. Die drei Könige folgten dem Stern."

„Natürlich. Sehr gut."

„Das Kreuzworträtsel hat ein Thema. Es geht um Weihnachtslieder – *Kings of Orient*' und *Hark the Herald Angels Sing*'."

177

„Bei George, du hast recht! Dann wäre ‚Handlung der Gläubigen' … ja, ‚anbeten', wie in ‚*Oh Come let us Adore Him*'", sagte Jasper und schrieb die Antwort in die dafür vorgesehenen Felder. „Nächster Hinweis: ‚Glück im Überfluss'. Das wäre ‚Wonne'. Und ‚ruhiger Abend' wäre ‚Stille Nacht'. Ja, das passt."

Ich ging zurück zu den Regalen. „Da ist es, eine ganze Wand aus Büchern über die Natur."

„Was ist mit diesem Hinweis?", sagte Jasper. „‚Klare Zwölf?'"

„Ich weiß nicht – warte, was ist mit ‚*It Came Upon the Midnight Clear*'? Passt eines der Worte?"

„Ja, Mitternacht passt."

Ich ging an der Wand entlang und suchte in den Regalen nach dem Namen Potheroe, fand ihn jedoch nicht. „Du machst viel bessere Fortschritte als ich. Ich fange an, ernsthafte Zweifel an Mr. Eggers Geschichte zu haben. Ich sehe hier nichts von Potheroe."

„Vielleicht hat Mr. Eggers die Bücher mit auf sein Zimmer genommen."

„Das hat er aber nicht gesagt. Er hat gesagt, er kopiert sie in der Bibliothek." Ich zog mehrere Hefte heraus, die so dünn waren, dass kein Titel auf die Buchrücken gedruckt worden war. Ich öffnete das erste auf der Titelseite. „Oh, ich nehme zurück, was ich gerade gesagt habe. Ich habe eins gefunden, *Eine Studie über Hygromiidae*. Und … ja, es gibt noch ein paar andere Bücher von Potheroe – alle zum Thema Schnecken. Nun, das wird mich lehren, zu zweifeln."

„Ich bin auch fast fertig. Nur noch ein paar …"

„Es sieht so aus, als wären die Bücher kürzlich aus dem Regal genommen und gelesen worden. Sie sind nicht annähernd so staubig wie die Bücher um sie herum."

Ich stellte sie zurück und ging die Treppe hinunter. „Es scheint, als hätte Mr. Eggers die Wahrheit gesagt – zumindest was die Monographien betrifft. Und da obskure Monographien über eine bestimmte Schneckenart nicht allgemein bekannt sind, bezweifle ich, dass er auf den Namen Potheroe gekommen wäre, wenn er die Bücher nicht wirklich abgeschrieben hätte."

„Ja, ziemlich erstaunlich, nicht wahr?" Der Abendessensgong ertönte und zeigte an, dass es Zeit war, sich für das Abendessen umzuziehen. Jasper legte den Bleistift weg. „Perfekt. Erster Schritt geschafft, und das auch noch rechtzeitig vor dem Dinner."

KAPITEL ZWANZIG

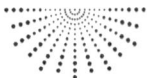

*A*n diesem Abend kam ich als Letzte in den Salon. Ich hatte mich gefragt, ob Jasper sich entschuldigen und in seinem Zimmer bleiben würde, damit er daran arbeiten konnte, Bankstons Nachricht im Kreuzworträtsel zu entschlüsseln, doch er war bereits im Salon. Er stand neben dem Feuer und sprach mit Theo, der mit dem Rücken zu mir stand.

„Guten Abend, Jasper", sagte ich, während ich näherkam. „Theo ..." Ich brach ab, als ich seinen Gesichtsausdruck sah. Mit gesenktem Kopf und eingezogenem Kinn konzentrierte sich sein intensiver Blick auf Jasper. Theo erinnerte mich an eine Zeichnung, die ich von einem wütenden Bullen gesehen hatte, der sich darauf vorbereitete, einen Matador anzugreifen. Es war eine solche Veränderung gegenüber dem üblichen Verhalten des umgänglichen, fröhlichen jungen Mannes, dass ich schockiert verstummte.

Jasper sagte: „Ich habe Theo gerade gefragt, wie seine nicht existierende Firma Flugzeugkoffer herstellen wird."

Theo neigte seinen Kopf von einer Seite zur anderen und erinnerte mich mehr denn je an ein gefährliches Tier, das kurz davor steht, sich auf sein Opfer zu stürzen. „Sie müssen da etwas falsch verstanden haben. Lassen Sie mich das richtigstellen. Culwell Luggage ist ein gutes, starkes Unternehmen. Ich weiß nicht, mit wem Sie gesprochen haben, aber ..."

„Die Informationen stammen von Bankston", sagte ich.

Der Name des Butlers ließ ihn verstummen. „Bankston? Der Butler, der aus dem Aussichtsturm gestürzt ist?"

„Ja, das stimmt", sagte ich. „Bankston wusste, dass es Culwell Luggage nicht gibt."

Theos Hals und Gesicht nahmen eine rote Färbung an, als er eine Karte aus seiner Westentasche zog und sie mir entgegen streckte. „Sehen Sie?" Er zeigte auf die Karte. „Culwell Luggage. Hauptsitz Kansas City."

„Doch der Rotary Club in Kansas City hat noch nie etwas von Culwell Luggage gehört", sagte ich.

„Der Rotary –? Was meinen Sie?"

„Der Kansas City Rotary Club", sagte Jasper. „Bankston hat ihn kontaktiert, um sich nach Ihnen zu erkundigen. Er wusste von Ihrer Täuschung."

„Haben Sie Ihn bezahlt?", fragte ich. „Der Betrag war zweihundert Pfund, glaube ich."

Theo hob abrupt den Kopf. „Einen Butler bezahlen? Sie haben sie doch nicht mehr alle –"

„Was?", sagte ich.

„Ich meine, Sie irren sich. Sie liegen ganz falsch, Olive. Vollkommen falsch. Bankston wollte kein Geld von mir. Er wollte gar nichts von mir."

„Oh doch", beharrte ich.

Jasper fügte hinzu: „Und wir haben schriftliche Beweise dafür."

„Sie sprechen von Erpressung, aber Sie können keinen Beweis dafür haben, dass der Butler mich erpresst hat, weil es nicht passiert ist."

„Dann scheinen wir in eine Sackgasse geraten zu sein",

sagte ich. „Und wir werden keine andere Wahl haben, als dem Detective von Scotland Yard von Bankstons Zweifel an der Existenz von Culwell Luggage zu erzählen", fügte Jasper hinzu.

Die Röte verschwand aus Theos Gesicht. „Aber das meinen Sie nicht ernst. Ich meine, ich habe gehört …"

„Dass es eine Formalität ist?" Ich klopfte mit der Karte auf meine Handfläche und schüttelte den Kopf. „Ich fürchte nein."

„Scotland Yard wird kommen, um Bankstons Tod zu untersuchen", sagte Jasper. „Olive und ich stellen im Namen von Mr. und Mrs. Searsby ein paar Nachforschungen an. Wir haben vor, alles zu klären, bevor die Ermittler eintreffen."

Theo trat zurück und wischte sich mit der Hand über den Mund, dann tat er näher. Mit kaum mehr als einem Flüstern sagte er: „Schauen Sie, ich gebe zu, mein Geschäft ist – äh – in der Anfangsphase, aber das hat nichts mit Bankston zu tun."

Ich sah Jasper an. Er machte eine unauffällige Bewegung mit seinem Cocktail und hob seine Augenbrauen ein wenig, was ich so interpretierte, dass er sich nicht sicher war, ob er Theo glaubte. Ich war auch nicht überzeugt. Ich sagte: „Erzählen Sie uns davon, Theo – es sei denn, Sie wollen es lieber Scotland Yard erklären."

Theo trank einen Schluck von seinem Sidecar, während er sich schnell umsah. „Wenn ich mit Ihnen rede, werden Sie schweigen? Es besteht keine Notwendigkeit, mit der Polizei zu reden – oder dass die Searsbys etwas davon erfahren?"

„Das hängt davon ab, was Sie zu sagen haben", sagte ich.

Theo trank den Rest seines Drinks aus und stellte dann das leere Glas auf den Kaminsims. „Lassen Sie uns da rüber gehen." Er ging durch den Raum in eine entfernte Ecke.

Jasper und ich folgten ihm und bezogen rechts und links von ihm Position, sodass es so aussah, als würden wir alle das lebensgroße Ölportrait eines Generals bewundern.

„Es ist so. Ich habe eine Fabrik eingerichtet, um die Koffer herzustellen." Theo legte seine Hand auf seine Brust. „Ich schwöre es. Sie ist in London, Stanislow Manufacturing. Sobald ich zweihundert Bestellungen habe, werden sie die Koffer herstellen und versenden. Es ist alles vollkommen legitim."

„Warum dann die Täuschung über den Firmensitz in Kansas City?", fragte ich.

„Niemand will in eine Firma investieren, die keine Erfolge vorweisen kann." Theos Blick wanderte von mir weg. „Ich gebe zu, Culwell Luggage existiert nicht – nicht offiziell, auf dem Papier. Aber es existiert." Er tippte an sein Revers. „*Ich* bin Culwell Luggage. Mein Wort ist gut. Ich kenne mich aus – zumindest was Gepäck angeht. Ich habe zwei Jahre bei der Firma Anderson Fine Luggage and Trunks gearbeitet. Ich kenne Qualitätsgepäck. Ich habe ihnen meine Idee für Flugzeugkoffer vorgetragen, doch sie wollten sie nicht, also habe ich mich selbstständig gemacht. Ich hatte etwas gespart und habe damit die Musterkoffer anfertigen lassen. Seit ich in England angekommen bin, nehme ich Bestellungen entgegen. Noch ein paar Monate, und ich sollte genug haben, um mit der Produktion zu beginnen. Ich habe meinen Kunden die besten Flugzeugkoffer versprochen, und die bekommen sie auch. Ich brauche nur etwas mehr Kapital, um das Geschäft auf die Beine zu stellen."

„Und es ist einfacher, Menschen in einem fremden Land zu täuschen", sagte Jasper. „Es ist schwierig, ein Unternehmen zu überprüfen, das auf der anderen Seite des großen Teichs ansässig ist."

Francies kehliges Lachen schwebte durch den Raum, und Theo schloss für einen Moment die Augen. „Ich bin hergekommen, um mir einen Kundenstamm aufzubauen. Ich bin legitim. Ich bin kein Betrüger."

„Und Bankston?", fragte ich.

Theo schüttelte mit weit aufgerissenen Augen den Kopf. „Ich weiß nichts über ihn. Er hat die ganze Zeit, in der ich hier war, vielleicht fünf Worte zu mir gesagt. Ehrlich!"

Francie schloss sich unserer Gruppe an. „Warum verkriecht ihr euch denn hier in der Ecke? Was ist so faszinierend am Porträt des alten General Yardley?" Sie hakte sich bei Theo unter und zog ihn zurück zu den anderen Gästen.

Über seine Schulter warf er uns einen flehenden Blick zu, dann drehte er sich um und wandte Francie den Kopf zu, um zu hören, was sie sagte.

Jasper sagte: „Es ist schwierig, Theo allein zu erwischen. Er und Francie sind unzertrennlich, und als ich ihn heute Abend allein dastehen gesehen habe, habe ich entschieden, ihn anzusprechen. Was denkst du? Ist der junge Mr. Culwell ein ehrlicher Geschäftsmann? Er schien sicherlich überrascht zu sein, als wir Erpressung erwähnt haben."

„Aber war es, weil er nichts davon wusste, oder war er überrascht, dass *wir* davon wussten?"

Ford betrat den Raum, und nach einem Nicken von Mrs. Searsby, gab er bekannt, dass das Abendessen serviert war.

„Ich habe Neuigkeiten von Grigsby, doch das muss bis nach dem Abendessen warten", sagte Jasper, als wir das Esszimmer betraten.

Ich saß wieder zwischen Jasper und Mr. Sprigg. Jasper und ich sprachen während des Abendessens nicht über Erpressung oder verschlüsselte Nachrichten. Stattdessen erzählte Jasper mir von einem Theaterstück, das er kürzlich gesehen hatte – nicht mit Miss Ravenna –, und dann sprachen wir über einen neuen Krimi, den wir beide gelesen hatten.

Ich wandte mich während des Fischgangs Mr. Sprigg

zu. „Ich glaube, ich bin auf dem Rückweg aus dem Dorf an Ihrem Haus vorbeigekommen. Es ist bezaubernd."

„Danke. Ich selbst mag das alte Haus sehr."

„Haben Sie schon immer dort gewohnt?"

„Nein. Ich habe es letztes Jahr gekauft, für einen Spottpreis. Das Äußere ist in gutem Zustand, Gott sei Dank. Aber das Innere" – er schüttelte den Kopf – „schrecklich, schrecklich. Ich habe Zimmerleute beauftragt, den Boden zu reparieren. Die Situation war viel schlimmer, als wir erwartet hatten. Tatsächlich musste ich deswegen am Samstag auf die Chorprobe verzichten."

„Chorprobe? Ich wusste nicht, dass Sie ein Sänger sind, Mr. Sprigg."

„Bin ich auch nicht. Ich bin der Organist." Er lachte über meinen Gesichtsausdruck. „Ich sehe, dass ich Sie überrascht habe."

„Es ist nur so, als wären Sie …"

„Eher vom Typ Landjunker, der mit Hund und Schiebermütze jagen geht?"

Ich lächelte ihn an. „Genau. Sie scheinen mir jemand zu sein, der die Natur genießt."

„Ich gehe auf jeden Fall gerne jagen, doch ich bin auch musikalisch – nur ein bisschen, das versichere ich Ihnen. Der Vikar hat jemanden gebraucht, der mit anpackt, und" – er beugte sich zu mir vor und sagte mit gedämpfter Stimme – „seine Frau ist ziemlich hartnäckig." Er wedelte mit seinem Messer. „Da habe ich aufgegeben. Ich habe entschieden, dass es auf lange Sicht viel einfacher ist, mitzumachen, als ihr aus dem Weg zu gehen."

„Klingt nach einer weisen Entscheidung."

„Furchteinflößende Frau. Man sollte es sich auf jeden Fall nicht mit ihr verscherzen." Er richtete sich auf und sprach mit normaler Lautstärke weiter: „Ja, ich hatte auf einen flotten Spaziergang in der Winterluft vor dem Schnee gehofft, aber das war nicht möglich. Die Handwerker haben viel länger gebraucht als ich erwartet hatte. Kaufen Sie niemals ein altes Haus, Miss Belgrave, es sei denn, Sie haben reichlich Geld."

Nach dem Abendessen gingen wir nicht in den Salon, sondern in die Eingangshalle und versammelten uns vor dem Kamin, in dem der Weihnachtsscheit brannte. Solange man sich in der Nähe aufhielt, war es angenehm warm. Die Männer schlossen sich uns an, und Jasper und ich verbrachten einige Zeit damit, uns mit den anderen Gästen zu unterhalten, während Theo und Francie sich in eine Ecke zurückgezogen hatten, um eine Partie Schach zu spielen. Als der Kaffeewagen hereingebracht wurde, reichte Jasper mir eine Tasse, nahm dann selbst eine und nickte zu zwei Sesseln am wärmenden Feuer.

Auf dem Tisch zwischen uns stand eine Schachtel mit einem Puzzle. Ich stellte meine Kaffeetasse ab. „Vielleicht sollten wir es versuchen, während du mir deine anderen Neuigkeiten erzählst." Das Puzzle war eine Weihnachtsszene, eine verschneite Waldlandschaft mit einer Familie, die den Weihnachtsscheit nach Hause brachte.

„Ja, lass uns das tun."

Ich leerte die Schachtel aus, während Jasper sagte: „Grigsby konnte die Bewegungen mehrerer Gäste am Samstag, dem Tag vor dem ersten Schneesturm, dokumentieren."

„Das war schnelle Arbeit."

„Grigsby ist nicht jemand, der Zeit mit Schwatzen vertrödelt. Er hat bestätigt, dass Mr. und Mrs. Searsby beide die ganze Zeit im Haus waren. Mrs. Searsby war morgens bei der Haushälterin, dann waren sie und Francie nachmittags zusammen und gingen den Weihnachtsschmuck durch. Mr. Searsby war in seinem Arbeitszimmer eingeschlossen. Er war den ganzen Tag mit seiner Sekretärin dort."

„Und es gibt keinen Ausgang aus diesem Raum?"

„Nein, keinen. Nun zu den anderen Gästen. Mr. Sprigg hat seinen Diener mitgebracht. Er sagt, Mr. Sprigg war den ganzen Tag zu Hause."

„Das bestätigt, was Mr. Sprigg mir beim Abendessen gesagt hat. Er sagte, er habe Zimmerleute beauftragt, an seinem Haus zu arbeiten, und dass die Arbeit so lange gedauert habe, dass er die Chorprobe verpasst hat."

Jasper blickte vom Sortieren der Puzzleteile auf, seine Miene überrascht.

„Er ist Organist und hat offenbar Todesangst vor der Frau des Vikars."

„Das erklärt viel."

Ich verschob Puzzleteile und suchte nach den Randstücken. „Irgendwelche Neuigkeiten über den Rest der Gesellschaft?"

„Oh ja. Ich habe dir noch Unmengen zu erzählen. Mr. Eggers ist mit seiner Kamera nach dem Mittagessen ausgegangen und wurde bis zur Teezeit nicht wieder gesehen. Er hat einem der Zimmermädchen gesagt, er sei unterwegs, um nach Orten zu suchen, an denen er Fotos machen kann, falls es zu schneien anfängt."

„Das stimmt mit dem überein, was er uns erzählt hat, doch es bedeutet auch, dass er im Grunde kein Alibi hat."

Jasper stellte den Deckel der Schachtel auf, damit wir das Bild des Puzzles sehen konnten. „Theo und Francie sind nach dem Mittagessen reiten gegangen."

„Ich frage mich, ob sie Mr. Eggers gesehen haben?"

„Francie sagt nein. Ich habe sie heute Abend beim Essen danach gefragt. Sie sagt, sie und Theo hätten niemanden gesehen und sind auch nicht in der Nähe des Belvedere gewesen."

Francie und Theo saßen sich immer noch gegenüber, doch sie hatten das Schachspiel aufgegeben. Sie hatten das Brett beiseitegeschoben, und Theo skizzierte etwas in ein Notizbuch, das er aus seiner Tasche genommen hatte. Nach ein paar Augenblicken nahm Francie ihm den Bleistift ab und bearbeitete die Zeichnung selbst.

„Theo scheint zu seiner liebenswürdigen und stets bemühten Art zurückgekehrt zu sein", sagte ich. „Ich nehme an, es ist möglich, dass Bankston sich noch nicht mit einer Erpressungsforderung an Theo gewandt hatte. Vielleicht hat er vorgehabt, es später zu tun."

„Ja, aber es gibt eine kleine Information, die ziemlich verdächtig ist. Theo hat um einen Hammer gebeten."

Ich hörte auf, nach den Randstücken zu suchen. „Einen Hammer? Das ist eine eher ungewöhnliche Bitte für einen Gast in einem Landhaus. Wofür wollte er denn einen Hammer?"

„Laut Grigsby war Theos Erklärung, dass er ein paar Nägel reparieren musste, die sich aus seinen Musterkoffern gelöst hatten. Er sagt, er hat am Samstag in seinem Zimmer gearbeitet, die Koffer repariert und Briefe geschrieben, bis er und Francie reiten gegangen sind."

„Das könnte der Wahrheit entsprechen."

„Ja. Den Hammer hat er jedoch erst am nächsten Morgen zurückgegeben. Wenn er ihn mitgenommen hätte, als er und Francie reiten gegangen sind, hätte er ihn leicht benutzen können, um die Bretter oben im Belvedere festzunageln."

„Aber hast du bemerkt, wie verängstigt er gewesen ist, als er auf der Leiter stand?", fragte ich.

„Er sah sehr erschüttert aus."

„Als er herunterkam, hatte er Schweißperlen auf der Stirn, und seine Hände haben gezittert. Und sein Gesicht, als Francie gefragt hat, ob er nochmal hochgehen würde! Ich dachte, er würde jeden Moment ohnmächtig werden."

„Du glaubst also, dass er wegen seiner Höhenangst nicht die Falle für Bankston im Aussichtsturm hätte stellen können?"

„Ich denke, wenn Theo Bankston hätte beseitigen

wollen, hätte er eine andere Methode gewählt, bei der er sich nicht mehrere Meter über dem Boden aus einem Steinturm hätte lehnen müssen."

Jasper trank einen Schluck von seinem Kaffee und betrachtete das Paar. „Natürlich hatte Francie keine Probleme mit der Leiter. Sie scheint schwindelfrei zu sein."

Ich entdeckte zwei Teile, die zusammenpassten, und fügte sie aneinander. „Das ist sie, aber würde sie jemandem helfen, den Butler ihres Elternhauses zu töten?"

„Menschen haben aus Liebe schon seltsamere Dinge getan."

„Ja, aber ihre Romanze scheint ziemlich schnell voranzuschreiten, denkst du nicht? Sie kennen sich erst seit ein paar Tagen. Würde sie so schnell so etwas tun?"

„Ich kenne sie nicht gut genug, um das zu sagen." Jasper nippte erneut an seinem Kaffee und wandte sich dann wieder dem Puzzle zu. „Ich weiß, dass Francie ziemlich verbissen war, als wir an dem Abend, an dem du angekommen bist, Karten gespielt haben. Es gab kein Herumalbern mit ihr. Mal sehen, von wem hat Grigsby noch etwas erfahren? Ach ja, Madge und Tommy. Sie hatten zwei lange Trainingseinheiten in der Tennishalle. Eine morgens und die andere nach dem Mittagessen. Niemand kann bestätigen, dass sie den ganzen Tag dort waren."

„Also könnten sie sich rausgeschlichen haben." Wir schoben die Puzzleteile ein paar Augenblicke lang hin und her, dann sagte ich: „Das gilt also für alle."

„Nicht wirklich." Jasper verglich den Grünton auf einem Puzzleteil, das er hielt, mit ein paar Randteilen, die ich zusammengefügt hatte.

„Aber wir waren uns bereits einig, dass Miss Brinkle zu gebrechlich ist, um die Treppe zu bewältigen. Und außerdem waren weder sie noch Blix zu dieser Zeit hier."

„Das ist bei Miss Brinkle der Fall. Ihr Dienstmädchen sagt, sie wohne fast siebzig Meilen entfernt. Am Samstag war sie zu Hause. Sie ist am nächsten Tag mit dem Zug angereist und vor dem Mittagessen angekommen." Jasper warf das Puzzleteil weg und nahm ein anderes. „Blix dagegen war am Tag vor Bankstons Tod noch nicht in der Holly Hill Lodge angekommen, aber sie war schon im Dorf."

Ich hörte auf, nach dem passenden Puzzleteil zu suchen, das ich in der Hand hielt. „Blix war in Chipping Bascomb?"

„Ja. Sie hat ihre frühere Schulleiterin besucht, eine Mrs. Cox, die in einem charmanten Cottage im Tudor-Stil abseits des Dorfplatzes lebt. Blix ist am Samstag angekommen und hat eine Nacht in Mrs. Cox' Cottage verbracht, bevor sie hierhergekommen ist."

„Aber sie hat uns gesagt, dass sie aus Birmingham kommt."

„Es scheint seltsam, darüber zu lügen", sagte Jasper. „Vor allem, da sie nicht versucht hat, geheim zu halten, dass sie im Dorf war. Das Zimmermädchen von Mrs. Cox ist die Schwester eines der Dienstmädchen hier und hat Grigsby davon erzählt."

„Hmm." Blix unterhielt sich mit Mr. Sprigg und Mrs. Searsby, und ihr helles Haar glänzte im Schein des Feuers. „Sie hat mich vollkommen zum Narren gehalten. Ich habe ihr geglaubt, als sie gesagt hat, dass sie aus Birmingham kommt. Aber warte einen Moment – Blix kann nichts davon gewusst haben, dass Bankston nach London gegangen ist, wenn sie in einem Cottage im Dorf über-nachtet hat."

„Doch, das ist schon möglich", sagte Jasper. „Mrs. Searsby hat einen Mince Pie zu Mrs. Cox bringen lassen. Der Diener, der ihn geliefert hat, hat die Nachricht über Bankstons Reise nach London an den Koch weitergegeben, der es dem Zimmermädchen erzählt hat, das wiederum Mrs. Cox und Blix davon erzählt hat."

Gedankenverloren drehte ich ein Puzzleteil zwischen

meinen Fingern hin und her. „Aber Blix? Wir haben in Bankstons Notizen nichts über sie gefunden."

„Das stimmt. Aber man weiß nie. Vielleicht hatte er etwas herausgefunden, es aber nicht aufgeschrieben."

Ich drehte das Puzzleteil schneller. „Also, lass uns sehen, wo wir stehen ... Miss Brinkle war am Samstag meilenweit entfernt. Mr. Sprigg war den ganzen Tag zu Hause. Mr. und Mrs. Searsby scheinen den ganzen Tag im Haus beschäftigt gewesen zu sein, ebenso wie Tommy und Madge, soweit irgendjemand weiß. Alle denken, Mr. Eggers sei den ganzen Nachmittag unterwegs gewesen, doch er hat uns erzählt, dass er sich nur in den Garten geschlichen hat und dann ins Haus zurückgekehrt ist. Francie und Theo sind am Nachmittag reiten gegangen, aber Francie sagt, sie seien nicht in der Nähe des Aussichtsturms gewesen. Blix war im Dorf, obwohl sie gesagt hat, sie käme aus Birmingham."

„Das fasst es in etwa zusammen ..." Jaspers Blick wanderte zu etwas hinter meiner Schulter. „Mr. Eggers, möchten Sie sich uns anschließen? Sind Sie ein Puzzle-Fan?"

Er zog einen Stuhl heran und betrachtete das Puzzle.

„Sie haben das nicht nach Farbe sortiert. Wenn Sie das tun, geht es schneller." Er schob die Teile bereits herum. Innerhalb weniger Augenblicke hatte er sie zu farblich aufeinander abgestimmten Stapeln angeordnet.

Nach einigen Minuten des Schweigens fragte ich: „Wie läuft Ihre Schneckenforschung?"

Mr. Eggers versteifte sich, doch nachdem er sich schnell vergewissert hatte, dass niemand in der Nähe war, nahm er seine Brille ab und putzte sie mit seinem Taschentuch. „Ziemlich gut. Ich sollte bald mit dem Abschreiben des letzten Aufsatzes fertig werden."

Jasper sagte: „Ich vermute, Sie kennen einen alten College-Tutor von mir. Er ist ein ziemlicher Experte für

Hygromiidae. Damals war ich nur ein Junge und habe es nicht wirklich verstanden, aber er scheint eine der Autoritäten auf dem Gebiet zu sein. Kennen Sie den alten Sweetwater? Thomas Sweetwater?"

„Bin ihm nie begegnet", sagte Mr. Eggers. „Aber wie ich höre, ist er ein feiner Kerl."

„Kommen Sie und trinken Sie Glühwein mit uns", sagte Mrs. Searsby, und wir verließen das Puzzle, um uns den anderen am Feuer anzuschließen. Mrs. Searsby teilte uns mit, dass die Bediensteten einen Weg durch den Wald zum Dorf geschaufelt hätten. Solange es in der Nacht nicht wieder schneite, könnten wir am Morgen zu Fuß zum Weihnachtsgottesdienst gehen. Danach dauerte es nicht lange, bis sich alle in ihre Zimmer zurückzogen.

Auf dem Weg nach oben sagte ich zu Jasper: „Der alte Sweetwater? Ein Test für Mr. Eggers, denke ich?"

„Das hast du richtig vermutet. Ein erfundener Name."

„Und Mr. Eggers hat den Köder geschluckt." Wir blieben vor meiner Tür stehen. „Aber Mr. Eggers hat zugegeben, dass er nicht zum inneren Kreis seines Forschungsgebiets gehört. Vielleicht kennt er die Spitzenwissenschaftler nicht persönlich. Er könnte immer noch der sein, der er zu sein behauptet ..."

„Ein Schneckenforscher?", fragte Jasper, unfähig, ernst zu bleiben.

„Nun, es gibt einige Gelehrte, die Schnecken studieren, nicht wahr? Mr. Eggers wusste schließlich von Potheroes Monographien in der Bibliothek. Vielleicht hat er gesagt, er habe Gutes über Sweetwater gehört, weil er nicht zugeben wollte, dass er die Top-Kapazitäten in der – äh – Schneckenforschung nicht kennt."

„Genug von Schnecken und Gelehrten. Lass mich dir einen Gute-Nacht-Kuss geben."

KAPITEL EINUNDZWANZIG

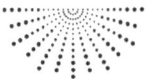

25. DEZEMBER 1923

*D*ie Orgelmusik schwebte durch die Kirche, und ich holte tief Luft, bevor wir die letzte Strophe von ,Hark! The Herald Angels Sing' begannen. Wenn Jasper da gewesen wäre, hätten wir einen Blick geheimen Verständnisses geteilt, als wir mit dem letzten Lied begannen, doch er war an diesem Morgen nicht erschienen. Ich nahm an, dass er bis spät in die Nacht gearbeitet hatte, um das Kreuzworträtsel zu lösen. Miss Ravenna hatte uns auch nicht zur Kirche begleitet. Sie hatte Mrs. Searsby mitgeteilt, dass ihr Fieber zurückgegangen sei, aber sie beabsichtigte, während der Feierlichkeiten in ihrem Zimmer zu bleiben und sich weiter auszuruhen.

Die rustikale kleine Kirche war ein Sammelsurium von Stilen. Das Gebäude selbst war normannisch, hatte jedoch mittelalterliche Buntglasfenster und ein viktorianisches Ziegeldach. Heute war es voll von Gläubigen. Ich war am Ende einer Kirchenbank eingekeilt. Blix und ich teilten uns ein Gesangbuch, und ihre klare Altstimme traf jede Note perfekt, als wir zum letzten Mal den Refrain des Weihnachtslieds sangen.

Der Himmel war während des Abends klar geblieben, und wir waren von Holly Hill Lodge durch den Wald über den freigeschaufelten Pfad ins Dorf gegangen, um am Weihnachtsgottesdienst teilzunehmen. Wir waren den kurzen Weg gegangen, den Jasper und ich benutzt hatten, als wir am Morgen nach meiner Ankunft ins Dorf hinuntergegangen waren. Er war kürzer als der Weg, der am Belvedere vorbeiführte. Es war nicht länger als eine Viertelstunde zu Fuß in der frischen Luft nötig, um die Stelle zu erreichen, an der der Pfad in der Nähe der Dorfkirche aus dem Wald herauskam.

Das Innere der Kirche war eher schlicht und streng, was die Lanzettfenster aus Buntglas besonders zur Geltung brachte. Beleuchtet vom Sonnenlicht, das draußen vom Schnee reflektiert wurde, leuchteten die bunten Scheiben in Rubin-, Saphir-, Smaragd- und Topastönen und warfen Farbspritzer über die Stechpalmen- und Efeudekorationen. Es war ziemlich bewegend, als sich die Stimmen und die Orgelakkorde zu einer Woge vermischten, die durch die Kirche schallte.

Als die letzten Töne der Orgel verklungen waren, sprach der Vikar den Segen, dann folgte ein geschäftiges Treiben, während alle die Kirche verließen. Als ich draußen war, zog ich meine Hutkrempe etwas tiefer, um meine Augen vor dem grellen Sonnenlicht zu schützen. Ein paar Wolken waren aufgezogen, was das grelle Licht, das der Schnee reflektierte, ein wenig dämpfte.

Blix war mir nach draußen gefolgt, und wir blieben vor der Kirche stehen, um auf die Gruppe aus der Lodge zu warten. Eine zierliche Frau mit weißem Haar und lebhaften haselnussbraunen Augen kam auf Blix zu.

„Frohe Weihnachten, Mrs. Cox", sagte Blix. „Schöner Gottesdienst."

„Ja, das war es, nicht wahr? Ich mag es, wenn die Kirche voll ist. So schön, wenn die Lieder schallen – und Weihnachtslieder noch dazu."

Blix wandte sich in meine Richtung, um mich in ihre Unterhaltung einzubeziehen. „Lassen Sie mich Ihnen Olive Belgrave vorstellen. Sie ist wie ich ein Gast in der Lodge. Sie ist Detektivin. Olive, das ist Mrs. Cox, meine ehemalige Schulleiterin."

„Freut mich, Sie kennenzulernen."

Ich hatte erwartet, Schock oder Überraschung angesichts meines Berufs in Mrs. Cox' Gesicht zu sehen, doch sie sagte nur: „Ich habe von Ihnen gelesen, Miss Belgrave. Sehr gute Arbeit, die Sie geleistet haben."

„Oh, vielen Dank."

Sie musterte mich und nickte mehrmals, als würde sie eine Einschätzung bestätigen. „Ja, es ist so wichtig, unangenehme Situationen aufzuklären, nicht wahr? Falsche Anschuldigungen werfen lange Schatten, aber das wissen Sie ja. Es ist unerlässlich, die Wahrheit herauszufinden."

„Was für eine erfrischende Perspektive", sagte ich. „Ich finde, dass die Wahrheit oft das Letzte ist, was die Leute wollen."

„Sie haben lieber eine hübsche Fassade als die Tatsachen."

„Ja, genau so ist es."

Meine Überraschung über ihre Einstellung musste in meiner Stimme hörbar gewesen sein, denn sie fügte hinzu: „Die Arbeit mit Schülern – und Eltern – hat mir eine ziemlich realistische Einstellung gegeben. Sie müssen in Ihrem gewählten Beruf weitermachen, Miss Belgrave. Geben Sie nicht auf."

„Das habe ich nicht vor."

Blix lächelte. „Mrs. Cox ist großartig darin, Leute zu ermutigen. Tatsächlich war sie eine treibende Kraft hinter meiner Entscheidung zu reisen."

Mrs. Cox machte ein Geräusch, das einem Schnauben sehr nahekam. „Ich hatte sehr wenig damit zu tun, da bin ich mir sicher. Das Problem mit Blix war, ihre Aufmerksamkeit bis zum Ende des Unterrichts zu fesseln. Sie war immer fasziniert von der nächsten neuen Sache."

„Eine gute Eigenschaft für eine Reisende, nehme ich an", sagte ich. „War die Schule hier in Chipping Bascomb?"

„Nein, ich bin hierhergezogen, nachdem ich das Unterrichten aufgegeben habe. Ich habe ein kleines Häuschen mit Garten hier."

„Und es ist noch entzückender, als sie es in ihren Briefen beschrieben hat", sagte Blix. „Falls ich jemals sesshaft werde, möchte ich ein Cottage genau wie Ihres, Mrs. Cox." Zu mir sagte Blix: „Ich habe bei Mrs. Cox übernachtet, bevor ich in die Lodge gekommen bin." Ich hatte nach einer Möglichkeit gesucht, das Thema auf Blix' frühe Ankunft in Chipping Bascomb zu lenken, und ich nutzte die Gelegenheit, die sie mir bot. „Aber haben Sie nicht gesagt, Sie kommen aus Birmingham?"

Zwischen Blix' Augenbrauen bildete sich eine winzige Falte. „Ich bin aus Birmingham gekommen. Ich war dort, bevor ich hier in Chipping Bascomb angekommen bin."

Mrs. Cox nickte mir zu, als würde sie mich in ein Geheimnis einweihen. „Ich glaube, es ist hier ein bisschen zu ruhig für Blix – abgesehen von dem tragischen Unfall des armen Mr. Bankston." Sie tätschelte Blix' Arm. „Schließlich sind wir ein kleines Dorf. Ich weiß, dass es nicht so aufregend ist wie die Hauptstädte der Welt, die Sie gewohnt sind", fügte sie in entschuldigendem Ton hinzu.

„Unsinn. Chipping Bascomb ist erfrischend", sagte Blix.

„Es hat den Charme der alten Welt. Das findet man woanders nicht."

Mrs. Cox richtete ihren Blick auf Blix, und Blix lachte. „Das stimmt, ja. Ich gebe zu, das Fernweh packt mich schon wieder. Ich werde ein bisschen unruhig. Ich musste spazieren gehen."

„Konnten Sie vor dem Schnee ein bisschen von der Landschaft sehen?", fragte ich.

„Ja, ich bin über die Felder und durch den Wald gelaufen."

„Waren Sie im Belvedere? Die Aussicht ist spektakulär."

„Nein, ich bin in die entgegengesetzte Richtung gegangen. Auf dem Rückweg habe ich in einem kleinen Gasthof namens *The Thistle* einen Tee getrunken."

Mrs. Cox zog ihren Schal fröstelnd fester um den Hals, und Blix sagte: „Es ist schrecklich kalt, selbst wenn die Sonne scheint. Soll ich Sie zurück zu Ihrem Cottage begleiten, Mrs. Cox?"

„Das ist nicht nötig, meine Liebe."

„Ich bestehe darauf. Ich möchte nicht, dass Sie auf den matschigen Stellen ausrutschen."

Blix bot Mrs. Cox den Arm an und warf dann einen Blick auf die Gruppe aus der Lodge, die sich in der Nähe des freigeschaufelten Pfades versammelte. „Warten Sie nicht auf mich, Olive. Ich komme nach."

Blix und Mrs. Cox gingen langsam um den Dorfplatz herum. Ich schloss mich der Gruppe an, die zur Lodge zurückkehrte, und dachte darüber nach, dass Blix offen und ehrlich über ihren Besuch bei ihrer alten Schulleiterin gewesen war. Wenn sie am Samstag das Belvedere anstatt den Gasthof besucht hätte, wäre sie eine ausgezeichnete Lügnerin.

Die Sonne schien hell, doch der Schnee hielt sich. Das Eis auf den kahlen Ästen schmolz jedoch. Die Geräusche des Wassers, das in die Schneeberge tropfte, begleiteten uns, als wir durch den Wald gingen. Der Boden stieg allmählich zu der Anhöhe an, auf der Holly Hill Lodge stand.

Mrs. Searsby fiel zurück und schloss sich mir am Ende

der Gruppe an. „Ich glaube, bis morgen wird der Schnee auf den Straßen geschmolzen sein, und ich habe nach dem Gottesdienst gehört, dass die Züge wieder anfangen zu fahren."

„Dann erwarten Sie, dass morgen die Vertreter von Scotland Yard eintreffen."

„Ja, wenn nicht sogar schon heute Abend. Sie können mit einem Automobil kommen, anstatt auf den Zug zu warten." Sie ging langsamer und brachte mehr Abstand zwischen uns und die anderen. „Was haben Sie herausgefunden?"

„Noch nichts Definitives."

Sie verzog enttäuscht die Lippen. „Ich hatte so gehofft, das heute vor unserem Weihnachtsfest abzuschließen."

„Ich weiß. Mr. Rimington und ich tun alles dafür." Ich überlegte, ob ich ihr von Bankstons Erpressungen erzählen sollte, doch ein Spaziergang durch den verschneiten Wald schien nicht der beste Zeitpunkt, um ihr diese Neuigkeiten mitzuteilen. „Wir haben ein paar wichtige Dinge herausgefunden. Möchten Sie, dass wir Ihnen später darüber berichten?"

„Ja, ich würde gerne hören, welche Fortschritte Sie gemacht haben, und ich weiß, dass Mr. Searsby das auch interessiert. Lassen Sie mich sehen ... wir haben die Weihnachtsfeierlichkeiten und dann werden wir Geschenke auspacken. Vielleicht, nachdem das vorbei ist? Ich fürchte, bis dahin werde ich ziemlich beschäftigt sein."

„Wann immer es Ihnen recht ist."

„Dann treffen wir uns später heute im Arbeitszimmer meines Mannes."

Holly Hill Lodge kam in Sicht. Eingebettet in Schnee, mit Eiszapfen, die von den Traufen hingen und dem Rauch, der aus den Schornsteinen aufstieg, sah es selbst aus wie das Motiv einer Weihnachtskarte.

Ich schlüpfte aus Mantel, Hut und Handschuhen und

machte einen kurzen Rundgang durch die öffentlichen Räume, jedoch ohne Jasper zu finden. Ich ging nach oben in den Korridor, wo sich die Schlafzimmer befanden. Ein Lichtstreifen fiel unter Jaspers geschlossener Schlafzimmertür auf den düsteren Flur.

Ich zögerte einen Moment und sah mich um, um mich zu vergewissern, dass niemand in der Nähe war. Dann tat ich etwas Skandalöses.

Ich klopfte an seine Tür.

KAPITEL ZWEIUNDZWANZIG

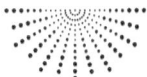

*J*asper rief: „Herein!"

Ich steckte meinen Kopf durch seine Tür. „Ich bin's –"

Ich brach ab, als ich den Zustand des Zimmers betrachtete. Die Worte *hast du etwas herausgefunden* lagen mir auf der Zunge, doch ich verkniff sie mir. „Grundgütiger!" Ich schlüpfte hinein und schloss die Tür.

In einem zerknitterten Hemd mit hochgekrempelten Ärmeln saß Jasper am Schreibtisch, der mit Papier übersät war. Weggeworfene Seiten bedeckten den Boden um ihn herum wie eine Schneeschicht. Die Ellbogen auf die Schreibunterlage gestützt, saß er mit gesenktem Kopf da und stützte die Stirn in die Handflächen. Er war offensichtlich mit seinen Händen durch sein Haar gefahren, weil es in alle Richtungen zu Berge stand. Er sprach, ohne aufzublicken. „Ich kann das nicht, Olive. Diese Chiffre ist zu viel für mich."

Ich ging durchs Zimmer und hob Papier vom Teppich auf. Sie waren mit seiner präzisen Handschrift bedeckt und enthielten Listen mit Zahlen und Buchstaben. Manche waren durchgestrichen, manche eingekreist, andere unter-

strichen. Andere Schnörkel und Linien, die für mich bedeu-
tungslos waren, zogen sich über die Seiten. „So schlimm
kann es doch nicht sein."

Er lehnte sich zurück und rieb sich die Augen. Dunkle
Ringe ließen ihn fast krank wirken. „Oh, aber das ist es. Ich
habe alles versucht, was mir eingefallen ist." Er deutete auf
das Papier, das oben auf den Stapeln um ihn herum lag. Es
war seine Abschrift des Kreuzworträtsels, das wir in dem
Geschenk gefunden hatten. „Das ist teuflisch. Ein Code, wie
ich ihn noch nie gesehen habe."

„Aber du musst ihn entschlüsseln, sonst …"

„Sonst erfahren wir nicht, wo der Brief versteckt ist, und
wir werden auch nicht erfahren, was darin steht, weil ich
meinen Auftrag nicht erfüllen konnte." Er schlug mit der
Hand auf das Papier, als er das letzte Wort sagte.

Seine Worte waren so scharf, dass ich stehen blieb,
anstatt näher zu kommen. Er ließ seinen Kopf wieder in
seine Hände sinken. „Es tut mir leid, Olive. Das war unfair
von mir, dich so anzufahren. Ich bin heute Morgen ziemlich
gereizt."

Jasper war niemand, der wütend Worte herausschleu-
derte oder sich der Verzweiflung hingab. Doch er war
aufgewühlter, als ich ihn je gesehen hatte. „Hast du
geschlafen?"

„Nein, ich war die ganze Nacht wach. Ich habe alles
versucht." Er hob verschiedene Papierstapel vom Schreibtisch hoch. „Soweit ich das beurteilen kann, ist es keine
Substitutions-Chiffre oder Übersetzungs-Chiffre. Es ist
keine Chiffre, die ich je gesehen habe." Er ließ die Seiten auf
den Schreibtisch fallen.

„Du brauchst was zu essen. Geh dich frischmachen und
lass dir Tee und Toast bringen. Ich werde mich für die
Feierlichkeiten umziehen, dann komme ich zurück. Ich bin
für das Entschlüsseln oder Dechiffrieren vielleicht nicht gut
zu gebrauchen, aber ich habe festgestellt, dass es oft von

Vorteil ist, mit jemandem über ein Problem zu sprechen. Das offenbart mir oft, was fehlt."

Jasper rieb sich mit den Handballen die Augen. „Einen Versuch ist es wohl wert."

„Du hast oft zugehört, während ich über meine Probleme gesprochen habe – und warst immer sehr hilfreich."

Er schaute auf. „War ich das?"

„Ja. Genau genommen sogar ziemlich oft."

Jasper schob den Stuhl zurück und ging zur Klingel. „Ich bin sicher, du hast recht. Tut mir leid, dass ich dich angeschnauzt habe, altes Mädchen."

In all den Jahren, die ich Jasper kannte, hatte ich ihn noch nie lange betrübt gesehen. Und wenn er mich ‚altes Mädchen' nannte, würde er bald wieder der gutmütige alte Jasper sein. „Ich vergebe dir, alter Mann."

Als ich zurückkam, hatte Jasper sich umgezogen, und auf dem Teller vor ihm waren nur Krümel übrig. Er goss mir eine Tasse Tee ein und brachte sie mir. „Danke, Olive. Das war genau das, was ich gebraucht habe."

„Gut", sagte ich. „Eine Tasse Tee wirkt immer Wunder. Und jetzt", sagte ich forsch, „erzähl mir von diesen Codes."

Ich setzte mich in einen Sessel am Feuer, das jetzt viel stärker brannte. Jasper begann mit einer detaillierten Erklärung des Unterschieds zwischen einem Code und einer Chiffre sowie seinen Versuchen, Bankstons Kreuzworträtsel zu entschlüsseln. Er ging auf dem Teppich auf und ab und sprach mehr mit sich selbst als mit mir. Nach ein paar Augenblicken konnte ich ihm nicht mehr folgen, doch ich nickte und murmelte Laute, um meine Zustimmung zu signalisieren, bis er verstummte. Er ließ sich auf den Schreibtischstuhl fallen, seine langen Beine vor sich ausgestreckt. „Und das, meine Liebe, ist alles, was ich tun kann. Irgendwelche Gedanken dazu?"

„Ich wünschte, ich könnte etwas Schlaues sagen, doch ehrlich gesagt bin ich sprachlos. Tatsächlich war ich das schon, nachdem du etwa fünf Sätze gesprochen hattest." Ich stellte meinen Tee ab und ging zum Bleiglasfenster. „Ich weiß nichts von Codes oder Chiffren, was über die grundlegendsten Dinge hinausgeht."

Er wischte sich mit der Hand über den Mund und stieß dann einen langen Seufzer aus. „Ich muss mit Miss Ravenna sprechen." Er begann, die Papiere auf dem Schreibtisch zu durchsuchen. „Ich muss ihr sagen, dass ich es nicht entschlüsseln kann und dass wir wirklich in einer Sackgasse stecken." Aber er stand nicht auf. Er nahm das Kreuzworträtsel und starrte es an.

Der Diener, der das Feuer gemacht hatte, hatte gute Arbeit geleistet. Die Fenster begannen zu beschlagen, als sich der Raum erwärmte. Ich nahm ein Taschentuch und wischte über die Fensterscheibe, damit ich hinausblicken konnte.

Die Bewegung erregte seine Aufmerksamkeit. „Was ist?"

„Dieses alte Bleiglas. Ich habe gesehen, wie sich etwas bewegt – oh, es ist Blix, der aus dem Dorf zurückkommt. Ich habe nicht aus dem Fenster sehen können." Ich wischte ein letztes Mal über die Oberfläche. „Was du erklärt hast, klingt schrecklich komplex. Bankston schien kein extrem gebildeter Mann gewesen zu sein. Vielleicht ist es eine einfache Chiffre, wenn es so etwas gibt?"

Jasper starrte mich an. „Einfach. Was, wenn … ?" Er sprang auf, ging auf und ab und kam dann herüber. „Ja, es ist möglich. Es könnte eine Maske sein. Das ist das Einzige, was ich noch nicht versucht habe."

„Was ist das?"

„Das ist eine der einfachsten Möglichkeiten, Nachrichten zu verschicken. Es ist nicht einmal eine richtige Verschlüsselung. Die Botschaft wird sichtbar, wenn du die Maske – ein Stück Papier mit Ausschnitten – über den Text legst." Er kam herüber und klopfte ans Fenster. „Das Bleiglas erschafft ein Muster auf dem Fenster. Du hast den Beschlag auf ein paar Scheiben weggewischt und eine kleine Öffnung geschaffen, durch die du nach draußen sehen kannst. Das ist eine Maske – eine kleine Öffnung oder mehrere kleine Öffnungen, die nur die wichtigen Teile zeigen."

Er drehte sich um und begann wieder auf und ab zu gehen, sein Blick auf den Teppich gerichtet. „Die Maske besteht normalerweise aus Papier. Sie wird über den Text gelegt – in unserem Fall Bankstons handgezeichnetes Kreuzworträtsel. Das obere Blatt deckt die belanglosen Worte ab, während die Ausschnitte die Worte oder Buchstaben der Nachricht zeigen. Es ist wie dieses beschlagene Fenster. Du kannst nur bestimmte Informationen sehen. Die Ausschnitte im obersten Blatt, wie der Bereich des Fensters, den du saubergewischt hast, lassen dich die entscheidenden Teile sehen.

Während er sprach, war er schneller geworden, doch er hielt inne, als wäre er gegen eine Wand gelaufen. „Aber es ist eine nutzlose Idee, wenn wir die Form der Maske nicht kennen."

Ich setzte mich auf die breite Fensterbank. Der Raum wurde stickig, und die Kühle der Luft, die durch die Ritzen der Fenster kam, tat meinem Rücken gut. „Diese Masken können jede Form haben?"

„Ja, alles – Kreis, Quadrat, Rhombus, was immer du dir vorstellen kannst. Oder sie haben viele verstreute Ausschnitte, die über die ganze Seite verteilt sind." Jasper eilte durch den Raum, riss den Kleiderschrank auf und holte das Geschenkpapier und die Schatulle, die das Kreuzworträtsel enthalten hatte, aus seiner Jackentasche. „Die

Person, die die Nachricht bekommt, muss die Maske haben." Er warf alles auf den Schreibtisch. Er überprüfte das rote Geschenkpapier, drehte die Schatulle um und untersuchte dann die Innenseite. „Nichts. Die Maske ist nicht hier."

„Vielleicht ist sie bereits im Besitz dieser Person."

Jaspers Hände wanderten zu seinen Schläfen. „Dann sind wir erledigt. Da ist nichts zu machen."

„Es sei denn" – ich rutschte von der Fensterbank und ging durch das Zimmer – „es ist etwas, das jeder Gast bei seiner Ankunft bekommen hat." Ich nahm die Weihnachtskarte von Mr. und Mrs. Searsby von der Kommode, wo Jasper seine aufgestellt hatte. Sie war genau wie meine. „Mrs. Searsby hat mir erzählt, sie hat allen Gästen Weihnachtskarten geschenkt. Schau, wie sie gemacht sind. Die Fenster der Cottages sind ausgeschnitten. Goldgelbes Seidenpapier hinter den Ausschnitten lässt es so aussehen, als würden Licht brennen."

„Die Fenster! Ja das ist möglich ..."

Ich brachte ihm die Karte, und er durchwühlte die Papiere auf dem Tisch, um Bankstons handgezeichnetes Original-Kreuzworträtsel zu finden, das in der Schachtel gewesen war. Er faltete das Papier so, dass nur noch das Kreuzworträtsel sichtbar war. Er steckte es in die Karte. „Es passt genau." Er beugte sich vor und gab mir einen schnellen, kräftigen Kuss auf die Lippen. „Gut gemacht!"

„Danke. Für das Kompliment – und den Kuss. Ich erwarte später mehr von beidem. Was siehst du?"

Wir beugten uns über die Karte, und ich ließ meine Schultern hängen. „Aber das ergibt keinen Sinn."

„Warte ..." Jasper nahm sich einen Bleistift und ein leeres Blatt Papier. Er notierte die Buchstaben. Konzentriert beugte er sich über den Schreibtisch. Ich schob den Stuhl an seine Kniekehlen, und er setzte sich automatisch, während sein Bleistift über die Seite kratzte.

Ich lehnte mich über seine Schulter und war fasziniert, als er die Buchstaben immer wieder neu anordnete. „Es muss ... ja, das erste Wort ist ‚Baedekers'." Jasper kritzelte den Rest der Buchstaben auf. „Und das nächste ist ..."

Er hielt inne, als das nächste Wort für uns beide offensichtlich wurde.

„‚Ägypten'", sagte ich. „Der Brief ist in Baedekers Ägyptenführer."

„Der muss in der Bibliothek sein." Jasper schlüpfte in seine Jacke, fuhr sich mit den Fingern durchs Haar und rollte seine Ärmel herunter. Er war weit entfernt von seinem normalerweise perfekten Aussehen, doch ich erwähnte es nicht. Ich sah, dass er zu sehr auf seine Aufgabe konzentriert war, um sich darum zu kümmern. Er steckte Bankstons Kreuzworträtsel zurück in die Schatulle und steckte sie dann zusammen mit dem Geschenkpapier in seine Tasche.

„Du trägst es mit dir herum?"

„Natürlich. Das ist der sicherste Ort, wenn Diener in den Zimmern ein- und ausgehen, ganz zu schweigen von den alten Schlössern an den Türen."

Wenn uns jemand gesehen hätte, während wir zur Bibliothek eilten, hätte derjenige gedacht, dass wir uns mit unziemlicher Hast bewegten. Zum Glück begegneten wir unterwegs niemandem. Als wir uns der Bibliothek näherten, wurden meine Schritte langsamer. „Warte. Bankston hatte einen Baedeker-Führer in seinem Zimmer, erinnerst du dich? Er lag auf seinem Nachttisch. Was ist, wenn das die Ausgabe ist, die wir brauchen?"

„Dann müssen wir zurück in sein Schlafzimmer, aber da wir schon hier sind ..." Jasper öffnete die Tür zur Bibliothek. „Vielleicht gibt es zwei Exemplare."

„Ja, du hast recht. Ich habe eine ganze Reihe von Baedeker Reiseführern gesehen, als ich nach den Monographien gesucht habe."

Wir betraten die kathedralenartige Stille der Bibliothek. „Die Reisebücher sind hier drüben." Ich ging voraus zu einer Reihe von Regalen im unteren Stockwerk.

Die Baedeker-Führer waren leicht erkennbar. Ihr roter Rücken und die goldene Schrift hoben sich von den anderen, schlichter gebundenen Büchern ab. Einer der Reiseführer lag getrennt von den anderen auf einem leeren Abschnitt in einem der oberen Regale. Jasper nahm ihn in die Hand, als ich mit meinem Finger über die Reihe strich. „Das ist Baedekers Reiseführer für Norddeutschland."

Ich fand den Ägyptenführer, zog ihn heraus und klappte ihn auf. Ich hatte erwartet, zwischen Umschlag und Vorsatzblatt ein gefaltetes Stück Papier oder einen Brief zu finden, doch da war nichts außer der üblichen Liste der Baedeker-Führer auf dem Vorsatz und den ausklappbaren Karten nach dem Titel. Eine bunte Karte von Ägypten zierte das Vorsatzblatt, das am hinteren Umschlag angebracht war. Enttäuschung breitete sich aus. „Nein."

Ich fächerte die Seiten auf, um sicherzugehen, dass ich nichts übersehen hatte. Nach ungefähr einem Viertel des Buches hielt ich inne und ließ es auffallen. „Schau, das Buch ist ausgehöhlt."

KAPITEL DREIUNDZWANZIG

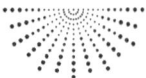

*D*as Aushöhlen des Buches war sauber mit einem scharfen Instrument ausgeführt worden, wahrscheinlich einem Taschenmesser. Es war nur die Mitte der Seiten herausgeschnitten worden. Wenn das Buch geschlossen war, sahen die Ränder normal aus. Erst, wenn man das Buch öffnete, konnte man sehen, dass das Buch einen Hohlraum hatte.

Jasper hatte die anderen Baedeker zurück ins Regal gestellt. Er blieb stehen, den Deutschland-Reiseführer halb in die Lücke zwischen den anderen Büchern gesteckt. „Unglaublich. Das ist Blasphemie. Ich wusste, dass diese Leute Schurken sind, aber Bücher zu zerstören!" Mit einem Ruck schob er den Baedeker an seinen Platz. „Ein neuer Tiefpunkt, selbst für die."

„Du hast recht, aber da ist was drin." Ich nahm den versiegelten Umschlag heraus, der im Hohlraum lag, und reichte ihn Jasper. Das Papier war von guter Qualität. Mit runder Schreibschrift stand auf der Vorderseite die Adresse von Mr. Jack Straw in London. „Wenn ich diesen Brief in der Post oder auf dem Schreibtisch von jemandem sehen würde, würde ich nicht einen Moment lang denken, dass es etwas Verdächtiges ist."

„Bis auf den Namen vielleicht?"

„Was –? Oh, das habe ich gar nicht bemerkt! Ja, wenn jemand bemerkt, dass das ein anderer Name für Mikado ist, dann könnte das Aufmerksamkeit erregen."

„Und ist ‚Jackstraw' nicht ein englisches Wort für *Strohmann*? Diese Leute haben Sinn für Humor, findest du nicht auch?" Jasper drehte den Umschlag um und untersuchte die Klappe, wobei er mit seinem Fingernagel über die Kante fuhr. „Es ist nicht sehr gut zugeklebt. Sollte nicht schwer sein, ihn zu öffnen. Sie hätten besser darauf achten sollen, den Umschlag zuzukleben, und weniger auf den kreativen Namen des Adressaten."

Als ich den Reiseführer zurück ins Regal stellte, warf Jasper einen Blick auf seine Armbanduhr. „Ich glaube, ich werde gerade noch Zeit haben, den Brief zu öffnen und ihn vor unserem Weihnachtsdinner abzuschreiben."

„Ich dachte, es wäre wichtig zu wissen, wer den Brief finden wird", sagte ich.

„Ja, das ist das Wichtigste. Wir haben ihn jetzt und sollten ihn nutzen. Es dauert nicht lange, ihn zu öffnen, abzuschreiben und zurückzubringen."

Wir verließen die Bibliothek und gingen zurück zu den Schlafzimmern. „Was ist mit dem Geschenk, das in Bankstons Zimmer war?", fragte ich. „Muss das nicht unter den Baum? Wir sollen die Geschenke öffnen, nachdem wir gegessen haben."

„Das ist richtig." Das tiefe Dröhnen des Abendessen-Gongs ertönte, und Jasper ging schneller. „Ich sollte genug Zeit haben", sagte er leise.

Ich eilte weiter, fast im Laufschritt, während ich versuchte, mit ihm mitzuhalten. „Ich kann mich um das Geschenk kümmern."

„Brillant!" Wir erreichten Jaspers Zimmer. „Lass mich das Band für dich holen – *das* habe ich versteckt."

Ich folgte ihm ein paar Schritte in sein Zimmer. „Wo?"

„In der Spitze meines am wenigsten benutzten Paars Schuhe." Seine Stimme kam aus dem Schrank. „Ja, noch hier. Ich trage die Braunen nie, obwohl Grigsby gesagt hat, es sei wichtig, sie mitzubringen." Er gab mir das goldene Band. Als wir wieder den Flur betraten, murmelte er: „Wasser aus dem Wasserhahn sollte reichen, denke ich ..." Die Flurtür zum Bad, das an mein Zimmer angrenzte, war geschlossen, und man konnte das Geräusch von fließendem Wasser hören. Jasper ging den Flur hinunter zum Bad am anderen Ende.

Ich ging in mein Zimmer und legte das Holzkästchen und das rote Papier auf den Schreibtisch. Das Geräusch von fließendem Wasser endete, dann erklangen abwechselnd Stimmen, eine tiefer und die andere höher, von jenseits der Tür. Es klang, als teilten sich Madge und Tommy immer noch heimlich das Bad – und wahrscheinlich auch das Schlafzimmer. Ich war überrascht, dass niemand außer mir es bemerkt hatte, doch ich nahm an, dass es möglich war, Tommy unbemerkt kommen und gehen zu lassen, wenn sie vorsichtig waren. Die Dienstboten allerdings – das war eine andere Sache. Ich war mir sicher, dass sie genau wussten, was vor sich ging, doch sie gingen wahrscheinlich davon aus, dass es sich um eine Affäre und nicht um eine Ehe handelte.

„Komm schon ..." Die Worte drangen deutlich durch die Tür. „ ... zu spät zum Weihnachtsessen ..."

Ein paar Augenblicke später hatte ich das Band um die Schatulle gewickelt und zog die Schleife fest, damit sie das Papier an Ort und Stelle hielt. Das Geräusch einer sich öffnenden Tür kam aus der Richtung von Madges Zimmer, dann gingen die leisen Stimmen an meiner Tür vorbei. Ich kämmte mir schnell die Haare, steckte ein frisches Taschentuch in meine Tasche und nahm das Geschenk.

Ich ging zur Tür, um hinunterzugehen, und fand Jasper davor, die Hand erhoben, um anzuklopfen. „Stimmt was nicht?", fragte ich.

„Nein, warum?"

„Ich hatte erwartet, dass du noch damit beschäftigt bist, den Brief abzuschreiben."

„Schon erledigt. Wunderbar dampfendes heißes Wasser hier. Ein tolles Haus, diese Lodge. Sie haben die Artefakte der alten Welt mit den Holztäfelungen und Rüstungen beibehalten, und doch eine moderne Heizung mit heißem Wasser installiert."

„Wenn doch nur jedes Landhaus so gut ausgestattet wäre", sagte ich. „Also keine Probleme mit dem Umschlag?"

„Keine. War leicht zu öffnen. Das Abschreiben des Briefs hat auch kaum Zeit in Anspruch genommen – diesmal kein Kreuzworträtsel, nur ein guter alter Brief. Kurz und bündig. Und auf der Klappe des Umschlags war gerade noch genug Kleber, dass ich ihn problemlos wieder verschließen konnte."

„Kannst du was dazu sagen? Glaubst du, du brauchst dafür auch eine Maske? Oder ..." Wir waren den Flur entlang gegangen, doch ich packte Jaspers Arm, als ich stehenblieb. „Vielleicht sogar dieselbe Maske?"

„Unglücklicherweise nicht. Ich habe es mit der Weihnachtskarte versucht, doch die Öffnungen stimmten nicht mit den Buchstaben überein. Ich denke, der Brief ist eine echte Chiffre. Ich werde nach dem Abendessen daran arbeiten."

„Ich glaube, ich weiß, warum Bankston ein Exemplar von Baedekers Ägyptenführer in seinem Zimmer hatte", sagte ich, als wir um die Ecke des Korridors bogen. „Wenn es zwei Exemplare des Reiseführers gibt, könnte eines ganz und das andere ausgehöhlt sein. Sobald er soweit war, den Umschlag, den Brief und das Päckchen für den Kurier zu platzieren, hat er ihn in das ausgehöhlte Buch gelegt und es dann gegen das echte Buch in der Bibliothek ausgetauscht."

„Oh, schlau von dir, darauf zu kommen. Er würde das richtige Buch in seinem Zimmer aufbewahren, bis der Kurier den Brief abgeholt hat", sagte Jasper. „Bei George, ich wette, so ist es passiert. Abgesehen von den Reiseführern hatte er für einen Erpresser eine unangemessene Zahl von Predigtbüchern in seinem Zimmer."

Ich lachte. „Ja, das fand ich auch seltsam. Aber ich wette, es war eine bewusste Entscheidung. Er hat Bücher ausgewählt, die nicht oft gelesen werden. Ich bezweifle, dass es unter den Hausgästen eine große Nachfrage nach Predigtbüchern gibt. Es wäre nicht schwierig, in einer Buchhandlung Duplikate alter Reiseführer oder Predigtbücher zu finden. Normalerweise steht das Buch aus der Bibliothek im Regal, doch Bankston konnte es jederzeit gegen das ausgehöhlte Exemplar austauschen. Wahrscheinlich hat er sich für den Ägyptenführer entschieden, weil er davon ausgegangen ist, dass der nicht oft gebraucht werden würde."

„Vielleicht würde Blix einen Reiseführer über Ägypten lesen wollen", sagte Jasper. „Doch insgesamt wäre das Risiko, dass sich ein Hausgast für einen Ägyptenführer entscheidet, gering."

Oben an der Treppe blieb ich stehen. „Hier, lass mich dir das Geschenk geben. Es passt nicht annähernd so gut in meine Tasche wie in deine."

Er drehte das Geschenk um und betrachtete es von allen Seiten. „Gut gemacht. Ich würde nie darauf kommen, dass es geöffnet wurde."

Jasper steckte es in seine Jackentasche und achtete dabei besonders auf die Schleife. „Jetzt, nach dem Abendessen, wenn wir in die Eingangshalle gehen, um Geschenke auszupacken, muss ich dafür sorgen, dass ich der erste bin, der den Weihnachtsbaum bewundert. Ich lege es zu den anderen Geschenken. Dann müssen wir es nur noch im Auge behalten und sehen, wer es abholt." Er streckte seinen Arm aus. „Wollen wir?"

~

Die Mahlzeiten, die in der Lodge serviert worden waren, waren ausgezeichnet gewesen, doch mit dem Weihnachtsessen hatte die Köchin sich selbst übertroffen. Vom zarten Truthahnbraten bis zum flambierten Früchtebrot war das Essen wirklich ein Festmahl gewesen, doch ich war zu beschäftigt mit allem, was passiert war, um es in vollen Zügen genießen zu können.

Auch Mr. Eggers war in einem geistesabwesenden Zustand. Unser Gespräch war gestelzt gewesen, und ich musste einige Male meine Fragen wiederholen. Erst als Miss Brinkle verkündete: „Oh, ich habe einen der versteckten Schätze gefunden", schien er aus seiner Nachdenklichkeit zu erwachen.

Miss Brinkle lachte schallend. „Also! Ich freue mich zu sehen, wie sich das im neuen Jahr bewahrheitet. Das tue ich wirklich. Es ist der Ring!"

Theo sah verwirrt aus, und Francie erklärte: „Die Schätze sind in den Kuchen eingebacken. Man sagt, dass sie Vorzeichen dafür sind, was im kommenden Jahr passieren wird. Der Ring bedeutet, dass Miss Brinkle heiraten wird."

„Und das sagt Ihnen, Mr. Culwell, wie zuverlässig dieses kleine Spiel ist." Miss Brinkles Kopfbedeckung – heute eine Spange aus Stechpalme und roten Federn – zitterte, als sie den Kopf schüttelte. „Ich mag meine *Abgehalftertheit* zu sehr, um sie aufzugeben."

Theo sah noch verwirrter aus. Mrs. Searsby sagte: „Ja,

du magst deine *Abgeschiedenheit* sehr, nicht wahr, Tante Pru?"

Miss Brinkle sagte: „Ja, genau das habe ich gesagt."

Theos Miene hellte sich auf, dann betrachtete er seinen Kuchen genauer. „Was bedeutet dann ein Knopf? Den habe ich."

„Das bedeutet Junggesellentum", sagte Francie, und ein Anflug von Enttäuschung huschte über ihr Gesicht.

„Nicht, wenn ich etwas dazu zu sagen habe", sagte Theo, und Francies Wangen färbten sich knallrot.

Mein Löffel traf auch auf etwas Festes. „Oh, ich habe den Wunschknochen."

Jasper sagte: „Ein Jahr voller Glück für dich, das vielversprechender ist als das, was ich gefunden habe." Er neigte seinen Löffel, um mir einen silbernen Fingerhut zu zeigen.

Gelächter lief um den Tisch, als Francie Theo erklärte: „Der Fingerhut symbolisiert ein Jahr Jungfernschaft."

Mr. Eggers kündigte an: „Ich habe die Münze." Er beugte sich in Theos Richtung, als er erklärte: „Die Münze deutet auf ein erfolgreiches Jahr hin. Nichts als Ammenmärchen natürlich", fügte er hinzu, doch er sah sehr zufrieden aus.

Blix sagte: „Und ich habe den Anker."

Mrs. Searsby sagte: „Der sichere Hafen ist eine ausgezeichnete Sache für eine Reisende", und Blix stimmte zu. Dann blickte Mrs. Searsby von Miss Brinkle zu Jasper. „Für einige von uns scheint es ein überraschendes Jahr zu werden."

Als die Teller abgeräumt waren, legte Mr. Eggers die Münze auf seine Serviette und wischte sie sauber.

Ich sagte: „Vielleicht bedeutet das, dass Ihre Forschung gut ankommt."

„Was?"

„Die Münze. Vielleicht bedeutet sie, dass Ihre Forschung

die Aufmerksamkeit der führenden – äh – Schneckenexperten auf sich zieht."

„Oh. In der Tat. Ja." Er wirkte wieder abwesend. Er steckte die Münze in seine Westentasche und schenkte mir dann seine volle Aufmerksamkeit. „Darf ich Sie später um einen Moment Ihrer Zeit bitten? Ich muss mit Ihnen und Mr. Rimington sprechen." Seine Stimme wurde zu einem Flüstern. „Im Vertrauen."

„Natürlich." Hatte er sich nach Dr. Sweetwater erkundigt und festgestellt, dass es ihn nicht gab? „Vielleicht nachdem die Geschenke geöffnet sind? Sagen wir im Billardzimmer?"

Er überlegte. „Solange niemand sonst da ist. Wenn nicht, müssen wir woanders hingehen."

„Sie haben Angst, belauscht zu werden?"

„Ja." Er zögerte einen Moment, nahm dann seine Brille ab und schüttelte sein Taschentuch aus. „Sehen Sie, ich habe mich an etwas erinnert – etwas, wovon ich denke, dass es ziemlich wichtig sein könnte." Während Mr. Eggers seine Brille putzte, richtete er seine Aufmerksamkeit über den Tisch hinweg auf Theo, der sich scheinbar angeregt mit Francie unterhielt. „Am Samstag, als ich unterwegs war, habe ich gesehen, wie ..."

Theo musste das Gewicht von seinem Blick gespürt haben, denn er blickte über den Tisch zu Mr. Eggers, der sofort dazu überging, die Gläser seiner Brille zu inspizieren, während er zu mir sagte: „Ich kann jetzt nichts mehr sagen."

Die Männer beschlossen, auf ihren Port zu verzichten, und wir gingen alle in die Eingangshalle, die mit dem Lametta und dem bunten Baumschmuck und dem brennenden und knisternden Weihnachtsscheit besonders festlich und gemütlich aussah. Das Feuer hatte den Raum erwärmt, und die Bleiglasfenster waren beschlagen, was die weiße Landschaft davor verzerrte.

Ich hakte mich bei Jasper unter und sagte etwas lauter als nötig: „Lass uns den Baum bewundern."

Er warf mir einen vernichtenden Blick zu. Ich hob meine Augenbrauen. „Zu viel? Amateurtheater ist nicht meine Stärke."

„Deine Schauspielerei war perfekt, doch die Lautstärke – das war in etwa das Niveau, als würde der Bahnwärter ‚Alle einsteigen!' rufen, bevor der Zug abfährt. Doch es hat uns als erste hierher gebracht."

Apollo lag ausgestreckt am Kamin, dem Feuer den Rücken zugewandt. Er hob den Kopf und wedelte mit dem Schwanz. Ich blieb stehen, um ihm die Ohren zu kraulen. Zeus trottete herbei, einen roten Ball im Maul. Ich hätte ihn für ihn geworfen, doch er rannte davon und schlängelte sich zwischen den Beinen der Gäste hin und her. Jasper zog das Geschenk aus der Tasche. Während er sich vorzubeugen schien, um eine der Silberglaskugeln am Baum zu untersuchen, legte er das rote Päckchen ganz unten in den Geschenkeberg.

„Gut gemacht", sagte ich.

„Hoffentlich. Da die Geschenke nicht mit Namen gekennzeichnet sind, besteht die Gefahr, dass der Falsche es nimmt."

„Eine geringe Gefahr, denke ich. Du hast es tief genug vergraben, sodass man sich anstrengen muss, um es zu nehmen. Ich wette, der Kurier wird dafür sorgen, dass er oder sie einer der ersten Gäste ist, der sein Geschenk auswählt." Wir nahmen auf dem Sofa Platz und hatten einen guten Blick auf die Geschenke. „Mr. Eggers will sich mit uns im Billardzimmer treffen, nachdem wir die Geschenke ausgepackt haben. Er sagt, er hat sich an etwas erinnert, das er am Samstag gesehen hat, und es könnte wichtig sein."

Jasper sagte: „Faszinierend."

„Ja, vor allem, weil er dabei Theo angestarrt hat. Doch

er hat aufgehört zu sprechen, sobald Theo seinen Blick bemerkt hat."

Ein Diener brachte ein Tablett mit Glühwein in kleinen Porzellankrügen, die jeweils mit einer Orangenscheibe dekoriert waren. Jasper und ich nahmen einen Becher und atmeten das Aroma von Zimt, Muskatnuss und Nelken ein.

Mrs. Searsby sagte: „Jeder darf sich jetzt ein Geschenk aussuchen." Sie deutete an, dass Blix und ich anfangen sollten.

Ich nahm ein grünes Paket mit rotem Band, während Blix ein weißes Geschenk mit silbernem Band auswählte. Ich kehrte zu dem kleinen Sofa zurück, und Mrs. Searsby sagte: „Nur zu, machen Sie sie auf. Sehen Sie, was der Weihnachtsmann Ihnen gebracht hat." Sie bedeutete einer anderen Gruppe von Gästen, Geschenke auszusuchen.

Ich riss das Papier auf und fand einen Satz Füllfederhalter. Ich sagte zu Mrs. Searsby: „Die sind wunderschön. Danke."

Blix entfernte das Papier von ihrem Geschenk. „Ein Reisepult. Wie perfekt! Das werde ich viel benutzen. Es sollte problemlos in meinen Koffer passen. Danke."

Francie und Miss Brinkle suchten gerade ihre Geschenke aus, als ein seltsames Geräusch – ein würgendes Geräusch – das Geplapper unterbrach. Es war ein so unpassendes Geräusch, dass alle mit dem, was sie taten, innehielten.

Ich sah mich um und bemerkte, dass Mr. Eggers auf seinem Stuhl nach vorne gerutscht war. Seine Tasse baumelte vergessen in einer Hand, während er seine andere Hand an seinen Mund presste. Er war kreidebleich geworden. Dann machte er wieder das schreckliche Geräusch und sprang auf. Seine Tasse fiel scheppernd zu Boden, und Glühwein spritzte über die Steinplatten, als das Porzellan zersprang. Tropfen trafen meine Schuhe, als Mr. Eggers innehielt und seinen Blick auf die Tür am anderen Ende des

Raums richtete, die zum Hauptteil des Hauses führte. Ein panischer Ausdruck trat in seine Augen, als sich seine Schultern wieder hoben.

Theo, der neben Mr. Eggers auf dem Stuhl gesessen hatte, sprang auf und streckte die Hand aus. „Mr. Eggers – um Himmels willen! Sie sind betrunken! Hier, lassen Sie mich …"

Aber Mr. Eggers stieß Theos Hand weg. Mr. Eggers wirbelte herum und stolperte zur Haustür der Lodge, die viel näher war als die Tür zum anderen Teil des Hauses. Er tastete nach der Klinke, riss die Tür auf und taumelte nach draußen. Ein eisiger Luftstoß strömte herein, als Mr. Eggers sich draußen übergab.

Für ein paar Sekunden blieben wir alle wie erstarrt stehen. Wie peinlich! Armer Mr. Eggers – so ordentlich und penibel. Ich war sicher, er schämte sich, sich in Gesellschaft übergeben zu müssen.

Mr. Searsby ging zur Tür, doch bevor er sie erreichte, kam Mr. Eggers wieder herein, sein Taschentuch auf den Mund gepresst. Seine Haut sah noch blasser aus, doch sein Teint hatte jetzt einen grauen Unterton. Seine Brille reflektierte das Licht des brennenden Weihnachtsscheits. Er lehnte sich gegen den Türrahmen. „Gift", keuchte er. „Sie" – er zeigte mit seinem Taschentuch auf Theo – „haben mich vergiftet."

Theo blickte von den Glühweinspritzern auf den Steinplatten zu Mr. Eggers. „Was? Gift? Sie sind verrückt, alter Mann."

„Sie haben mich vergiftet!" wiederholte Mr. Eggers, als er ein paar Schritte auf ihn zuging und dann zusammenbrach.

KAPITEL VIERUNDZWANZIG

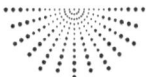

*E*s war Blix, die sich zuerst bewegte. Sie eilte hinüber und ging neben Mr. Eggers auf die Knie. „Lassen Sie mich sehen. Ich habe ein bisschen Erfahrung in der Krankenpflege."

Mr. Eggers war auf die Seite gefallen und dann mit dem Gesicht auf die Steinplatten. Seine Brille war heruntergefallen, als er zusammengebrochen war. Ich hob sie auf, damit niemand darauf trat.

Jasper half Blix, Mr. Eggers auf den Rücken zu drehen, während Mr. Searsby einen Diener schickte, um nach dem Arzt zu telefonieren. „Sagen Sie ihm, er soll den Weg entlanggehen, der an der Kirche vorbeiführt, und er sollte keine Probleme haben, hierherzukommen."

Blix tastete nach Mr. Eggers' Puls und betrachtete dann einen Moment lang seine Brust. „Sein Herzschlag ist etwas schnell, doch seine Atmung scheint normal zu sein."

Mrs. Searsby, die Hände an die Brust gepresst, sagte: „Es kann doch nicht gut für ihn sein, auf dem kalten Steinboden zu liegen." Sie warf einen Blick auf die Haustür, die immer noch offenstand. Eisige Luft strömte herein und verdrängte die Wärme, die vom Feuer kam.

SARA ROSETT

Theo ging darauf zu. „Ich kümmere mich um die Tür."

Mrs. Searsby sagte zu Blix: „Denken Sie, es ist in Ordnung, ihn zu bewegen?"

„Wir könnten ihn aufs Sofa legen", schlug Mr. Sprigg vor.

„Nein, bringen wir ihn auf sein Zimmer", sagte Mrs. Searsby. „Er wird sich dort wohler fühlen, und wir können es viel schneller aufwärmen als die Eingangshalle hier." Sie wandte sich an den Diener. „Schicken Sie Laura in Mr. Eggers' Zimmer. Sie hat dem Arzt in der Vergangenheit assistiert. Mr. Rimington, vielleicht könnten Sie und Mr. Sprigg ...?"

„Natürlich." Jasper bückte sich und schob seine Arme unter Mr. Eggers' Schultern, während Mr. Sprigg seine Knöchel ergriff. Sie hoben ihn auf und trugen ihn vorsichtig aus der Eingangshalle die Treppe hinauf, gefolgt von Mrs. Searsby. Mit der Brille von Mr. Eggers in der Hand ging ich hinter ihnen her, blieb aber im Flur vor seinem Zimmer stehen.

Jasper kam heraus, zog seine Ärmel herunter und strich sein Revers glatt. Mr. Sprigg hielt Mrs. Searsby die Tür auf. Er wischte sich mit der Hand über die Stirn, folgte ihr dann hinaus und zog die Tür zu. Mrs. Searsby sagte: „Blix und Laura werden bei ihm bleiben, bis Dr. Harris eintrifft. Danke, Mr. Rimington. Mr. Sprigg."

Mr. Sprigg neigte den Kopf, und Jasper sagte: „Ich helfe gerne, wo ich kann", sein Atem war nur ein wenig angestrengt.

Ich reichte ihr die Brille von Mr. Eggers.

„Danke, Miss Belgrave. Ich werde dafür sorgen, dass sie an einem sicheren Ort aufbewahrt wird. Nun, ich denke, eine Pause in den Feierlichkeiten –"

„Ist er wach? Ich will mit ihm sprechen", sagte Theo, als er und Francie sich der Gruppe vor Mr. Eggers Tür anschlossen.

„Er ist kurz aufgewacht, als die Gentlemen ihn aufs Bett gelegt haben, aber ich habe ihm gesagt, er soll sich ausruhen", sagte Mrs. Searsby bestimmt.

Francie sah sich um und trat einen Schritt näher an Theo heran. „Es gibt keinen Grund, Theo so missbilligend anzusehen. Mr. Eggers war offensichtlich außer sich. Er wusste nicht, was er gesagt hat. Ich bin sicher, sobald er sich erholt hat, wird er seine absurde Anschuldigung zurücknehmen."

Theo fügte hinzu: „Ich habe keine Ahnung, wovon er gesprochen hat. Gift! Das ist Unsinn, sag ich Ihnen. Unsinn!"

„Natürlich ist es das", sagte Francie.

Mrs. Searsby räusperte sich. „Wie ich bereits sagte, denke ich, dass eine Unterbrechung der Feierlichkeiten angebracht ist. Vielleicht könnten wir uns zur Teezeit in der Eingangshalle versammeln?"

Zustimmendes Gemurmel ging durch die Gruppe. Francie sagte: „Ich bin in Stimmung für eine Partie Billard, Theo. Möchtest du dich mir anschließen?"

Er blickte zur Tür von Mr. Eggers, doch Mrs. Searsby warf ihm einen weiteren missbilligenden Blick zu, und er ging mit Francie.

Als sich alle zurückzogen, kam Jasper an meine Seite. „Ein etwas ungewöhnliches Weihnachtsfest, findest du nicht auch?"

Als wir langsam den Korridor hinuntergingen, fügte ich hinzu: „Mr. Searsby hat nichts davon gesagt, die Dorfpolizei zu benachrichtigen."

„Wahrscheinlich will er abwarten, was die Diagnose des Arztes ist."

„Oder er will nicht, dass diese Geschichte die Lodge verlässt, wenn er es vermeiden kann."

Ein Dienstmädchen kam den Flur entlang. Sie trug die Füllfederhalter, die ich ausgepackt hatte, und das kleine Reisepult, das Blix bekommen hatte. Sie sagte: „Oh, Miss.

Wir räumen die Eingangshalle auf. Darf ich die in Ihr Zimmer bringen?"

„Ja, tun Sie das. Und ich bin sicher, es ist vollkommen in Ordnung, dasselbe mit Miss Windways Geschenk zu tun."

Das Dienstmädchen ging, und ich ergriff Jaspers Arm. „Das Geschenk!"

Jasper brauchte keine weitere Erklärung. Er wusste, dass ich an das rote Geschenk mit der goldenen Schleife dachte, das er vor nicht allzu langer Zeit unauffällig unter den Baum gelegt hatte. Ohne ein weiteres Wort eilten wir die Treppe hinunter.

Die Tassen und das weggeworfene Geschenkpapier waren bereits weggeräumt worden. Ein anderes Dienstmädchen stand gerade auf, nachdem es den Boden geschrubbt hatte, wo Mr. Eggers seinen Glühwein verschüttet hatte. Als sie uns sah, machte sie einen Knicks, nahm ihren Mop und ihren Eimer und ging.

Ich sagte: „Jetzt werden wir nie erfahren, was in Mr. Eggers Getränk war."

„Ja, sehr effizient von der Dienerschaft", sagte Jasper, doch er klang geistesabwesend, als er zum Baum ging. Ich blieb zurück und blickte auf die Stelle, wo Mr. Eggers Becher heruntergefallen war, doch es war kein Tropfen Flüssigkeit zurückgeblieben.

Jasper wandte sich von dem Baum ab. „Es ist weg."

Ich wirbelte herum und ging an seine Seite. „Bist du dir sicher –?" Ich schüttelte den Kopf. Keines der Pakete unter dem Baum war das kleine rote mit dem goldenen Band.

Jasper ließ sich auf einen Sessel fallen und rieb sich mit der Hand über die Stirn. „Es muss passiert sein, als Mr. Eggers zusammengebrochen ist."

„Ja. Alle waren abgelenkt. Ich habe bestimmt nicht auf die Geschenke geachtet."

„Ich auch nicht." Er stieß einen Seufzer aus, presste dann die Hände auf die Knie und stand auf. „Wir haben immer noch eine Chance. Wenigstens wissen wir, wohin der Kurier gehen wird, um den Brief abzuholen. Ich habe plötzlich ein tiefes und anhaltendes Interesse an Büchern entwickelt und habe vor, den Rest meiner Zeit hier in der Bibliothek zu verbringen."

„Du hast ein tiefes und anhaltendes Interesse an Büchern, also ist das keine neue Entwicklung."

„Stimmt, aber so verhält sich ein guter Hausgast nicht. Man sollte sich nicht stundenlang in der Bibliothek verstecken." Er blickte auf seine Armbanduhr. „Ich sollte jetzt besser dorthin gehen. Es wird nicht lange dauern, bis der Empfänger des Briefes das Kreuzworträtsel gelöst und anhand der Maske der Weihnachtskarte herausfindet, wo er suchen muss. Ich schreibe Miss Ravenna eine kurze Nachricht und schiebe sie unter ihrer Tür hindurch, damit sie weiß, was passiert ist."

„Ich komme gleich nach." Nachdem Jasper gegangen war, untersuchte ich den Sessel, auf dem Mr. Eggers gesessen hatte, und den Boden um ihn herum. Ich sah mir auch Theos Stuhl an, doch die Diener hatten gründlich aufgeräumt und nichts übriggelassen, was dort nicht hingehörte.

Ich blieb stehen und sah mich in dem stillen Raum um. Das einzige Geräusch war das Knistern des Feuers, als das Weihnachtsscheit weiter brannte und die Halle wieder wärmte. Eine Bewegung vor einem der Bleiglasfenster erregte meine Aufmerksamkeit. Ich ging hinüber und wischte das Kondenswasser weg.

Ein Diener mit einer Schaufel verschwand an der Seite des Hauses. Ihm musste die wenig beneidenswerte Aufgabe übertragen worden sein, die Stelle im Schnee zu säubern, wo sich Mr. Eggers übergeben hatte. Ich starrte weiter gedankenverloren aus dem Fenster. Wenn Mr. Eggers Theo in der Nähe des Belvedere gesehen und Theo gemerkt hätte, dass Mr. Eggers vorhatte, Jasper und mir das zu sagen, dann hätte Theo gewusst, dass er im Begriff war, entlarvt zu werden. Es wäre sinnvoll, wenn er versuchen würde, Mr. Eggers so schnell wie möglich zum Schweigen zu bringen.

Der Wind peitschte die Wolken am Himmel entlang, und Sonne und Schatten warfen ein Muster über die Schneedecke. Einer der Schatten verschlang gerade Holly Hill Lodge. Wenige Augenblicke später segelte er davon, und der Himmel war wieder strahlend hell. Nicht weit von der Stelle, an der der Diener gearbeitet hatte, glitzerte etwas im Schnee.

Ich ging zur Haustür und trat hinaus. Die eisige Luft traf mich, und ich schlang die Arme um meinen Körper, während ich gegen das grelle Licht anblinzelte. Wieder sah ich das Glitzern. Da glänzte definitiv etwas im Schnee. Es war mehrere Meter entfernt und lag in einer der Verwehungen rund um die Bepflanzung neben dem Haus.

Ich ging hinein, durch den Hauptteil des Hauses, und stieg schnell die Treppe hinauf. Ich zog ein Paar Stiefel an, dann meine dickste Strickjacke und ging wieder hinunter. Draußen zog ich die schwere Haustür hinter mir zu. Ich bahnte mir einen Weg durch den Schnee und suchte die Verwehungen ab. Die Wolken hatten die Szene in Schatten getaucht, doch sie glitten davon, und das Sonnenlicht flutete herab. Ich entdeckte das Glitzern ein paar Meter weiter und benutzte mein Taschentuch, um es aufzuheben.

Es war ein kleines Glasfläschchen, nicht größer als mein kleiner Finger. Ein wenig dunkelbraune Flüssigkeit klebte am Rand des Fläschchens. Ich stellte mir vor, dass es einmal mit einem Korkstopfen verschlossen gewesen war. Ich wickelte es in mein Taschentuch, steckte es in meine Tasche und kehrte ins Haus zurück.

KAPITEL FÜNFUNDZWANZIG

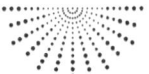

*E*ine Weile später saß ich mit Jasper in der Bibliothek. Das Fläschchen und mein Taschentuch lagen auf dem Tisch zwischen uns neben einem Schachbrett, das es vor den Blicken aller verbarg, die den Raum betreten könnten. Ich hatte Jasper gerade erzählt, dass ich es im Schnee nicht unweit der Haustür gefunden hatte.

„Hast du eine Ahnung, was das ist?", fragte Jasper.

„Nein. Es hat einen muffigen Geruch, aber ich kenne ihn nicht."

Jasper benutzte das Taschentuch, um die Phiole aufzuheben. Er schnupperte und rümpfte dann die Nase „Ich würde diesen Geruch überall erkennen. Es ist Ipecac." Er legte das Fläschchen schnell wieder auf den Tisch. „Widerliches Zeug. Als Kind musste ich mal welches nehmen. Entsetzlich. Jemand wollte nur, dass Mr. Eggers übel wird."

„Möglich, aber ich nehme an, es hängt davon ab, wie viel davon in seinem Glühwein war. Sogar hilfreiche Medizin kann tödlich sein." Ich faltete den Spitzenrand des Taschentuchs über das Fläschchen. „Theo hätte die Gelegenheit gehabt, das Fläschchen in den Schnee zu werfen, als er die Tür geschlossen hat."

Jasper begann, die Schachfiguren auf dem Brett aufzustellen. „Allerdings eine riskante Sache. Wenn Mr. Eggers nicht nach draußen gegangen wäre, hätte Theo keine Gelegenheit gehabt, es wegzuwerfen."

„Ich sage nicht, dass Theo vorgehabt hat, es in den Schnee zu werfen. Er hat eine Chance gesehen und sie ergriffen. Er hätte es später auch leicht in seinem Zimmer entsorgen können – oder es sogar in einen Medizinschrank in einem der Badezimmer zurückstellen können."

„Ja, da hat er es wahrscheinlich her", sagte Jasper.

Blix kam mit einem Stapel Bücher in der Hand durch die Tür. Ich steckte das Taschentuch in meine Tasche, als Jasper aufstand, um sie zu begrüßen.

„Oh, stehen Sie nicht auf", sagte sie. „Ich bringe nur dieses Buch zurück. Es ist eine brillante Biographie einer viktorianischen Reisenden."

„Wurden Sie zwischenzeitlich vom Pflegedienst freigestellt?", fragte ich.

„Ja. Der Arzt ist gekommen. Ich werde nicht mehr gebraucht."

„Wie geht es Mr. Eggers?", fragte Jasper, als sie die Bücher auf dem Tisch ablegte.

„Etwas besser. Er ist aufgewacht, war aber sehr aufgewühlt. Hat die ganze Zeit davon geredet, dass Mr. Culwell ihn vergiftet habe. Er sagte, Mr. Culwell hat seine Tasse auf den Tisch gestellt, und da muss er das Gift hineingemischt haben. Er war so aufgeregt, dass der Arzt ihn gescholten und darauf bestanden hat, dass er sich ausruht."

„Hat er gesagt, warum er glaubt, dass Theo ihn vergiften wollte?", fragte ich.

„Das war der seltsame Teil." Blix runzelte die Stirn. „Als der Arzt ihn gefragt hat, ist Mr. Eggers ausgewichen und wollte nichts mehr sagen. Er verlangte, sofort mit der Polizei zu sprechen, doch der Arzt meinte, er würde das frühestens morgen zulassen."

Jasper fragte: „Aber der Arzt *glaubt*, dass er vergiftet worden ist?"

Blix wiegte ihren Kopf von einer Seite zur anderen, um anzuzeigen, dass es zweifelhaft war. „Er sagte, Mr. Eggers habe etwas zu sich genommen, das ihm nicht zugesagt hat. Er meinte, er könne nicht bestätigen, was es sei, ohne alles zu testen, was Mr. Eggers konsumiert hat."

„Nun, ich habe beim Essen neben ihm gesessen", sagte ich. „Er hatte nichts anderes als der Rest von uns auch."

„Und Mrs. Searsby hat sich bereits in der Küche wegen des Glühweins erkundigt", fügte Blix hinzu. „Die Tassen stammten alle aus einem einzigen großen Topf."

Jasper sagte: „Wenn jemand etwas in sein Getränk gemischt hat, muss es in der Eingangshalle passiert sein."

Blix nickte. „Es scheint auf jeden Fall so. Mr. Culwell hat angeklopft, während der Arzt da war – um nach Mr. Eggers zu sehen, wie er sagte –, und Mr. Eggers fing an, von der Vergiftung zu schreien, und dass Mr. Culwell seine Tasse bewegt habe. Doch Mr. Culwell bestand darauf, dass er die Tasse von Mr. Eggers nur ein wenig zur Seite geschoben hat, damit er seine eigene Tasse auf den Tisch stellen konnte. An diesem Punkt bestand der Arzt darauf, dass Mr. Culwell ging." Blix lehnte sich gegen den Tisch und verschränkte die Arme. „Die ganze Situation ist ausgesprochen seltsam. Warum sollte Mr. Eggers Mr. Culwell überhaupt beschuldigen, ihn vergiftet zu haben? Das ist ziemlich weit hergeholt. Wäre es nicht logischer anzunehmen, dass etwas mit seinem Getränk nicht gestimmt hat?"

„Ja, es ist ein ziemlich merkwürdiges Verhalten", sagte ich, und Jasper stimmte zu.

Blix musterte uns beide und sagte dann: „Sie beide wissen etwas."

Jasper schnaubte, und ich sagte: „Nein, leider nicht. Wir sind uns nicht klarer darüber, was wirklich vor sich geht, als Sie."

Sie warf mir einen Blick zu und richtete dann ihre Aufmerksamkeit auf Jasper. „So wollen Sie es also spielen, ja?" Ihre Worte hätten sarkastisch sein können, doch ein kleines Lächeln umspielte ihren Mund, während ihr Tonfall vermittelte, dass sie Teil unseres Geheimnisses war. „Sie haben mich getäuscht, als ich angekommen bin. Sie haben gesagt, dass hier in der Lodge nichts Mysteriöses vor sich geht. Nun, diesmal lasse ich mich nicht täuschen. Irgendetwas ist hier definitiv seltsam. Entweder haben Sie sich entschieden, nicht darüber zu reden, oder Sie sind zur Geheimhaltung verpflichtet."

Jasper und ich tauschten einen Blick aus. Sie war zu scharfsinnig, um sich einfach so abspeisen zu lassen. „So ähnlich", gab ich zu.

„Nun, ich hatte vor, morgen abzureisen, aber es sieht so aus, als müssten wir alle noch einen Tag bleiben. Scotland Yard wird mit uns allen reden wollen."

Jasper, dessen Aufmerksamkeit auf das Ausrichten der Bauern gerichtet war, fragte: „Wegen der Anschuldigungen von Mr. Eggers?"

Blix nickte. „Ich hatte gehört, dass Scotland Yard wegen Bankstons Tod unterwegs ist, doch das wäre Formsache – es war offensichtlich, dass der Butler einen Unfall gehabt hat. Ich glaube nicht, dass das jetzt so sein wird. Ich habe gehört, wie Mr. Searsby dem Arzt gesagt hat, dass es nicht nötig sei, den Constable zu rufen, um die Anschuldigungen von Mr. Eggers über Mr. Culwell zu untersuchen. Mr. Searsby sagte, Scotland Yard sei unterwegs, und sie könnten Mr. Eggers' Vorwürfe prüfen. Ich gehe also davon aus, dass alle Gäste bleiben müssen, bis die Ermittlungen abgeschlossen sind."

„Ja, ich denke, das wäre der Fall", sagte ich.

Blix richtete sich auf. „Nun, ich sehe Ihnen an, dass Sie beabsichtigen, nichts weiter zu sagen. Morgen sollte ein ziemlich interessanter zweiter Weihnachtsfeiertag werden."

Ford trat ein. „Telefonanruf für Sie, Miss Windway."

„Oh, jemand war furchtbar extravagant, mit Weihnachtsgrüßen anzurufen." Bevor sie Ford aus dem Zimmer folgte, sagte sie: „Wenn das hier vorbei ist, würde ich gerne die ganze Geschichte hören. Wie ich bereits gesagt habe, ich mag ein lustiges kleines Weihnachtsrätsel sehr."

Als sie gegangen war, sagte ich: „Ich frage mich, ob sie gekommen ist, um den Baedeker Ägyptenführer zu holen, sich aber entschieden hat, ihn nicht mitzunehmen, weil wir hier waren."

„Ich glaube nicht, dass unsere Anwesenheit sie daran hindern würde. Es ist nichts Verdächtiges, ein Buch aus dem Regal zu nehmen. Und in ihrem Fall wäre die Auswahl eines Buches über Ägypten nichts Außergewöhnliches."

Ich deutete auf das Schachbrett. „Vielleicht sollten wir spielen, wenn wir den ganzen Nachmittag hier bleiben."

„Gute Idee. Wenn wir ein paar Stunden hier drin verbringen, wird es weniger seltsam aussehen, wenn wir Schach spielen." Er passte die Position mehrerer Schachfiguren an. „Wer zwei von drei Spielen gewinnt? Das sollte mehrere Stunden dauern."

„Bei dem Tempo, das du spielst, auf jeden Fall." Jasper spielte Schach bei weitem nicht so schnell wie er Billard spielte.

Die erste Partie gewann ich mit einem unerwarteten Zug meines Springers, und es gelang mir, Jaspers König zu schlagen. Das zweite Spiel ging zu seinen Gunsten aus. Ich schob lediglich meine Schachfiguren auf dem Brett hin und her, in einem vergeblichen Versuch, nicht zu verlieren. Es war nur eine Frage der Zeit, bis er meinen König in die Enge getrieben hatte.

Eine Stimme schwebte von der Galerie herab. „Das sieht nach einer schwierigen Lage für Sie aus, Miss Belgrave."

Ich sah über meine Schulter. Miss Ravenna stand an der

Brüstung der Galerie.

Jasper sagte: „Wie sind Sie da hochgekommen, Miss Ravenna? Ich weigere mich zu glauben, dass wir so in das Spiel vertieft waren, dass wir nicht bemerkt haben, dass Sie sich hereingeschlichen haben."

„Oh nein. Ich bin durch die versteckte Tür gekommen." Ich wirbelte herum. „Versteckte Tür?"

„Ja – die besten Herrenhäuser haben sie welche. Kommen Sie hoch. Ich werde sie Ihnen zeigen."

Wir ließen Schachspiel zurück und stiegen die Wendeltreppe hinauf. Die Blässe von Miss Ravennas Haut war verschwunden. Ihr Teint war jetzt lebhaft und ihre Wangen von einem gesunden zarten Rosa. Sie bewegte sich voller Energie, als wir ihr zu einem Bücherregal an der Wand in der hinteren Ecke der Bibliothek folgten. „Keines dieser Bücher ist echt. Sie sehen alle so aus, aber sie sind nur Teil der Tür." Sie legte den Finger auf ein Buch, *Gullivers Reisen*, und kippte es nach vorn. Ein leises metallisches Klicken ertönte.

Sie zog an der Kante des Bücherregals, und es schwang auf.

Ich steckte meinen Kopf durch die Tür. „Aber das ist der Flur, wo unsere Schlafzimmer sind."

„Praktisch, nicht wahr?", sagte Miss Ravenna. „Mein Mädchen hat es von den Hausangestellten erfahren und es mir erzählt. Anscheinend war eines der lange verstorbenen Familienmitglieder ein ziemlicher Bücherwurm und mochte die Vorstellung nicht, eine Treppe hinuntergehen zu müssen, um zur Bibliothek zu gelangen. Also wurde die Tür eingebaut, damit sie in die Bibliothek gehen konnten, wann immer sie ein neues Buch haben wollten."

„Nun, ich muss sagen, dass mir das gefällt", sagte Jasper.

Miss Ravenna deutete zur Tür. „Los, sehen Sie sich die Tür genauer an. Ich werde die Bibliothek im Auge behalten." Sie ging zur Balustrade und blickte in den leeren Raum darunter.

Jasper trat hinaus in den Flur und untersuchte den Rand der Tür, die so eingepasst war, dass der Rahmen bündig mit der Wand abschloss.

Ich schnitt eine Grimasse. „Offensichtlich bin ich bei weitem nicht so aufmerksam, wie ich dachte. Ich bin mehrere Tage hier vorbeigegangen und habe es nie bemerkt."

Jasper strich mit der Hand über die Wand. „Mach dir keine Vorwürfe, altes Mädchen. Die Tapete kaschiert es ziemlich gut."

Ich schloss die Tür, und wir gingen zu Miss Ravenna in die Bibliothek. „Natürlich ist es kein wirkliches Geheimnis", sagte sie. „Alle Hausangestellten wissen davon, und die Familie benutzt sie oft." Sie blickte hinunter ins untere Stockwerk der Bibliothek.

„Nichts zu berichten?"

„Bisher nicht."

„Ich freue mich, dass Sie sich erholt haben, Miss Ravenna", sagte ich.

„Danke. Ich bin furchtbar froh, dass es mir gut geht. Und Gott sei Dank ist sonst niemand krank geworden. Nun, Jasper, Sie können nicht Tee *und* Abendessen ausfallen lassen. Das würde Fragen aufwerfen. Ich habe meine Genesung verschwiegen, aber ich denke, ich werde das Bedürfnis verspüren, während des Abendessens ein paar Briefe zu schreiben. Ich werde die Bücherregaltür benutzen und dort arbeiten." Sie deutete auf einen kleinen Schreibtisch am Ende der Galerie. „Von da habe ich eine gute Sicht auf die untere Ebene und kann sehen, ob jemand vor oder nach dem Essen kommt, während Sie sich unter die Gäste mischen."

Jasper sagte: „Gute Idee."

„Ja", meinte Miss Ravenna. „Wir wollen an dieser Stelle

sicherlich nicht für Stirnrunzeln sorgen."

„Aber Sie dürfen sich nicht verausgaben, Miss Ravenna", sagte ich.

„Das ist wahr", sagte Jasper. „Ich werde nach dem Abendessen Wache halten – notfalls die ganze Nacht."

„Oh, ich glaube nicht, dass es dazu kommen wird", sagte Miss Ravenna. „Der Kurier wird den Brief abholen wollen und zur Abreise morgen bereit sein."

Jasper lehnte sich gegen das Geländer. „Niemand wird morgen abreisen."

Wir berichteten ihr von der Neuigkeit, dass der stark verspätete Mann von Scotland Yard auf dem Weg sei, und sie sagte: „Sie werden also endlich kommen, mit nur ein paar Tagen Verspätung. Gott sei Dank liegen die Vergiftung von Mr. Eggers und der Tod von Mr. Bankston – und seine schmutzigen Aktivitäten – nicht in unserer Verantwortung."

Jasper warf mir einen Blick aus dem Augenwinkel zu, und ich wusste, was er dachte – dass ich wirklich daran interessiert war, die Wahrheit hinter Bankstons Tod und Mr. Eggers' Vergiftung herauszufinden, selbst wenn Miss Ravenna der Meinung war, dass uns das nichts anging. Allerdings behielt ich meine Gedanken für mich. Nichts hinderte mich daran, beide Ermittlungsrichtungen bis zum Eintreffen von Scotland Yard weiterzuverfolgen – und vielleicht auch danach.

Miss Ravenna stieß sich vom Geländer ab. „Ich kehre erst einmal in mein Zimmer zurück und lasse Sie zu Ihrem Spiel zurückkehren. Es ist nicht nötig, dass wir alle hier herumlungern und Aufmerksamkeit erregen." Als sie zur Tür im Bücherregal ging, sagte Miss Ravenna: „Und Sie sollten Ihrem Turm mehr Aufmerksamkeit schenken, Miss Belgrave. Da gibt es einige faszinierende Möglichkeiten."

Jasper stieß einen gespielt empörten Seufzer aus. „Frauen – sie tun sich immer gegen einen Kerl zusammen."

KAPITEL SECHSUNDZWANZIG

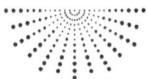

*D*as Dinner an diesem Abend war ein kaltes Buffet und sehr ungezwungen. Mr. Eggers erholte sich immer noch und blieb in seinem Zimmer. Francie und Theo machten sich Roastbeef-Sandwiches und verschwanden wieder ins Billardzimmer, wo sie sich fast den ganzen Nachmittag verschanzt hatten. Nach dem Abendessen kehrten Jasper und ich in die Bibliothek zurück, wo wir Miss Ravenna fanden, die ihre Briefe fertiggeschrieben hatte. Sie kam die geschwungene Treppe herunter, um uns zu treffen.

Jasper fragte: „Ist jemand auf ein Buch vorbeigekommen?"

„Keine Seele."

Ich warf einen Blick auf die Reihe roter Buchrücken. „Das ist ziemlich seltsam, nicht wahr?"

Jasper sagte: „Es wird wahrscheinlich heute Abend passieren. Ich übernehme die Nachtwache."

„Ich glaube nicht, dass das eine gute Idee ist", sagte ich. „Du warst letzte Nacht wach und hast daran gearbeitet, das Kreuzworträtsel zu entschlüsseln. Du und ich sollten uns die Nacht teilen, Jasper. Du brauchst mindestens ein paar

Stunden Schlaf, und ich habe das Bedürfnis, Korrespondenz nachzuholen. Der Schreibtisch, den Sie benutzt haben, Miss Ravenna, ist der perfekte Ort dafür. Dann werde ich ein Buch finden und mich bis Mitternacht darin vertiefen – nein, sagen wir ein Uhr. Das wird dir ein paar Stunden Schlaf ermöglichen, Jasper. Dann kannst du mich ablösen."

Er öffnete den Mund, doch bevor er protestieren konnte, sagte Miss Ravenna: „Ausgezeichnete Idee. Sie hat recht, Jasper. Wir können uns nicht leisten, dass Sie in einem kritischen Moment einnicken. Ich löse Sie um sechs Uhr ab, falls in der Nacht nichts passiert. Gut, das ist dann erledigt. Gute Nacht allerseits."

Als sie gegangen war, schnaubte Jasper. „Ich muss euch wirklich voneinander fernhalten." Er schlenderte zu Baedekers Ägyptenführer hinüber. Er zog das rote Buch heraus, schlug es auf und ließ es zuklappen.

Mein Herz machte einen seltsamen Sprung. „Noch da?"

„Ja. Ich wollte nur sichergehen, dass nicht jemand den Brief genommen hat, ohne dass wir es bemerkt haben. Nun, dann überlasse ich dich deinen Briefen."

„Ich glaube, du hast etwas vergessen."

Jasper warf einen Blick zurück zum Regal und schob das Buch ein Stückchen weiter hinein, sodass es perfekt mit den anderen Büchern ausgerichtet war. „Was?"

„Meinen Gute-Nacht-Kuss."

„Ach ja, in der Tat. Unverzeihliches Versehen meinerseits."

Ich legte meinen Stift weg und massierte meine Finger, die ein wenig verkrampft waren. Ich saß am Schreibtisch in der Galerie. Ich hatte einen ausgezeichneten Blick auf die untere Etage der Bibliothek, in der es so still war wie in einer Kirche mittags unter der Woche. Ich hatte in der unteren Ebene der Bibliothek mehrere Lampen eingeschaltet, bevor ich die Wendeltreppe hinaufgestiegen war, um meinen Platz am Schreibtisch einzunehmen. Sie warfen goldene Lichtkegel, die die satten Farben der Einbände strahlen ließen. Die hohen Lanzettfenster ohne Vorhänge an der gegenüberliegenden Wand waren große tintenschwarze Löcher.

Ich strich die Seiten vor mir glatt und las sie noch einmal durch. Ich hatte keine Briefe geschrieben. Ich hatte eine Zusammenfassung von allem verfasst, was passiert war, seit ich in Holly Hill Lodge angekommen war. Ich kam zum Ende und fing von vorn an, wobei ich mit dem Finger die Linien entlang glitt. Als ich die Notizen geschrieben hatte, hatte etwas eine gewisse Unruhe verursacht. Was war es?

Ich erreichte wieder das Ende und ging zurück und sah noch einmal nach, aber ich konnte nicht isolieren, was dieses Aufflackern von Unbehagen ausgelöst hatte. Mit einem Seufzer faltete ich die Seiten zusammen und ging hinunter, um einen Roman zu finden. Vielleicht würde das, wie Mr. Searsby und seine Dartpfeile, meinen Geist frei machen, um das Rätsel zu lösen, wenn ich gar nicht daran dachte.

Es war klar, dass die derzeitigen Besitzer der Holly Hill Lodge keine Romanleser waren. Der neuste Kriminalroman, den ich finden konnte, war A. E. W. Masons *At the Villa Rose*. Ich nahm ihn aus dem Regal und überlegte, im Erdgeschoss zu bleiben, entschied dann aber, dass mir meine Vogelperspektive von der Galerie gefiel, und kehrte dorthin zurück. Ein paar Sessel standen zwischen den Bücherregalen, und ich zog einen herüber, damit ich die Reisebücher im Blick behalten konnte, doch ich war immer noch größtenteils von der Kante eines Bücherregals verdeckt.

Ich setzte mich zum Lesen hin, doch selbst der unterhaltsame Inspector Hanaud konnte meine Aufmerksamkeit nicht fesseln. Ich hörte eine Bewegung aus dem unteren Stockwerk der Bibliothek. Ich beugte mich vor, um durch das Geländer zu spähen. Die Anspannung fiel von mir ab, als ich Zeus entdeckte, der seinen roten Ball im Maul trug. Seine kurzen Terrierbeine trappelten über den Teppich, als er den Gang zwischen den Bücherregalen hinuntertrottete. Apollo stand an der Tür. Der Labrador blickte in den Raum, wandte sich dann von der Tür ab und trottete davon.

Zeus schlängelte sich zwischen den Stühlen und Tischen am anderen Ende der Bibliothek hindurch, dann lief er die Wendeltreppe hoch und direkt auf mich zu. Schwanzwedelnd ließ er den Ball vor meine Füße fallen und richtete seinen erwartungsvollen Blick auf mich.

Ich konnte ihn nicht sofort verscheuchen. „Okay, wir spielen, aber nur ein bisschen. Ich bin die erste Wache. Ich kann dich nicht zu lange hier haben. Du verrätst mein Versteck." Ich warf den Ball die Galerie entlang. Er sauste hinterher, fing ihn ein, und rannte zu mir zurück. Wir wiederholten das mehrmals, bis seine Schritte nicht mehr ganz so schnell und begeistert waren. „Ein letztes Mal", sagte ich und warf den Ball. Er rannte hinter ihm her, schätzte die Rollbahn aber falsch ein und stieß ihn an, wodurch der Ball in eine andere Richtung abprallte. Er schoss durch das Geländer und fiel hinunter auf die untere Ebene.

Mein Herz stürzte zusammen mit dem Ball ab, als ich aus dem Sessel schoss und zum Geländer rannte. Ich sackte vor Erleichterung zusammen, als der Ball harmlos zwischen den Bücherregalen landete. Für einen Moment hatte ich eine Schreckensvision von dem Ball gehabt, der einen der wertvollen Gegenstände traf, die in der Bibliothek ausgestellt waren, wie die Steinbüsten oder die zarten Vasen, die oben auf den Bücherregalen standen. Gott sei Dank war nichts umgeworfen worden. Ich stand wie erstarrt da, als sich der Gedanke in meinem Kopf wiederholte.

Neben mir spähte Zeus durch das Geländer hinunter. Er zog den Kopf zurück und richtete seine Aufmerksamkeit auf mich, die Ohren aufgestellt.

„Sieh mich nicht so an. Es ist dein Ball. Hol ihn dir."

Er rannte die Treppe hinunter und schnappte sich den Ball. Er musste ein Geräusch aus dem Flur gehört haben, denn er blieb stehen, sein Blick war auf die offene Tür gerichtet, dann vergaß er mich und eilte hinaus. Ich wartete einige Augenblicke regungslos, doch niemand betrat die Bibliothek.

Auf dem Weg zurück zu meinem Sessel nahm ich meine Notizen vom Schreibtisch und las sie noch einmal durch, der Roman war vergessen. Jetzt war es mir klar. Ich wusste, was mich vorher gestört hatte. Ich blätterte die Seiten um, bis ich den Abschnitt fand, und las ihn langsam durch.

Ich ließ meine Hände in meinen Schoß sinken und starrte hinüber zur anderen Seite der Galerie. „Das stellt alles auf den Kopf", murmelte ich. Ich lehnte mich zurück und war damit beschäftigt, das, was ich zu wissen glaubte, neu zu sortieren.

Eine Viertelstunde später lief ich auf der Galerie auf und ab, während ich gedankenverloren die letzten kleinen Details ausarbeitete. Ein Diener trat durch die Haupttür der Bibliothek ein. Ich verschwand in einer Ecke und hoffte, dass er nicht nach oben kommen würde.

Es war Ford. Er kontrollierte die Schlösser an den drei Glastüren. Er schob einen Stuhl ordentlich unter einen der Tische und begann, die Lampen auszuschalten. Während er mir den Rücken zukehrte, schaltete ich die kleine Lampe auf einem Tisch neben mir aus, die ich zum Lesen benutzt hatte.

Als er unten fertig war, war die Galerie dunkel. Er warf

nicht einmal einen Blick auf die Wendeltreppe. Er ging durch die Tür hinaus und schloss sie hinter sich.

Der Raum war in Dunkelheit getaucht, Bis auf die hohen Spitzbogenfenster aus Bleiglas, die jetzt keine schwarzen Löcher mehr waren. Milchweißes Mondlicht floss durch sie hindurch und warf schwache rautenförmige Muster auf die Tische und Bücherregale.

Ich wollte nicht in der Dunkelheit herumlaufen, also setzte ich mich in den Sessel, um zu warten. Die Uhren schlugen halb elf. Jasper würde mich bald ablösen, und ich könnte ihm berichten, was ich herausgefunden hatte.

Das Haus wurde still. Abgesehen von einem gelegentlichen Knarren oder Ächzen breitete sich die nächtliche Stille aus. Vor dem Abendessen hatte ich dem Dienstmädchen, das mir half, gesagt, dass ich an diesem Abend für mich selbst sorgen würde. Sie hatte sich vermutlich inzwischen zusammen mit den anderen Dienstboten zurückgezogen. Die Minuten trödelten dahin, unterteilt durch das Schlagen der Uhr im Viertelstundentakt.

Schließlich läuteten die Uhren im ganzen Haus einen einzigen Schlag, und die Tür des Bücherregals schwang auf und ließ einen Lichtstreifen vom Flur in die Galerie fallen. Jaspers große Gestalt blockierte sie für einen Moment, als er den Raum betrat, dann schloss er die Tür, und es wurde wieder dunkel.

„Hier drüben", flüsterte ich. Er bewegte sich langsam die Galerie entlang. Da seine Sehkraft nicht gut war, nahm ich an, dass es für ihn noch schwieriger war, in der Dunkelheit zu sehen als für mich. „Hier unten am Ende der Galerie." Er folgte dem Klang meiner Stimme, und ich kam ihm auf halbem Weg entgegen. Ich ergriff seine ausgestreckte Hand. „Ich weiß es jetzt."

„Jemand war da und hat den Brief mitgenommen? Wer?"

„Oh nein. Niemand war da. Abgesehen von einem

Besuch von Zeus war es dort unten so ruhig wie in einer Gruft. Was ich meinte, war, dass ich herausgefunden habe, wer die Falle gestellt hat, um Bankston zu töten."

„Das hast du?"

„Ja. Es kam mir, als ich den Ball für Zeus geworfen habe. Er ist dagegen gestoßen und durch das Geländer gerollt und runter in die untere Eben gefallen. Ich war heilfroh, dass nichts niedergeschlagen wurde. Und dadurch bin ich darauf gekommen."

„Worauf?"

„Das Wort ‚niedergeschlagen' half mir zu erkennen, was mich gestört hatte. Heute Abend habe ich alles aufgeschrieben, was passiert war, aber irgendetwas hat nicht ganz gepasst. Ich konnte es bis zu diesem Moment nicht genau sagen."

„Der Ball, der über den Rand der Galerie rollt?"

„Nein, dass ich mir gedacht hatte ‚*Gott sei Dank ist nichts niedergeschlagen worden.'"*

„Ich fürchte, ich verstehe nicht ganz."

„Es hat mich an etwas erinnert, das Mr. Eggers gesagt hat." Ich zog ihn durch die Galerie. „Hier ist ein Stuhl, auf dem du sitzen und alles im Auge behalten kannst. Warte einen Moment ..." Ich zog den Stuhl vom Schreibtisch herüber und setzte mich neben ihn. „Lass mich dir das Ganze erzählen. Erinnerst du dich, als wir mit Mr. Eggers gesprochen haben? Erinnerst du dich, was er gesagt hat, als wir ihn gefragt haben, ob Bankston ihn erpresst hat?"

„Nicht seine genauen Worte, nein. Aber er hat bestritten, irgendetwas damit zu tun zu haben."

„Das ist richtig. Er hat auch gesagt, es sei ‚eine Schande, dass Bankston so niedergeschlagen wurde'."

Jasper antwortete nicht. In der Dunkelheit tickte die Uhr im Erdgeschoss der Bibliothek vor sich hin.

„Siehst du es nicht? Mr. Eggers wusste, dass Bankston von einem Stein getroffen worden war, der aus dem Fenster oben gefallen war. Bankston war *niedergeschlagen* worden. Das war genau das Wort, das Mr. Eggers verwendet hat."

„Aber das ist ein gängiger Ausdruck."

„Das weiß ich", gab ich zu, „und Mr. Eggers hat versucht nachzulegen, indem er etwas darüber gesagt hat, wie traurig es sei, dass Bankston so jung gestorben ist, doch er hatte seine Brille abgenommen und angefangen, sie wieder zu putzen. Er hatte sie schon zuvor geputzt. Er musste es nicht noch einmal tun. Ich glaube, er putzt seine Brille, wenn er lügt. Es gibt ihm etwas mit den Händen zu tun, und er muss niemandem in die Augen sehen."

„Ein verräterisches Zeichen."

„Ja, genau! Er hat es heute Abend beim Essen wieder getan, als er mir erzählt hat, dass er etwas Wichtiges gesehen habe, als er am Samstag draußen war."

„Und du denkst, er hat gelogen, was das angeht?"

„Ja."

„Aber deine Theorie passt nicht zu allem, was passiert ist. Jemand hat versucht, Mr. Eggers zu vergiften."

„Oh, aber da ist noch mehr. Viel mehr. Ich habe in den letzten Stunden alle Details ausgearbeitet. Es passt alles zusammen."

„Ich fürchte, ich sehe nicht, wie."

„Lass' mich dir das Ganze von Anfang an erklären. Bankston muss versucht haben, Mr. Eggers zu erpressen, und Mr. Eggers beschloss, ihm am Belvedere eine Falle zu stellen. Den Stein ausbalancieren und die Schnur so zu ziehen, dass er herunterfällt, wenn Bankston an der Nachricht zieht – genau das würde Mr. Eggers tun. Es ist sehr ausgeklügelt und hängt von sorgfältigem Timing ab. Es passt perfekt zu seiner Persönlichkeit."

„Ich nehme an, wenn man eine Mordmethode mit der Persönlichkeit eines Mannes in Einklang bringen müsste, würde das sicher zu Mr. Eggers passen."

Ich hörte das Zögern in Jaspers Stimme und fuhr fort:

„Mr. Eggers gibt zu, dass er am Samstagnachmittag außer Haus war. Mr. Eggers sagt, er sei kurz draußen gewesen und dann in die Bibliothek zurückgekehrt. Doch er hat uns selbst erzählt, dass ihn niemand in der Bibliothek gesehen hat. Er hatte reichlich Gelegenheit, seine Falle zu stellen und ein Telegramm zu Bankston in London zu schicken. Ich bin sicher, wenn wir nachfragen, werden wir feststellen, dass Mr. Eggers an diesem Tag nach Chipping Bascomb gegangen ist und ein Telegramm aufgegeben hat."

„Allerdings ziemlich dumm, das zu tun. Wenn sich jemand erkundigen würde, wäre das Spiel aus."

„Doch Mr. Eggers ist davon ausgegangen, dass niemand erkennen würde, dass Bankstons Tod ein Mord war. Es würde niemanden interessieren, wo Mr. Eggers gewesen ist oder ob er ein Telegramm nach London geschickt hat oder nicht."

Jasper stieß einen brummenden Laut aus, der anzeigte, dass er fasziniert war.

„Bankston ist nach London gefahren", sagte ich. „Mrs. Searsby hat allen Gästen davon erzählt, und Mr. Eggers beschloss, die Gelegenheit zu nutzen, um Bankston zu beseitigen. Mr. Eggers hat das Telegramm nach London geschickt, um Bankston nach dessen Rückkehr nach Chipping Bascomb zum Belvedere zu locken. An diesem Nachmittag hat Mr. Eggers die Steine so am Fenster des Belvedere ausbalanciert, dass sie herunterfallen würden, wenn Bankston an diesem Zettel mit seinem Namen darauf zog. Die Bewegung würde an der Schnur reißen, woraufhin der Stein herunterfallen würde. Die Variable, die Mr. Eggers nicht berücksichtigt hat, war der Schnee. Er wollte am nächsten Tag zum Belvedere zurückkehren und den Zettel und die Schnur entfernen, damit es so aussah, als hätte Bankston einfach einen Unfall gehabt. Die Geschichte ist glaubwürdig, findest du nicht? *Armer Kerl, zur falschen Zeit am falschen Ort.* Mr. Eggers hat sogar ein paar frische Woodbine-Zigarettenstummel in der Nähe der Stelle, an der der Stein heruntergefallen ist, liegen gelassen, damit es so aussieht, als wäre Bankston dort hinaufgegangen, um eine zu rauchen."

Jasper schwieg einen Moment, und ich wusste, dass er meine Idee noch nicht verworfen hatte. „Aber welchen Grund hätte Bankston, mitten in der Nacht im Aussichtsturm zu sein?"

„Es sollte nicht mitten in der Nacht sein. Der Zug hatte Verspätung. Es wäre spät gewesen, aber nicht nach Mitternacht. Der Weg durch den Wald wurde häufig benutzt. Es wäre nicht ungewöhnlich, wenn jemand auf diesem Weg vom Bahnhof zur Lodge gegangen wäre. Zugegeben, er hat sich lieber mit dem Automobil vom Bahnhof abholen lassen, doch ich bin mir sicher, dass ihm die Limousine nicht immer zur Verfügung stand. Ich bin sicher, dass er manchmal zu Fuß zurück zur Lodge gehen musste."

„Ja, ich würde zustimmen, dass das mit dem Automobil wahrscheinlich zutrifft", sagte Jasper.

„Aber durch den Schnee konnte Mr. Eggers die Nachricht und die Spuren der Falle nicht verschwinden lassen, ohne Fußspuren zu hinterlassen. Die Schnur war gut im Efeu versteckt. Mr. Eggers musste hoffen, dass der Zettel entweder übersehen wurde oder er dabei sein würde, wenn die Leiche gefunden wurde. Erinnerst du dich, bevor Francie und Theo angekommen sind, habe ich einen Lichtblitz auf dem Weg gesehen, der zur Holly Hill Lodge führt? Ich glaube, es war Licht, das von Mr. Eggers' Brille reflektiert wurde. Er muss uns oben auf dem Belvedere entdeckt und sich zurückgezogen haben. Dann kamen Francie und Theo in diese Richtung, um die Polizei zu rufen. Damit wurden alle Spuren, die er vom Haus bis in den Wald hinterlassen haben könnte, verwischt worden."

„Das klingt alles möglich, außer, dass jemand Mr. Eggers vergiftet hat."

„Niemand hat Mr. Eggers vergiftet. Er hat das Ipecac selbst genommen."

Jasper holte scharf Luft, und ich nahm an, dass er mit mir streiten wollte, doch dann hielt er inne. „Du könntest recht haben. Er hätte das Ipecac-Fläschchen in seiner Tasche haben, ein paar Tropfen in seine Tasse geben und dann das Fläschchen wegwerfen können, als er sich draußen übergeben hat."

„Ja, genau das ist meiner Meinung nach passiert. Theo ist nach draußen gegangen, und er hätte das Fläschchen wegwerfen können, aber Mr. Eggers war auch draußen. Beide hätten Gelegenheit gehabt, die Phiole wegzuwerfen. Erinnerst du dich, als wir am Puzzle gearbeitet haben und Mr. Eggers aufgetaucht ist, ohne, dass wir es bemerkt haben? Er könnte mitgehört haben, wie wir über Theo gesprochen haben, also wusste er, dass Theo ein guter Kandidat war, um den Verdacht von sich abzulenken. Mr. Eggers hat sich selbst ‚vergiftet' und ein Szenario geschaffen, das Theo schuldig aussehen lässt."

„Ein ziemlich riskanter – und vor allem widerwärtiger – Plan, Ipecac zu schlucken. Wie gesagt, ich weiß, wie widerlich dieses Gebräu ist. Nichts, was man aus einer Laune heraus trinken würde."

„Doch um sicherzustellen, dass niemand Verdacht schöpft?"

Jasper rutschte auf seinem Stuhl herum. „Nun, ja, ich denke, man könnte etwas so Abscheuliches wie Ipecac zu sich nehmen, um zu verhindern, dass man wegen Mordes angeklagt wird."

„Und er hat seine Symptome möglicherweise übertrieben, sodass er kranker wirkte, als er wirklich war."

„Ziemlich hinterhältig", sagte Jasper. „Doch die Frage bleibt, warum sollte er Bankston überhaupt töten?"

„Ich nehme an, es geht auf die Täuschung von Mr. Eggers in Bezug auf die Schneeflockenforschung zurück."

Das Mondlicht erhellte den Raum genug, um zu sehen, dass Jasper auf die andere Seite der Galerie starrte. Nach einem Moment schüttelte er den Kopf. „Ich sehe es nicht. Es ist nicht so, dass Mr. Eggers ein Gelehrter an einer angesehenen Universität ist. Wenn er entlarvt wird, was hat er wirklich zu verlieren, außer dem Zugang zu den Schneckenmonographien?"

„Ja, das ist die Schwachstelle meiner Argumentation. Ich gestehe, dass ich mir über diesen Teil noch nicht ganz klar bin. Ich kann mir nicht vorstellen, dass Mr. Eggers Bankston wegen der Tatsache tötet, dass er herausgefunden hat, dass Mr. Eggers Schnecken anstatt Schneeflocken erforscht."

„Nein, das würde nicht zu einem Mord führen. Vielleicht hat er –"

Ein Geräusch, ein leises Knarren, stieg zu uns empor, als unten die Tür zur Bibliothek geöffnet wurde.

KAPITEL SIEBENUNDZWANZIG

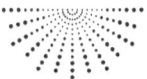

*E*in Klicken ertönte, als jemand den Schalter an der Wand neben der Tür umlegte. Die elektrischen Wandlampen, die an den Wänden der unteren Etage installiert waren, erwachten zum Leben und tauchten den Raum in Licht. Schnell und leise verschwanden Jasper und ich in den Schatten zwischen zwei Bücherregalen.

Mr. Sprigg schlenderte den Mittelgang zwischen den beiden Regalreihen entlang und ging direkt zu den Reisebüchern. Er strich mit dem Finger über die Reihe, bis er zu den roten Buchrücken der Baedeker-Reiseführer kam. Er zog einen aus dem Regal, klappte ihn auf und nahm den Umschlag heraus. Mit einer schnellen Bewegung steckte er den Umschlag in seine Tasche und stellte das Buch zurück ins Regal. Dann griff er nach den Büchern im Regal darüber, und nahm scheinbar zufällig eines heraus. Er verließ die Bibliothek und schaltete auf dem Weg nach draußen das Licht aus. Es wurde schwarz, und wieder erhellte nur das Mondlicht den Raum.

Mir wurde bewusst, dass ich Jaspers Hand mit festem Griff umklammert hielt. Ich schüttelte sie ein wenig. „Mr. Sprigg! Das hätte ich nie gedacht."

„Das ist der Sinn der Sache. Ich wäre auch nicht darauf gekommen, wenn ich es nicht mit eigenen Augen gesehen hätte." Jasper drückte meine Hand. „Jetzt haben wir den Fuchs im Visier. Ich werde es Miss Ravenna morgen früh sagen –"

Die Bibliothekstür knarzte, ein wenig höher als vorhin, als sie sich langsam öffnete. Es kam genug Licht durch die Fenster herein, dass ich Jaspers Gesicht sehen konnte, und ich formte lautlos mit den Lippen die Worte, *hat er was vergessen?*

Jasper zuckte mit den Achseln. In der unteren Etage wurde eine Taschenlampe eingeschaltet, und ein Lichtstrahl strich hin und her, als jemand den Mittelgang entlangging. Ich konnte das Gesicht des Mannes, der hereingekommen war, nicht sehen, doch ich konnte an der Silhouette erkennen, dass er zu schmächtig war, um Mr. Sprigg zu sein. Der Mann trug etwas Schweres in seiner linken Hand, was dazu führte, dass er gebeugt ging. Er ging direkt zum Ende des Raums und blieb an einem Tisch unter den hohen Fenstern stehen.

Der Lichtkegel der Taschenlampe schwenkte nach oben und schoss an der gewölbten Decke entlang, als er etwas auf den Tisch hievte. Er drehte sich um und ging zurück zu den Bücherregalen, während das Licht der Taschenlampe über die satten Farben des Teppichs tanzte. Erst, als er den Strahl auf eines der höheren Regale richtete, wurde das Licht von der Brille des Mannes reflektiert.

„Mr. Eggers!", hauchte ich. Der Schein der Taschenlampe erhellte sein Gesicht, als er über die Buchrücken strich.

„Und er sieht auch völlig gesund aus", sagte Jasper, dessen Stimme kaum lauter als ein Flüstern war.

Mr. Eggers nahm ein schweres Buch mit einem abgegriffenen Einband und einem mehrere Zentimeter dicken Buchrücken herunter, seine Bewegungen vorsichtig und präzise. Er hielt es in seiner Armbeuge und ging dann mit seinem präzisen, zackigen Schritt den Gang entlang zu einem anderen Bücherregal. Der Lichtkegel der Taschenlampe wanderte über die Buchrücken, dann nahm er ein weiteres Buch heraus, diesmal kleiner und dicker.

Dann kehrte Mr. Eggers zum Tisch am Ende der Bibliothek zurück. Er schaltete eine Leselampe ein, deren gedämpfter Schein auf den Gegenstand fiel, den er zuvor auf den Tisch gehievt hatte – einen großen Koffer. Er schaltete die Taschenlampe aus und steckte sie in die Tasche des Mantels, den er trug.

Andächtig stellte er die Bücher an einem Ende des Tisches ab, dann öffnete er den Koffer und klappte ihn auf. Er nahm eine Decke heraus und strich sie auf dem Tisch glatt. Dann nahm er das größere Buch und legte es in die Mitte der Decke. Die Schreibtischlampe ließ Metall am Rand des Einbands glitzern. Sie sahen aus wie Metallklammern. Früher waren sie wahrscheinlich an Lederriemen befestigt gewesen, die das Buch geschlossen gehalten hatten. Ich beugte mich vor, doch bevor ich genauer hinsehen konnte, schlug Mr. Eggers die Decke um das Buch, als würde er ein Baby wickeln. Er verstaute das Bündel im Koffer, holte dann ein weiteres Stück Stoff hervor und schüttelte es aus.

Ich legte meine Lippen neben Jaspers Ohr. Mr. Eggers war am anderen Ende der Bibliothek. Ich war mir sicher, dass er uns nicht hören würde, wenn wir leise genug sprachen. „Er stiehlt Bücher! Und er sieht aus, als würde er gleich das Haus verlassen. Vielleicht hat Mr. Eggers deshalb Bankston getötet? Die Bücher müssen wertvoll sein. Was denkst du? Kannst du sehen, was er aus den Regalen genommen hat?"

Jasper kniff die Augen zusammen, als er versuchte, etwas zu erkennen, dann schüttelte er den Kopf. „Nicht gut genug, um zu wissen, welche Bücher er genommen hat. Sie sehen auf jeden Fall alt aus. Je nachdem, wie selten sie sind, könnten sie sehr wertvoll sein."

Mr. Eggers hatte den dünneren Stoff unter dem Licht auf dem Tisch ausgebreitet. Ich erkannte die Stickerei am Saum. Es war ein Kissenbezug mit einer HHL-Stickerei für Holly Hill Lodge, die von einem aufwendigen Stechpalmenmotiv umgeben war. Er nahm das kleinere Buch und hielt inne, ließ es aufgeschlagen in seine Hand sinken. Schon aus der Ferne konnte ich die leuchtenden Farben im Inneren sehen. Sattes Rot, tiefes Kobaltblau und strahlendes Gold leuchteten von einer Seite. Ein Farbtupfer füllte ein kleines Quadrat auf der gegenüberliegenden Seite. Dichter, dunkler Text erstreckte sich über den Rest dieser Seite.

Jasper holte tief Luft. „Ein illuminiertes Manuskript – dieser Hund!"

Ich spannte mich an, weil ich befürchtete, dass er Jasper gehört haben könnte, doch Mr. Eggers war in sein Studium des Buches vertieft. Er rückte seine Brille zurecht und sah sich ein paar weitere Seiten an, die genauso bunt illuminiert waren. Er strich über einen Riss am Rand und grunzte enttäuscht. „Nun, auch egal", sagte er leise, während er das Buch zuklappte und es einwickelte. „Du wirst immer noch einen guten Preis erzielen." Er packte das zweite Bündel in den Koffer. Er konzentrierte sich darauf, es einzupacken, und bemerkte nicht das Geräusch von Hundekrallen, die über den Parkettboden klapperten.

Doch ich hatte es gehört und trat einen Schritt vor. Zeus war bereits über den kurzen, nicht mit Teppich ausgelegten Abschnitt zwischen der Tür und den großen Teppichen getrabt, mit denen die Bibliothek ausgelegt war. Er hielt seinen roten Ball im Maul und lief munter den Mittelgang hinunter. Ich hielt den Atem an. Wenn er die Treppe hochkam, würde er vielleicht verraten, dass Jasper und ich uns in der Galerie versteckt hatten. Doch Zeus ging schnurstracks zu Mr. Eggers und setzte sich in den Lichtkreis der Lampe. Mr. Eggers klappte den Koffer zu und gestikulierte abweisend. „Verschwinde! Kusch! Verzieh dich!"

Zeus sprang auf, ging im Kreis und setzte sich dann wieder hin, wobei sein Schwanz hin und her wedelte. Mr. Eggers riss den Koffer vom Tisch und schüttelte ihn in Richtung des Jack Russell Terriers. Zeus ließ den Ball fallen, sauste zur Seite und verschwand dann in den Schatten hinter dem Lichtkegel der Lampe. Mr. Eggers knöpfte seinen Mantel zu und schaltete das Licht aus, bevor er den Koffer aufhob. Ich erwartete, dass er zur Tür gehen würde, doch er bog in die entgegengesetzte Richtung. Er öffnete eine der Glastüren, stellte den Koffer draußen ab und schloss die Tür hinter sich.

Jasper und ich stürmten zur Treppe. Als wir hinunter eilten, sagte ich: „Du gehst ihm nach." Jasper hatte mit seinen längeren Beinen und seiner Größe eine bessere Chance, Mr. Eggers zu erwischen, als ich. „Ich rufe die Polizei. Sie können ihn zur Not in Chipping Bascomb aufhalten."

Jasper ging zwischen den Tischen und Sesseln hindurch. „Es sei denn, jemand wartet mit einem Automobil vor dem Tor auf ihn."

Daran hatte ich nicht gedacht. Ich war auf halbem Weg durch die Bibliothek, als Jasper die Tür aufstieß und etwas rief, das mich kehrt machen ließ. Eisige Luft, die durch die offene Tür strömte, schlug mir entgegen. Ich rannte auf die Terrasse.

Jasper war bereits die flachen Stufen hinuntergerannt auf der ersten Ebene der Terrassengärten. „Ski!", rief er, als er Mr. Eggers durch den Schnee hinterherrannte. „Er hatte ein Paar hier unten neben der Treppe versteckt."

Die abgestuften Gärten fielen in kleinen Schritten von ein oder zwei Stufen ab, und dank der tiefen Schneedecke fuhr Mr. Eggers den sanften Hang hinunter. Seine Arme waren um den Koffer geschlungen, den er an seinen Bauch gepresst hielt, während er sich nach vorne beugte.

Das Gelände fiel von der Anhöhe, auf der Holly Hill Lodge lag, zum Dorf hinunter ab. Mr. Eggers konnte den ganzen Weg vom Haus bis zu den Toren oder sogar bis zum Dorf gleiten.

Solange er seine Füße unter sich halten konnte, verschafften die Ski Mr. Eggers einen Vorteil gegenüber Jasper. Er würde ihn so niemals einholen können.

Mr. Eggers hatte Jaspers Schrei gehört. Er warf einen Blick über seine Schulter, ging dann tiefer in die Hocke und beschleunigte. Der Abstand zwischen ihnen vergrößerte sich, während ich zusah, unfähig, etwas anderes zu tun, als den Constable anzurufen. Ich drehte mich wieder zum Haus um und wäre beinahe über Zeus gestolpert, der hin und her tänzelte und kleine Pfotenabdrücke im Schnee hinterließ, begeistert, an unserem Spiel teilzunehmen.

Ich stürmte in die Bibliothek und blieb stehen, als ich Zeus' roten Ball sah. Ich nahm ihn und rannte wieder hinaus in die kalte Nacht. Zeus hüpfte an meiner Seite auf und ab, und sprang an mir hoch, um den Ball zu bekommen.

„Nein, Zeus. Dieser Wurf ist nicht für dich." Ich eilte zum Rand der Terrasse. Schnee sickerte in meine Schuhe, als ich bis zu den Knöcheln darin versank. Ich warf den Ball nach Mr. Eggers, als er über die Schneefläche segelte.

Ich hatte auf seinen Kopf gezielt. Der rote Ball segelte an seinem linken Ohr vorbei, doch er zuckte zusammen, verlor das Gleichgewicht und stürzte in den Schnee. Mit seinen dadurch überkreuzten Skiern und dem schweren Koffer, der ihn im Schnee festhielt, war Jasper auf Mr. Eggers, bevor er sich aufrappeln konnte.

Zeus war die Stufen heruntergeflogen, sobald ich den Ball geworfen hatte. Er pflügte vor mir durch den Schnee und wirbelte kleine Wehen auf, als er auf die Männer zu stürzte.

Ich erreichte sie, als Jasper sich über Mr. Eggers beugte, dessen panischer Ton durch die stille Nacht drang. „Nicht schlagen! Bitte nicht schlagen! Ich komme ja mit."

Jasper hob einen Ski auf, der sich von Mr. Eggers Fuß gelöst hatte. „Freut mich, das zu hören. Die beste Entscheidung, die Sie den ganzen Tag getroffen haben. Und kein Grund zur Sorge. Ich habe nicht vor, mir die Fingerknöchel an Ihrem Gesicht aufzuschlagen."

Jasper löste den anderen Ski von Mr. Eggers Fuß, dann zog er ihn auf die Beine und drehte einen seiner Arme auf seinen Rücken. Ich war mir nicht sicher, ob Letzteres nötig war. Mr. Eggers wehrte sich nicht, als Jasper ihn in Richtung des Hauses umdrehte. „Gut gemacht, Olive", sagte Jasper. „Du würdest ein Cricket-Team stolz machen."

„Danke. Ich nehme die Ski und den Koffer und treffe dich am Haus."

„Sehr gut", sagte Jasper zu mir, dann gab er Mr. Eggers einen Stoß. „Los geht's."

Ich folgte ihnen mit den Skiern auf der Schulter und dem Koffer in der Hand.

Zeus sprang auf und hüpfte den ganzen Weg um uns herum, den roten Ball zwischen seinen Zähnen.

KAPITEL ACHTUNDZWANZIG

26. DEZEMBER 1923

Später am Nachmittag wurden Jasper und ich in Mr. Searsbys Arbeitszimmer gerufen. Wir saßen auf der einen Seite seines geräumigen Schreibtisches, während Chief Inspector Donner vom Scotland Yard auf der anderen saß.

Jasper und ich hatten Inspector Donner mehrere Gegenstände übergeben, während wir unsere Geschichte erzählten. Er hatte jeden studiert und dann auf die Schreibtischunterlage gelegt. Als wir fertig waren, war der Schreibtisch mit einem Arrangement bedeckt, das aus der Notiz bestand, die Jasper von Bankstons Leiche genommen hatte, dem Notizbuch, das wir in Bankstons Arbeitszimmer gefunden hatten, dem New England Home Companion-Magazin und dem Fläschchen, das ich im Schnee gefunden hatte.

Mr. Eggers Stativ lehnte an der Wand in der Nähe. Der Koffer von Mr. Eggers – den, den ich nach Hause getragen hatte – lag mit seiner Kameraausrüstung auf einem Tisch.

Der Koffer war aufgeklappt, eine Seite gefüllt mit Mr. Eggers' Kleidung und seinem Kulturbeutel. Die andere Seite war leer. Die beiden Bücher, die er aus der Bibliothek gestohlen hatte, waren herausgenommen und der Stoff gefaltet und beiseite gelegt worden.

Der Chief Inspector schien ein ruhiger, nachdenklicher Mann zu sein. Er war Mitte vierzig und hatte lockiges braunes Haar, einen gebräunten Teint und eine entspannte Ausstrahlung. Er hatte uns an der Tür des Arbeitszimmers begrüßt und uns zu den Stühlen gewiesen, als ob wir uns zum Tee trafen, und dann mit seinem weichen schottischen Akzent gesagt: „Erzählen Sie mir doch bitte alles darüber, was passiert ist, bevor Sie Mr. Eggers im Schnee eingefangen haben."

Jasper und ich hatten uns abgewechselt, als wir unsere Geschichte erzählten, und Donner hatte uns reden lassen, ohne uns zu unterbrechen. Jasper und ich hatten vorher vereinbart, dass wir alle Informationen über Bankston preisgeben würden, doch die Details über die Kreuzworträtsel-Chiffre und Mr. Sprigg für uns behalten würden. Miss Ravenna stimmte uns zu, dass Bankstons Tod eine völlig andere Angelegenheit sei als das, was Jasper und Miss Ravenna in die Lodge geführt hatte.

Bisher war es Jasper und mir während unserer Berichterstattung gelungen, jeden Hinweis auf Codes, Chiffren, versteckte Dokumente und verräterische Aktivitäten zu umgehen. Als wir fertig waren, wanderte Donners Blick über die Gegenstände auf dem Schreibtisch, während er seinen gepflegten Schnurrbart glättete, dann richtete er seine Aufmerksamkeit auf uns. „Scotland Yard mag Amateurermittlungen nicht."

Das war eine Tatsache, derer ich mich nur zu bewusst war, doch ich konnte sagen, dass Donner mitten in einem Gedanken innegehalten hatte, also schwieg ich.

Er trommelte mit den Fingern auf den Schreibtisch.

„Amateure machen nichts als Ärger. Normalerweise ist das so. Aber in diesem Fall scheint es sich zu empfehlen, über die Einmischung hinwegzusehen." Er klopfte mit seinem Fingerknöchel auf den Schreibtisch. „Ja. Das ist am besten. Vor allem, wenn man bedenkt, dass Mr. Eggers alles zugegeben hat. Alles, was Sie vermutet haben, ist richtig, Miss Belgrave."

„Er hat zugegeben, Bankston ermordet zu haben?" Ich wusste, dass Mr. Eggers zur Wache im Dorf gebracht worden war. Als der Inspector in Chipping Bascomb angekommen war, war er direkt zur Wache gegangen. Laura hatte es berichtet, als sie an diesem Morgen mit meiner Schokolade ins Zimmer gekommen war, doch die Tatsache, dass Eggers den Mord gestanden hatte, war noch nicht bekannt gewesen.

„Das hat er tatsächlich", sagte Donner. „Mr. Eggers ist zusammengebrochen wie eine Sandburg während der Flut."

„Ich kann nicht sagen, dass ich überrascht bin", sagte Jasper. „Mr. Eggers war gehorsam und sehr nervös, als wir ins Haus zurückgekommen sind."

„Natürlich. Ambrose Eggers ist die Art von Mann, der ausgeklügelte und detaillierte Pläne macht und mit ein bisschen Schnur und einem sorgfältig ausbalancierten Stein eine hochkomplizierte Mordmethode wie die im Belvedere entwickeln kann – solange er nicht selbst in die Nähe des Mordes kommen muss."

„Er wollte sich nicht die Hände schmutzig machen", sagte Jasper.

„So ist es. Ein Mord aus der Ferne stört ihn nicht. Ein Gedankenspiel. Erst wenn die Realität des Mordes – oder seiner Folgen – einem Typen wie ihm nahegeht, verliert er die Nerven. Er hat alles gestanden, sobald ich das Vernehmungszimmer betreten habe. Hat alles zugegeben" – Donner wies mit der Hand auf die Beweise auf dem

Schreibtisch – „angefangen damit, wie er Mr. Bankston zum Aussichtsturm gelockt hat, bis hin zu der Tatsache, dass er Ipecac eingenommen hat, um den Verdacht abzulenken."

Da der Inspector uns nur milde getadelt hatte und uns derzeit wohl zu schätzen schien, fragte ich: „Und es war wegen der Bücher? Das war die Wurzel des Ganzen?"

„Offenbar." Donner begann, die Gegenstände auf dem Schreibtisch einzusammeln. Er tippte auf das Magazin. „Aufgrund des Artikels über den Farmer in Vermont wusste Bankston, dass Mr. Eggers nicht hier war, um Schneeflocken zu studieren. Dann hat Bankston gesehen, wie Mr. Eggers mehrere wertvolle Bücher in einen Karton gepackt, ihn mit Zwirn verschnürt und mit der Adresse eines Buchhändlers in London beschriftet hat. Bankston war schlau genug zu erkennen, dass die Bücher aus der Bibliothek der Lodge stammten. Nachdem Mr. Eggers die Bücher abgeschickt hatte, berechnete Bankston den Geldbetrag, den er von Mr. Eggers wollte, neu."

Donner neigte den Kopf zum Tisch an der Wand mit dem Koffer und den antiken Büchern. „Mr. Eggers hatte ein Auge auf diese beiden Bücher geworfen. Er sagt, sie seien ziemlich wertvoll. Er hatte bereits Käufer gefunden, als Bankston seine Forderung gestellt hat. Mr. Eggers stimmte zu, ihn zu bezahlen, sagte aber, er brauche einen Tag, um das Geld zu beschaffen. Dann hat Mr. Eggers die Falle am Belvedere eingerichtet. Mr. Eggers gab zu, Bücher aus drei anderen Landhäusern gestohlen zu haben, in die er sich als vermeintlicher Forscher eingeschlichen hatte. Natürlich müssen wir abwarten, bis die Experten herausgefunden haben, wie wertvoll diese beiden Bücher sind."

„Mr. Rimington ist ein ziemlicher Kenner wertvoller Bücher", sagte ich. „Vielleicht sollte er einen Blick darauf werfen."

Donner nickte. „Auf jeden Fall. Es liegt einem bescheidenen Inspector von Scotland Yard fern, Sie daran zu hindern, etwas zu unserem Fall beizutragen."

Jasper sagte: „Ich bin bestenfalls ein Amateur." Doch er ging durchs Zimmer, nahm seine Brille aus der Tasche und setzte sie auf. Ich folgte ihm, als er sich über das kleinere Buch beugte. „Exquisite Arbeit", sagte er. „Ich fürchte jedoch, mit diesem Buch kann ich Ihnen nicht helfen. Illuminierte Manuskripte gehören nicht zu meinen Interessen. Doch schön anzusehen ist es." Er nahm den größeren Band mit den Metallverschlüssen und öffnete vorsichtig den Deckel. Er blätterte ein paar Seiten durch, dann verspannte sich seine Haltung. Er rückte seine Brille zurecht und beugte sich weiter hinunter. Seine Stimme klang ein wenig erstickt, als er sagte:

„Grundgütiger!" Er betrachtete die Seite aus einiger Entfernung und beugte sich dann wieder vor. „Damit wäre ich äußerst vorsichtig, Inspector."

Der Inspector war damit beschäftigt, die Beweise in einer Aktentasche zu verstauen. Er trat neben Jasper und spähte über seine Schulter. „Warum?"

„Weil das, mein guter Mann, eine frühe Ausgabe – wenn nicht sogar eine Erstausgabe – der *Canterbury Tales* ist."

„Was?" Inspector Donner nahm das Buch und legte es wieder auf den Tisch, dann trat er zurück.

„Und ich wette, Mr. Searsby wusste nicht einmal, dass es in ihrer Bibliothek war." Ich erklärte, wie die Familie die Holly Hill Lodge mitsamt der Einrichtung gekauft hatte.

„Ah, Mr. Eggers dachte, er hätte hier eine ergiebige Quelle gefunden, nicht wahr?" Donner strich seinen Schnurrbart glatt. „Eine mögliche frühe Ausgabe von Chaucer. Ich stelle mir vor, dass die einen ziemlich hohen Preis erzielen würde. Haben Sie eine Ahnung, was das Buch wert ist?"

„Ich habe mich selbst noch nie mit so etwas befasst,

doch ich könnte mir vorstellen, dass es viele tausend Pfund wert wäre – wenn nicht mehr."

„Danke, Mann. Ein ausgezeichnetes Motiv für einen Mord", sagte Donner so zufrieden, dass sein schottischer Akzent noch deutlicher zum Vorschein kam.

Als Jasper und ich das Arbeitszimmer verließen, war Miss Ravenna im Flur, scheinbar vertieft in die Betrachtung von Porzellan in einer Vitrine. Als sie jedoch sah, dass wir allein waren, kam sie zu uns herüber. Sie war gekleidet für eine Fahrt aufs Land und trug einen Reiseanzug und einen Tirolerhut mit einer kleinen roten Feder. „Und?"

Jasper schüttelte den Kopf. „Sie müssen nicht mit dem Inspector sprechen."

„Ausgezeichnet. Dann muss ich nicht länger bleiben. Begleiten Sie mich in die Eingangshalle?"

Wir schlossen uns ihr an, und Jasper fragte: „Sie machen eine Ausfahrt? Die Straßen sind befahrbar?"

„Ja, laut den Männern des Inspectors sind die Straßen viel besser. Die Temperatur ist heute ausgesprochen mild – fast zehn Grad – und die Hauptstraßen sind frei. Allerdings gehe ich nicht auf eine kleine Spritztour. Ich reise ab."

„So früh?", fragte ich.

„Ja. So gerne ich bleiben würde, ich kann nicht." Wir betraten die Eingangshalle, und sie hob einen Nerzmantel auf, der über einer Stuhllehne lag. Sie zog ihre Handschuhe an und ging dann zu einem Spiegel, um den Winkel ihres Hutes zu überprüfen. Sie begegnete Jaspers Blick. „Ich werde Ihnen natürlich schreiben und Sie wissen lassen, wie es läuft."

Jasper sagte: „Ich werde Ihren Brief erwarten."

„Gut." Als sie sich vom Spiegel abwandte, kam Mr. Sprigg mit einer Melone herein. Ein wollener Mantel mit

Pelzkragen reichte ihm bis zu den Waden. Er sah uns und blieb stehen. „Bereit, aufzubrechen, Miss Ravenna?"

„Wann immer Sie es sind."

„Wunderbar! Ich habe noch nie eine Frau kennengelernt, die pünktlich zur Abreise bereit war. Das sollte eine angenehme Reise werden. Lassen Sie mich nach dem Automobil sehen ..." Er zog seinen Hut und verabschiedete sich von Jasper und mir, dann ging er durch die Haustür hinaus und ließ sie hinter sich offen.

Miss Ravenna sagte: „Mr. Sprigg hat freundlicherweise angeboten, mich mitzunehmen."

„Nach London?", fragte ich.

„Nein. Ich hatte eine Einladung, Freunde in Deutschland zu besuchen. Ich werde das neue Jahr mit ihnen einläuten."

Jasper sagte: „Wie praktisch, dass Mr. Sprigg in die gleiche Richtung reist."

„Nicht wahr?", sagte Miss Ravenna mit einem kurzen Aufblitzen eines Lächelns, das nur Jasper und ich sahen. „Nun ..." Sie streckte ihre Hand aus und schüttelte zuerst Jaspers, dann meine. „Ich bin so glücklich, dass ich Sie endlich besser kennenlernen konnte, Miss Belgrave. Viel Glück Ihnen beiden. Ich weiß nicht, wann ich zurückkomme. Vielleicht bleibe ich eine Weile in Deutschland."

In einem Strudel eines holzigen Duftes eilte sie zum Rolls-Royce Silver Ghost. Mr. Spriggs Chauffeur erwartete sie mit einer nerzgefütterten Decke über dem Arm, als Miss Ravenna neben Mr. Sprigg einstieg. Der Chauffeur legte ihr die Decke über die Beine, dann nahm er am Steuer Platz. Mr. Sprigg gab das Signal, und das Automobil fuhr los. Miss Ravenna winkte uns zu und richtete dann ihre Aufmerksamkeit auf Mr. Sprigg, als der Wagen über den Kies knirschte, der von schmelzendem Schnee nass war.

„Nun", sagte ich. „Mr. Sprigg hat sicherlich nicht lange gezögert, aber ich nehme an, er hatte sehr wenig Kontakt mit Mr. Eggers, und wird bei der Ermittlung nicht gebraucht."

„Und Miss Ravenna war die meiste Zeit des Besuchs in ihrem Zimmer, wodurch sie auch nichts zu den Ermittlungen beitragen konnte."

„Geht sie wirklich für lange Zeit nach Deutschland?", fragte ich, als Jasper die Tür schloss. Es war der zweite Weihnachtsfeiertag, und die Hausangestellten hatten ihren freien Tag.

Wir gingen durch die Eingangshalle in den neueren Teil des Hauses. „Ich bin sicher, sie wird dort bleiben, solange sie gebraucht wird", sagte Jasper.

„Aber ihre Arbeit – das Theater – ist hier."

„Ich kenne Miss Ravenna nur ein bisschen, aber ich würde sagen, sie ist bereit, alle nötigen Opfer zu bringen."

Blix kam aus der Bibliothek gestürmt und wäre beinahe mit uns zusammengestoßen. „Oh, es tut mir leid. Ich wollte Sie nicht umrennen. Schlechte Angewohnheit von mir." Sie lächelte uns an. „Eine ziemliche Nacht, die Sie beide hatten."

„Oh ja", stimmte ich zu, doch ich klang wahrscheinlich abwesend, weil ich auf das kleine rote Buch fixiert war, das sie in der Hand hielt, einen Baedeker-Reiseführer. Als sie ihren Arm bewegte, entblößte sie für einen Moment das glänzende Wort Ägypten auf dem Umschlag. Ich stieß Jasper mit dem Ellbogen an und richtete seinen Blick auf das Buch.

Jasper schüttelte kaum merklich den Kopf, was ich als Warnung interpretierte, nichts zu sagen – oder zu tun –, um das Buch aus Blix' Händen zu bekommen. Doch wir mussten etwas tun – das Buch war ausgehöhlt. Sobald sie es öffnete, würde es Fragen aufwerfen – Fragen, von denen ich wusste, dass weder Jasper noch ich wollten, dass sie gestellt wurden. Ich wandte meinen Blick von dem Buch ab und konzentrierte mich auf das, was Blix sagte.

„... ziemlich unglaubliche Geschichte. Ich bin sicher, Sie wissen, was wirklich passiert ist, und ich hoffe, Sie werden mir später am Abend alles darüber erzählen." Sie öffnete ihre Arme und wedelte mit dem Buch. „Im Moment muss ich noch ein paar Details klären und einen Brief schreiben."

„Mehr Reisen?", fragte ich und überlegte verzweifelt, wie ich sie davon überzeugen könnte, dass sie sich den Reiseführer nicht ansehen musste.

„Ja. Miss Brinkle hat eine Freundin, die bald nach Ägypten reisen will und nicht allein fahren möchte. Ich habe mich bereit erklärt, sie zu begleiten. Ich werde eine mögliche Reiseroute aufschreiben und ihr schicken. Ich habe festgestellt, dass es am besten ist, solche Dinge so schnell wie möglich zu regeln und zu planen."

„Vielleicht wäre ein anderer Reiseführer besser ...?", begann ich.

„Oh nein. Baedeker sind die besten. Sehr gründlich, und die Karten! So detailliert. Wir sehen uns später heute Abend?"

Wir stimmten zu, und sie eilte mit schnellen Schritten davon.

Es dauerte einen Moment, bis sie außer Hörweite war, dann wirbelte ich zu Jasper herum. „Die ausgehöhlten Seiten!"

„Kein Grund zur Sorge. Ich habe Mrs. Pickering heute Morgen überzeugt, mich in Bankstons Zimmer zu lassen. Ich war dort, bevor Donner angekommen ist. Es war genauso, wie du dachtest. Bankston hatte ein zweites Exemplar aller Bücher, die er benutzt hat – ein Unberührtes, bei dem alle Seiten intakt waren, das andere mit ausgehöhlten Seiten. Heute Morgen habe ich den unversehrten Baedeker geholt und in die Bibliothek gestellt."

„Wo ist die ausgehöhlte Version?", fragte ich.

„In meinem Koffer, zusammen mit ein paar anderen Büchern, die er benutzt hat – hauptsächlich Predigtbände.

Ich bin sicher, er dachte, die wenigsten Leute würden einen Predigtband zum Lesen vor dem Schlafengehen auswählen."

„Gott sei Dank! Ich dachte schon –"

Jasper drückte meinen Arm, als er mir ins Wort fiel: „Guten Tag, Mrs. Searsby."

Sie sah uns mit einem besorgten Stirnrunzeln an. „Guten Morgen, Mr. Rimington. Miss Belgrave. Ich wollte sehen, wie es mit dem Inspector gelaufen ist." Sie hielt mehrere Weihnachtspakete in der Hand, und die beiden Hunde waren wie immer rechts und links von ihr. Zeus kam auf mich zu und ließ mich seine Ohren kraulen, dann schoss er davon und kreiste um Jasper, der sich bückte, um ihn zu streicheln. Apollo trottete langsamer voran, kam aber auch herüber, um uns zu begrüßen.

Jasper klopfte Apollo auf den Rücken. „Sehr gut."

„Alles ist zur Zufriedenheit von Inspector Donner geregelt", sagte ich.

Mrs. Searsby atmete tief durch. „Das sind gute Nachrichten."

Eines der Päckchen rutschte ab, und sie fing es auf dem Unterarm auf. Jasper fragte: „Darf ich Ihnen behilflich sein?"

„Oh, das hier ist für Sie, Mr. Rimington. Ich spiele den Weihnachtsmann. Es schien nicht angemessen, ein gemeinsames Geschenkauspacken zu veranstalten, angesichts der Situation mit Mr. Eggers. Ich hielt es für das Beste, sie diskret zu verteilen. Packen Sie es aus."

Jasper entfernte das Papier und nahm eine lederne Brieftasche heraus. „Die ist sehr schön! Ich werde sie oft gebrauchen. Danke."

Mrs. Searsby nickte zur Salontür. „Ich hoffe, Sie begleiten mich zum Tee in den Salon?"

Wir stimmten zu, und Jasper nahm ihr einige der Pakete ab, öffnete dann die Tür und trat zurück, damit Mrs.

Searsby und ich vorausgehen konnten. „Ich weiß Ihre Hilfe sehr zu schätzen", sagte sie, als wir den Raum betraten. „Danke, dass Sie dafür gesorgt haben, dass die schreckliche Situation um Bankstons Tod aufgeklärt wurde. Ich hätte nie gedacht, dass ein so moralinsaurer kleiner Mann die –"

Miss Brinkle gesellte sich zu uns, in jeder Hand einen Cocktail. „—die Dreieckigkeit besitzt, das zu tun, was er getan hat? Ich auch nicht. Gelehrte! Traue ihnen und ihren hochtragenden Worten niemals. Ich bevorzuge einfaches Englisch. Jeden Tag. Es zeigt nur, dass manche Menschen zu schlau für ihr eigenes Wohl sind. Gott sei Dank ist dieser nette Inspector von Scotland Yard hier und kümmert sich um alles."

Mrs. Searsby warf uns einen Blick zu, während sie Luft holte. Ich war mir sicher, dass sie ihrer Tante sagen wollte, dass Jasper und ich dafür verantwortlich waren, dass Mr. Eggers so schnell gefasst worden war, doch bevor sie etwas sagen konnte, reichte Miss Brinkle Mrs. Searsby eines der Cocktailgläser. „Das musst du versuchen, Julia. Es ist mein eigenes Gebräu. Ich nenne es Holly Jolly. Möchten Sie auch einen, Miss Belgrave? Mr. Rimington?"

„Sehr gerne", sagte ich, und Miss Brinkle eilte davon. Mrs. Searsby trank einen Schluck und presste die Lippen aufeinander. „Eigentlich ganz gut. Doch so, wie ich meine Tante kenne, ist er sehr stark. Ich würde empfehlen, nur ein Glas davon zu trinken."

Mr. Searsby kam herüber und schüttelte mir die Hand, dann Jaspers. „Danke Ihnen für Ihre Bemühungen. Gut gemacht. Schade, dass Scotland Yard überhaupt kommen musste, doch der Mann, den sie geschickt haben, scheint ein ziemlich guter Typ zu sein."

Mrs. Searsby sagte: „Das ist er. Ich habe ihn zu einem Besuch im Frühjahr eingeladen. Er angelt gern, und wir haben ausgezeichnete Möglichkeiten zum Fliegenfischen in der Nähe."

Mr. Searsby lachte. „Natürlich hast du das, Julia."

Francie brachte zwei von Miss Brinkles Cocktails mit und reichte sie Jasper und mir. „Hier sind eure Holly Jollys. Bitte mit Vorsicht genießen."

Ich probierte das Getränk. Es war eine angenehme Mischung aus süßen und herben Aromen.

Francie sagte: „Nun, Mummy und Daddy, ihr dürft Olive und Jasper nicht zu sehr mit Beschlag belegen. Ich kann es nicht erwarten, ihnen die Neuigkeiten zu erzählen."

Ich war etwas verblüfft. Als wir uns das letzte Mal unterhalten hatten, war Francies Haltung Jasper und mir gegenüber deutlich kühler gewesen.

Etwas von meiner Überraschung musste auf meinem Gesicht zu sehen gewesen sein, denn sie bedeutete uns, ihr zu folgen. Kaum waren wir ein paar Schritte von ihren Eltern entfernt, sagte sie: „Ich muss mich für mein Verhalten gestern entschuldigen. Ich war so verärgert über die Anschuldigungen von Mr. Eggers gegen Theo. Daddy hat mir erzählt, was tatsächlich passiert ist – dieser schreckliche Mr. Eggers hat versucht, den Verdacht von sich auf Theo abzulenken. Und es wäre ihm fast gelungen! Doch am Ende hat sich der ganze Vorfall als etwas Gutes erwiesen."

„Inwiefern?", fragte Jasper.

„Ja. Lass es mich euch zeigen." Sie hakte sich bei uns unter und führte uns zu einem Tisch auf der anderen Seite des Raums, wo Theo über mehrere große Bögen Papier gebeugt stand. „Ich bin jetzt Geschäftsfrau. Ich habe in Flugzeugkoffer investiert." Theo richtete sich auf, als wir uns näherten, und drehte den Bogen herum, damit wir ihn uns ansahen. „Es ist ein leichter Flugzeugkoffer für Damen."

Ich beugte mich über die Zeichnung, während Francie auf die Besonderheiten des Koffers hinwies, dann zog sie einen weiteren Bogen Papier darüber. „Und wir werden auch einen Kosmetikkoffer haben."

Ich war bereit, eine höfliche Zustimmung zu murmeln, doch die Entwürfe waren gut gemacht mit kleinen Taschen und Fächern genau der Art, die ich verwenden würde. Stattdessen sagte ich: „Wie clever", und meinte es auch so.

„Nicht wahr?" Theo sagte, seinen Blick auf Francie gerichtet, die rot wurde, als er fortfuhr: „Francie hat alles für uns zu Papier gebracht. Sie ist eine Zauberin im Zeichnen und weiß genau, wie alles sein sollte. Es werden Flugzeugkoffer sein, die von einer Lady für Ladys entworfen wurden."

„Blix hat mir geholfen, ein paar Punkte zu präzisieren", sagte Francie, während sie die Papiere zusammenschob. „Also hat der ganze grässliche Vorfall mit Bankston und Mr. Eggers zumindest etwas Gutes gebracht." Sie tätschelte die Skizzen.

Theo kam um den Tisch herum und sagte: „Und das ist noch nicht alles, was passiert ist. Ich hatte gestern Abend eine lange Unterhaltung mit Mr. Searsby. Ich habe ihn über alles informiert – die ganze Geschichte über meine – ähm – Gründung einer Firma."

„Und Daddy war großartig. Er sagt, er erinnert sich noch gut daran, wie schwierig es war, als er ins Geschäft eingestiegen ist, und er hat Theo seine kleine Flunkerei vergeben. Jetzt, wo alles geklärt ist, gründen Theo und ich ein Joint Venture. Ich werde das Kapital und die einzigartige Perspektive bereitstellen, damit wir einen neuen Markt ansprechen können, und Theo wird sich um die Herstellung der Flugzeuggehäuse kümmern."

„Klingt nach einer idealen Partnerschaft", sagte ich, und Jasper gratulierte den beiden und schüttelte ihnen die Hände.

Wir bewunderten die Skizzen noch ein bisschen, und ich

bat Francie, mir eine Broschüre und ein Bestellformular zu schicken, sobald die Produktion angelaufen sein würde.

Als Jasper und ich zum Kamin hinüberschlenderten, fragte er: „Willst du wirklich einen ihrer Koffer?"

„Oh ja. Das Design ist innovativ. Ich denke, sie werden ein Erfolg, besonders wenn Francie das Unternehmen leitet."

Tommy und Madge kamen mit ihren obligatorischen Feiertagscocktails von Miss Brinkle zu uns herüber und baten Jasper und mich, mit Ihnen Bridge zu spielen.

„Ich weiß nicht, ob das eine gute Idee ist", sagte Jasper. „Ihr zwei werdet uns wahrscheinlich in Grund und Boden spielen."

„Unsinn", sagte Madge und beugte sich vor. „Außerdem ist es nur ein Vorwand, um euch in eine Ecke zu ziehen und allein mit euch zu reden."

„In diesem Fall ..." Ich ging voran zu einem kleinen Tisch abseits der anderen.

Als wir alle Platz genommen hatten und Jasper die Karten mischte, sagte Madge: „Der Inspector hat nicht darum gebeten, Tommy oder mich zu sehen."

„Warum sollte er?", fragte ich. „Es gibt wirklich keinen Grund, mit Ihnen zu sprechen. Sie hatten nichts mit Bankstons Tod zu tun."

Tommy legte einen Bleistift und einen Notizblock auf den Tisch. „Dann haben Sie meinen – ähm – Besuch in Bankstons Arbeitszimmer dem Inspector gegenüber nicht erwähnt?"

„Nein, haben wir nicht", sagte ich. „Das würde nur für Verwirrung sorgen." Jasper fügte hinzu: „Inspector Donner hat seinen Mann. Er interessiert sich für nichts ... das, sagen wir, tangential zu seinem Fall gegen Mr. Eggers verläuft."

Die Anspannung wich aus Tommys Schultern. „Hast du das gehört, Madge? Wir sind tangential."

Sie nahm ihre Karten. „Ich wusste, dass Olive sich für uns darum kümmern würde. Jetzt lasst uns spielen."

Eine Stunde später schob Jasper seinen Stuhl zurück. „Was habe ich gesagt? Völlig in Grund und Boden gespielt."

Madge lachte. „Ich nehme an, Tommy und ich haben einen unfairen Vorteil, weil wir immer zusammen spielen."

Tommy nahm sein Glas. „Ich denke, ich werde mir noch einen von diesen Holly Jolly-Dingern holen. Madge?"

Sie standen auf und sie gingen zurück zu der Gruppe um das Feuer.

Jasper sagte: „Wie wäre es mit ein bisschen frischer Luft?"

Ich nickte, und wir schlüpften durch eine der Glastüren auf die Terrasse.

Ich verschränkte die Arme und atmete die klare Luft ein, in der der Duft von verbranntem Holz lag.

„Zu kalt?"

„Nein. Das ist erfrischend nach dem stickigen Salon."

Wir standen Schulter an Schulter und genossen die Aussicht. Ein Großteil des Schnees war geschmolzen. Die Terrasse und die Kieswege der Gärten waren sauber, doch eine dünne weiße Schicht blieb auf dem Gras und den Blumenbeeten. Sterne waren über den schwarzen Himmel verstreut wie Diamantsplitter auf einem Samttablett. „Es ist wie eines dieser modernen Gemälde – dramatisch einfarbig, ganz in Weiß und Schwarz. Es ist wunderbar."

„Das war ein Weihnachten wie kein anderes."

„Das war es in der Tat."

Wir schwiegen einen Moment, dann sagte Jasper: „Du kennst jetzt alle meine Geheimnisse."

Ich stützte meine Hände auf den nassen, kalten Stein der Balustrade. „Ich muss dir auch ein Geheimnis über mich erzählen."

„Du bist eine Spionin! Ich wusste es!"

Ich lachte mit Jasper und sagte dann: „Du machst dich über mich lustig!"

„Niemals." Seine Stimme war weicher geworden. „Ich finde es unglaublich schmeichelhaft, dass du geglaubt hast, ich sei in mysteriöse Machenschaften wie Spionage verwickelt."

„Aber das bist du."

Er winkte ab. „Nur ein kleines Rädchen. Nur jemand, den sie anrufen, wenn sie ein bisschen Hilfe brauchen, um hier und da verschlüsselte Briefe zu entschlüsseln."

„Das ist immer noch eine sehr wichtige Arbeit." Ich holte tief Luft. Jetzt war es an der Zeit, mein Herumschnüffeln zu gestehen, so peinlich es auch war. Wenn ich es ihm noch länger verschwieg, würde es nur schwieriger werden, es ihm zu sagen. „Du hast vorhin Witze gemacht, aber ich habe versucht, eine Spionin zu spielen – eine sehr schlechte. Ich bin dir mehrere Tage durch London gefolgt. Es war alles so eine Zeitverschwendung. Es ist mir jetzt peinlich, dir davon zu erzählen. Ich glaube, ich hätte früher aufgegeben, wenn du nicht so oft zur U-Bahn-Station Gloucester Road gegangen wärst."

„Das ist dir aufgefallen?"

„Es war schwer zu übersehen."

„Hm … ich kann nicht sagen …"

„Oh, ich weiß, dass du das nicht kannst. Ich bin sicher, du kannst mir nichts über den Mann mit dem Schnurrbart erzählen, der jedes Mal da war, wenn du auch dort warst. Ich frage nicht nach Details."

Jasper lachte. „Es scheint, dass es in Zukunft ein bisschen Abwechslung bei meinen – ähm – Streifzügen durch London geben muss."

„Scheint mir auch so. Ich werde dir nicht mehr folgen. Ich wollte nur herausfinden, was du mir verheimlichst."

„Du wusstest, dass ich dir etwas verheimliche?"

„Natürlich."

„Ja, natürlich, nicht wahr?" Sein Ton war halb amüsiert, halb tadelnd – sich selbst gegenüber, vermutete ich.

„Ich wusste, dass du etwas zurückhältst, und ich wollte unbedingt herausfinden, was es war. Ich habe Gigi in Bascomb Hall besucht, doch es war hauptsächlich ein Vorwand, um in dieser Gegend zu sein und zu sehen, ob ich dich hier ausspionieren könnte. Ich habe angerufen, als ich deine Nachricht bekommen habe, und deine Reinemachfrau hat mir gesagt, dass du nach Holly Hill Lodge gefahren bist. Doch der Unfall war genau das – ein Unfall. So, jetzt weißt du alles. Bist du wütend?"

„Wütend?" Jasper lachte. „Dass eine schöne Frau hinter mir her jagt? Ganz und gar nicht. Ich frage mich jedoch, ob du immer noch interessiert bist, jetzt wo du hinter meine rätselhafte Aura geblickt hast."

„Oh, daran besteht kein Zweifel."

„Hervorragende Nachrichten." Er beugte sich zu mir herüber, und wir küssten uns. Als er sich zurückzog, waren unsere Arme miteinander geschlungen. Er rückte das Revers seines Jacketts zurecht, und mir wurde klar, wie kalt die Luft war, wenn ich mich nicht an ihn schmiegte. „So sehr ich auch lieber allein mit dir hier bleiben würde, wir sollten wieder reingehen."

„Ja", sagte ich, aber keiner von uns ging zur Tür.

„Wie sehen deine Pläne aus?", fragte er. „Wirst du bald abreisen?"

Ich bemühte mich, aus meinem glücklichen Nebel aufzutauchen. „Nun, ich muss nach meinem Auto sehen. Sobald es repariert ist, werde ich nach Parkview Hall fahren. Ich hoffe, dass ich es bis Silvester schaffe. Möchtest du mit mir kommen?"

„Ich kann mir keine bessere Art vorstellen, das Jahr 1924 einzuläuten, als mit dir, Olive."

EPILOG

1. JANUAR 1924

*D*as Dienstmädchen stellte das Tablett vor mir ab. „Heute Morgen sind zwei Briefe für Sie gekommen, Miss. Ich habe heute Kaffee mitgebracht, wie Sie gewünscht haben."

„Danke." Ich atmete das reiche, dunkle Aroma ein und trank ein paar Schlucke. Ich wusste, dass ich nach dem Feiern bis spät in die Nacht – eigentlich den frühen Morgen – mehr als meine übliche Tasse Schokolade brauchen würde. Jasper war bei unserer Familien-Silvesterparty dabei gewesen. Wir hatten das Jahr mit einem ausgiebigen Essen verabschiedet, dann hatte Violet darauf bestanden, dass wir im Salon den Teppich zusammenrollen und tanzen. Tante Caroline und Onkel Leo hatten sich zu ein paar Tänzen zu uns gesellt, ebenso wie Lucas' Eltern, die sich als reizende Menschen erwiesen. Gwen sagte, dass sie von der Kulisse der Parkview Hall ein wenig eingeschüchtert gewesen waren, als sie ankamen, doch gestern Nacht sahen sie aus, als fühlten sie sich wohl und hatten sogar ein paar Runden auf der Tanzfläche gemacht.

Gwen und Lucas waren Arm in Arm durch den Raum gewandert, ohne irgendjemanden wahrzunehmen. Violet und James waren mit einer Hingabe durch den Raum gewirbelt, was bedeutete, dass Jasper ausgefallene Beinarbeit demonstrieren musste, damit wir nicht mit ihnen zusammenstießen. Sogar Peter war nach dem Abendessen im Salon geblieben. Er hatte nicht viel getanzt und gesagt, er würde lieber die Platten auf das Grammophon auflegen. Er sah gut und zufrieden aus, wenn nicht fast glücklich. Gwen sagte, er tausche jede Woche Briefe mit jemandem aus, doch er weigerte sich, ihr zu sagen, wem er schrieb. Gwen vermutete, dass es sich um eine junge Frau handelte, die vor ein paar Monaten im Urlaub nach Nether Woodsmoor gekommen war. Sie hatte im Old Woodsmoor Inn übernachtet und war mit ihrem Skizzenbuch durch die Landschaft gewandert. Peter liebte das Wandern, also wäre es nicht verwunderlich, wenn sie sich begegnet wären, als sie in der Gegend war.

Ich warf einen Blick auf die Namen auf den Umschlägen auf meinem Frühstückstablett und kannte beide nicht. Ich hatte nicht erwartet, dass einer von Jasper sein würde. Er hatte gestern spät einen Anruf erhalten und war aufgefordert worden, heute seinen Vater zu besuchen. Er hatte geplant, bei Tagesanbruch nach Haverhill Hall aufzubrechen – das war Stunden her –, und wir hatten uns gestern Abend verabschiedet. Beide Briefe waren von meiner neuen Wohnung in London in den South Regent Mansions aus geschickt worden, denn ich hatte den Portier gebeten, meine Post nach Parkview Hall weiterzuleiten.

Ich stellte meine Kaffeetasse ab und öffnete den ersten Brief, der von jemandem namens Minerva Blythe war.

Liebe Miss Belgrave,

mein Name ist Minerva, und ich wohne direkt gegenüber von Ihnen. Willkommen in den South Regent Mansions und unserer Welt der kleinen Kontroversen und häuslichen Zwischenfälle, die aus fesselnden Fragen bestehen wie: Wenn Miss Dianna Finch-Ellis in den frühen Morgenstunden mit Freunden im Schlepptau aus dem Theater zurückkehrt, wird sie sich erinnern, dass sie ihre Omeletts leise zubereiten muss, um ihre Nachbarin, Mrs. Attenborough, nicht zu wecken? Wird Mr. Popinjays Katze aus seiner Wohnung entkommen und an Miss Bobbin vorbeihuschen, wenn sie mit ihren Einkäufen zurückkommt, einen Niesanfall auslösen – sie ist allergisch – und sie dazu bringen, ihren Korb fallen zu lassen? Die Antwort auf die letzte Frage ist definitiv ja. Das passiert mindestens zweimal alle zwei Wochen.

Es tut mir leid, dass ich Sie vor den Feiertagen nicht persönlich begrüßen konnte. Ich bin selbst auf Reisen, doch wenn ich im Februar zurückkomme, hoffe ich, dass Sie mich auf eine Tasse Tee besuchen kommen. Wir können darüber diskutieren, ob tatsächlich jemand in 228 wohnt oder nicht. Die Wohnung ist an die Darkwaiths vermietet, doch niemand hat sie jemals gesehen – zumindest soweit ich das herausfinden konnte.

Und dann ist da noch der neue Schaltschrank, der vor ein paar Tagen im Aufzug installiert wurde. (Kontroverse!) Mrs. Attenborough sagt, das sei ein Zeichen dafür, dass es mit den South Regent Mansions traurig bergab gehe. Ich stimme jedoch eher Mr. Culpepper zu, der sagt, dass wir alle durchaus in der Lage sind, selbst einen Knopf zu drücken, und dass wir keinen Bedarf für einen Liftboy haben. Natürlich muss Mr. Culpepper das sagen – er liebt Gadgets.

Bis Februar, Minerva

Eine Skizze einer Katze, die durch einen Flur rennt, zierte die untere Kante des Briefes. Hinter dem pelzigen Schwanz der Katze regnete es Kisten und Dosen. Das Ganze war mit sparsamen Strichen gezeichnet, doch es erfasste den Flur genau und erweckte den Eindruck, als würde die Katze rennen. Ich freute mich darauf, Minerva Blythe kennenzulernen.

Der nächste Umschlag war kleiner und enthielt nur eine kurze Notiz.

Liebe Miss Belgrave,

ich würde mich freuen, wenn Sie mich entweder am Dienstag- oder am Donnerstagnachmittag zum Tee besuchen würden. Ich freue mich darauf, Sie kennenzulernen.

Ihre Nachbarin, Dolores Mallory

Ich steckte die Briefe wieder in ihre Umschläge. Es schien, als wäre das Leben in den South Regent Mansions ziemlich interessant. Ich trank meinen Kaffee aus und schlug die Bettdecke zurück. Ich musste packen. Es war Zeit, nach London zurückzukehren.

Melden Sie sich für meinen Newsletter unter SaraRosett.com/signup an, um exklusive Inhalte und frühe Einblicke in neue Bücher zu erhalten. Ich würde gerne mit Ihnen in Kontakt bleiben!

DIE GESCHICHTE HINTER DER
GESCHICHTE

Wie Blix liebe ich einen guten Mord zu Weihnachten. Ich hoffe, Ihnen hat Olives und Jaspers Weihnachtskrimi gefallen. Danke, dass Sie Zeit mit ihnen verbracht haben.

Weihnachten gehört zu meinen liebsten Zeiten im Jahr, und es hat mir Spaß gemacht, Weihnachtstraditionen zusammen mit Jaspers Geschichte in den Roman einzuweben.

Eine der Fragen, die ich von Lesern bekomme, ist, wie viel ich über ein Buch oder eine Serie weiß, wenn ich mit dem Schreiben beginne. Bei Olive und Jasper wusste ich vom ersten Buch der Serie an, dass ich wollte, dass sich ihre Beziehung langsam entwickelt. Die Handlung spielt in den zwanziger Jahren, und trotz der Lockerung der moralischen Standards würde sich ein wohlerzogenes Mädchen aus der Oberschicht wie Olive nicht Hals über Kopf in eine Romanze stürzen, doch jetzt, nach sechs Büchern in der Reihe – und vier Monaten in „Buchzeit" – dachte ich, dass es für Olive und Jasper an der Zeit war, etwas ernster zu werden, was natürlich bedeutete, dass wir mehr über Jasper erfahren mussten.

Anders als all die Leser-E-Mails, die ich über Jasper bekommen habe, wusste ich, dass er kein Spion war – nicht in dem Sinne, dass er ein früher James Bond war. Als ich anfing, die Serie zu schreiben, hatte ich eine vage Vorstellung, dass er während des Krieges an der Entschlüsselung von Nachrichten gearbeitet hat, und je mehr ich während meiner Recherchen über *Room 40* erfuhr, desto sicherer war ich mir, dass es ein perfekter Job für Jasper war. *Agent M: The Lives and Spies of MI5's Maxwell Knight* von Henry Hemming und *The Secret War Between the Wars: MI5 in the 1920s and 1930s* von Kevin Quinlan haben mir den Hintergrund geliefert, den ich für Jaspers Kriegsarbeit gebraucht habe.

Bis ich anfing, Kreuzworträtsel zu recherchieren, hatte ich keine Ahnung, dass sie 1913 „erfunden" worden waren und dass es ein Zeitungssetzer gewesen war, der „Wortkreuz" umgesetzt hat und den Begriff „Kreuzworträtsel" erfand. Die Rätsel waren 1923 in England noch selten, weshalb ich eine Zeitschrift mit einem Kreuzworträtsel erfunden habe, die ein amerikanischer Gast zurückgelassen hat. 1924 suchte ein junger Verleger mit dem Nachnamen Simon nach Inhalten für seinen Verlag und kam auf die Idee, einige Kreuzworträtsel, die in der New York World Zeitung gedruckt worden waren, neu zu veröffentlichen. Das Buch war ein Hit, und Kreuzworträtsel wurden sowohl in den USA als auch auf der ganzen Welt immer beliebter. Wörterbücher und Thesauri wurden zu unverzichtbarer Literatur für Kreuzworträtsel-Liebhaber, und Bibliotheken beschwerten sich, dass Kreuzworträtsel-Enthusiasten ihre Wörterbücher nicht zurückbrachten.

The New England Home Companion ist ein fiktives Magazin, doch es gab einen Mann, der mit seiner Kamera und einem Mikroskop Schneeflocken fotografierte. Wilson Alwyn Bentley war ein Farmer aus Vermont, der herausfand, wie man Flocken auf schwarzem Samthintergrund fotografieren kann. Er machte 1885 das erste Foto einer einzelnen Schneeflocke. Bis zu seinem Tod im Jahr 1932 hat er mehr als 5.000 Schneeflocken auf Film festgehalten. Er behauptete, dass keine zwei Schneeflocken gleich seien, eine Aussage, mit der einige Wissenschaftler damals nicht einverstanden waren. Er spendete fünfhundert seiner Fotografien an die Smithsonian Institution. Als ich über Bentley las, wusste ich, dass ich unbedingt einen Schneeflockenforscher in meinen Weihnachtsroman aufnehmen musste – wie könnte ich darauf verzichten?

Erst als ich ungefähr die Hälfte des Buches geschrieben hatte, wurde mir klar, dass es für die Handlung am besten funktionieren würde, wenn sich Mr. Eggers nur als der Forscher ausgeben würde, was mit den langsameren Kommunikationsmethoden der 1920er Jahren durchaus möglich wäre.

Einige andere interessante Leckerbissen aus meiner Recherche: Der Besuch von Olive und Gigi bei Harrods wurde durch meinen eigenen Besuch dort während einer Rechercherereise nach London inspiriert. In der Lebensmittelabteilung des berühmten Kaufhauses fühlt man sich heute nach der Restaurierung der Art-déco-Fliesenwandmalereien wie in einer anderen Zeit. Die echte Rasentennis-Meisterin Suzanne Lenglen inspirierte die Figur von Madge. Lenglen schockierte die Sportwelt mit ihrem aggressiven Spiel. Ich habe mich erneut den Memoiren und Biografien der *Bright Young People* zugewandt, um mich inspirieren zu lassen, wie zum Beispiel für die geheime Hochzeit, die der Familie vorenthalten wurde, gefolgt von einer verschwenderischen Hochzeit in der Gesellschaft.

Es hat mir großen Spaß gemacht, über Olives und Jaspers Weihnachtsfest zu schreiben. Ich freue mich darauf zu sehen, was 1924 mit ihnen passiert, und ich hoffe, Sie freuen sich auch darauf! Sehen Sie sich mein Pinterest-Board an, um mehr über die Orte und Menschen zu erfahren, die das Buch inspiriert haben. Melden Sie sich unter SaraRosett.com/signup für meinen Newsletter an, um exklusive Inhalte und frühe Einblicke in neue Bücher zu erhalten. Ich würde gerne mit Ihnen in Kontakt bleiben!

ÜBER DEN AUTOR

USA Today Bestsellerautorin Sara Rosett schreibt unterhaltsame Kriminalgeschichten für unbeschwerte Lesestunden für LeserInnen, die interessante Schauplätze, skurrile Charaktere und Rätsel mögen.

Publishers Weekly lobt Saras "gekonnten Schreibstil" und bezeichnet ihre Werke als "erfrischend" und "schillernd".

Sara freut sich über jeden neuen Stempel in ihrem Pass und egal, wohin die Reise geht, dunkle Schokolade ist stets mit im Gepäck.

Erfahren Sie mehr unter: www.SaraRosett.com

BÜCHER VON SARA ROSETT

Registrieren Sie sich unter *SaraRosett.com/signup* für Saras Newsletter, um exklusive Inhalte sowie weitere Informationen über Neuerscheinungen zu erhalten.

Detektivin mit Stil

Mord auf Archly Manor

Mord auf Blackburn Hall

Der Mumienmord

Mord im Gesellschaftsanzug

Mord in Mayfair

Mord Um Mitternacht

Murder at the Mansions

Murder on Location

Death in the English Countryside

Death in an English Cottage

Death in a Stately Home

Death in an Elegant City

Menace at the Christmas Market (novella)

Death in an English Garden

Death at an English Wedding

On the Run

Elusive

Secretive

Deceptive

Suspicious

Devious

Treacherous

Ellie Avery

Moving is Murder

Staying Home is a Killer

Getting Away is Deadly

Magnolias, Moonlight, and Murder

Mint Juleps, Mayhem, and Murder

Mimosas, Mischief, and Murder

Mistletoe, Merriment, and Murder

Milkshakes, Mermaids, and Murder

Marriage, Monsters-in-law, and Murder

Mother's Day, Muffins, and Murder